ULLSTEIN

Das Buch

Eine grausame Mordserie erschüttert das karibische Urlauberparadies San Dominica. Die Opfer, amerikanische Touristen, werden auf brutale Weise mit Macheten umgebracht. Die Morde sind von langer Hand geplant und gehen auf das Konto des bezahlten Killerehepaares Carrie und Damian Rose, die im Auftrag einer ungewöhnlichen Allianz zwischen der Cosa Nostra und dem CIA arbeiten. Als die Ereignisse auf der Insel eskalieren, werden ihre Auftraggeber unruhig. Rose, der von der Idee besessen ist, als Meister des Verbrechens in die Geschichte einzugehen, wird zum unkalkulierbaren Risiko, das es zu beseitigen gilt. So wird der Killer zum Gejagten. Doch keiner der Auftraggeber hat Rose je zu Gesicht bekommen. Der einzige, der ihn identifizieren könnte, ist Peter Macdonald, ein junger Amerikaner, der zufällig Augenzeuge eines der Morde wurde...

Der Autor

Der Bestsellerautor James Patterson ist Chef einer großen Werbeagentur in New York.

In unserem Hause sind von James Patterson außerdem erschienen:

Black Market
Der Mitternachtsclub
Morgen, Kinder, wird's was geben
Die Toten aber wissen gar nichts
Wer sich umdreht oder lacht
...denn zum Küssen sind sie da

James Patterson

Warte, warte nur ein Weilchen…

Roman

Aus dem Amerikanischen von
Dietlind Kaiser

Ullstein

Ullstein Taschenbuchverlag 2000
Der Ullstein Taschenbuchverlag ist ein Unternehmen der
Econ Ullstein List Verlag GmbH & Co. KG, München

Titel der amerikanischen Originalausgabe: Season of the Machete
Übersetzung: Dietlind Kaiser
Umschlagkonzept: Lohmüller Werbeagentur
GmbH & Co. KG, Berlin
Umschlaggestaltung: Init GmbH, Bielefeld
Titelabbildung: IFA, Düsseldorf
Druck und Bindearbeiten: Ebner Ulm
Printed in Germany
ISBN 3-548-25098-X

Warte, warte nur ein Weilchen …

30. April 1979, Turtle Bay

Auf dem schimmernd weißen Sand der nächsten Bucht können Kingfish und der Kubaner ein Paar sehen, das am Strand entlanggeht. Aus dieser Entfernung sind die beiden lediglich Strichmännchen. Absolut perfekte Opfer. *Perfekt.*

Versteckt hinter Palmen und himmelblauen wilden Lilien, beobachten die beiden Killer vorsichtig, wie das Paar auf sie zukommt und in der Bucht verschwindet.

Der Kubaner trägt ein eng um den Schädel gebundenes Kopftuch in Rot und Gelb, an den Knien abgeschnittene Khakihosen und abgewetzte, hellorange Arbeitsstiefel aus einem Army-Navy-Laden in Miami. Der Mann, der Kingfish genannt wird, hat nur schmierige Khakihosen der US-Army an.

Die Muskeln beider Männer glänzen in der grellen, gleißenden Karibiksonne.

Die strahlende Sonne übersät das Meer mit Diamanten und glitzernden Sternchen. Sie bringt eine Zuckerrohrmachete, die am Gürtel des Kubaners hängt, zum Funkeln.

Das abgegriffene Farmgerät ist achtzig Zentimeter lang und scharf wie ein Rasiermesser.

Südlich von ihrem Versteck liegt einsam und absurd das Wrack eines großen Schoners – der *Isabelle Anne* –, nur besucht von gelben Vögeln und Fischen. Dreißig Meter weiter südlich macht der Strand einen Bogen um steile schwarze Felsen herum, und für ein paar Meter wird der Weg von kristallklarem Wasser überspült. An dieser scharfen Biegung liegen Muscheln, Korallen, Sargasso, Meeresschnecken und Seeigel.

Die beiden Killer rechnen damit, daß das Paar jetzt bald aus der Bucht auftaucht und zurück auf den schmalen weißen Pfad kommt. Die Opfer.

Vielleicht ein dunkelhäutiger, mit Schmuck behängter Ministerpräsident aus Südamerika, der hier Urlaub macht? Oder ein amerikanischer Politiker mit einer verwöhnten, attraktiven jungen Frau, die zugleich seine Sekretärin und seine Geliebte ist?

Jemand, der ihr stattliches Honorar und ihre Reise in diesen heiteren, schönen Teil der Welt wert ist. Jemand, der pro Person 50 000 Dollar für weniger als eine Woche Arbeit wert ist.

Statt dessen umrundet ein harmlos aussehendes Teenagerpärchen die mit Seetang überwucherte Biegung zur Turtle Bay.

Ein knochiger, langhaariger reicher junger Weißer. Ein weißblondes Mädchen in einem *Club-Mediterranee*-T-Shirt. Amerikaner.

Im Laufen werfen sie linkisch die Hemden, Shorts, Sandalen und die Unterwäsche ab. Mit nackten Eiern und entblößten kleinen Titten rufen sie sich zu, den letzten bissen die Hunde, und stürzen sich in die flachen, wie Sterne glänzenden Wellen.

Acht, neun Meter über ihren Köpfen stoßen Möwen Laute aus, die ähnlich wie das Blöken von Bergschafen klingen.

Aaaaaa! Aaaaaa! Aaaaaa! Aaaaaa!

Der Mann, der Kingfish genannt wird, drückt eine teure Zigarre im Sand aus. Ein leiser, animalischer Laut dringt aus seiner Kehle.

»Es ist doch ausgeschlossen, daß wir eine so weite Reise gemacht haben, um diese beiden kleinen Scheißer zu töten.«

Der Kubaner ermahnt ihn. »Abwarten. Behalt die beiden genau im Auge.«

»Aaagghhh! Aaagghh!« Der Junge ahmt aus dem sich leicht kräuselnden Wasser mit blecherner Stimme die Vögel nach.

Das schlanke Mädchen kreischt: »Ich halt's nicht aus! Es ist so gottverflucht unglaublich schön!«

Sie taucht in die glitzernden aquamarinblauen Wellen. Kommt mit dem langen Haar an den Kopf geklebt wieder an die Oberfläche. Ihre weißen Brüste sind klein und haben eine Gänsehaut, die Brustwarzen sind aufgerichtet und hart wie Gummi vom kühlen Wasser.

»Ich liebe diesen Ort schon jetzt. Ich will *nie* wieder zurück. Gramercy Park – pfui Teufel! Ich spucke auf die East Twentythird Street. Pfui Teufel. Juhu! Hurra!«

Der Kubaner hebt langsam die Hand über die blauen Lilien und dornigen Büsche. Er winkt in die Richtung einer grünen Limousine, die auf einem üppig grünen Hügel mit Blick auf den Strand parkt.

Die Hupe der Limousine ertönt einmal. Ihr Signal.

Eine gespenstische Stille hat sich über den Ort gelegt.

Herzklopfen, Brandung, sonst nicht viel.

Der Junge und das Mädchen legen sich auf flauschige Badetücher, um sich von der Sonne trocknen zu lassen. Sie schließen die Augen, und hinter ihren Lidern beginnen sich Kaleidoskope aus wechselnden Farben zu drehen.

Das Mädchen singt: »Eastern's got my sunshine . . .«

Der Junge stößt einen unhöflichen Gurgellaut aus.

Als die junge Frau ein Auge aufmacht, spürt sie einen heftigen Schlag auf den Schädel. Urplötzlich ist ihr entsetzlich heiß, und ihr wird schwindlig. Sie will »Aah« sagen, erstickt aber an dickem, sprudelndem Blut.

Pop . . . pop . . .

Ganz schwach hallen Gewehrschüsse von den Hügeln in der Umgebung wider.

Die Geschosse aus einem teuren westdeutschen Gewehr fliegen rund dreimal schneller als der Schall.

Dann kommen Kingfish und der Kubaner heran und bleiben vor den Leichen auf den blutbefleckten Handtüchern stehen. Kingfish berührt die Wange des jungen Mannes und löst ein unerwartetes Stöhnen aus, fast ein Knurren.

»Ich glaube, ich mag Mr. Damian Rose nicht besonders«, sagt er leise in seinem französischen Akzent. »Jetzt tut's mir sehr leid, daß ich Paris verlassen habe. Den hier hat er am Leben gelassen ... für uns.«

Der sterbende Neunzehnjährige hustet. Er verdreht die blauen Augen, als er spricht. »Warum?« fragt der Junge. »Ich hab' doch überhaupt nichts getan ...«

Der Kubaner reißt die Machete hoch. Er hackt zu, als wäre er im dichtesten Dschungel, als wolle er einen Baum mit einem einzigen Schlag fällen.

Er hackt, der Körper windet sich, er hebt die Machete wieder.

Der Killer fällt methodisch mit dem langen Breitschwert über die beiden Leichen her. Saubere, heftige Schläge. Verheerend. Blut spritzt hoch und besprüht den Killer. Das rasierklingenscharfe Messer fährt durch Fleisch und Knochen als wären sie Luft. Der Sand saugt die schaumigen Blutpfützen rasch auf, doch dunkelrote Flecken bleiben.

Als das Gemetzel vorbei ist, stößt der Kubaner die Machete tief in den Sand. Er zieht eine rote Wollmütze über den Griff der Waffe.

Dann schauen die beiden Killer zurück zum Hügel. Sie sehen die ferne Gestalt von Damian Rose neben dem glänzenden, grünen Auto. Der attraktive blonde Mann winkt ihnen, sie sollen sich beeilen. Er schwenkt sein schickes, deutsches Gewehr hoch über dem Kopf.

Sie können nicht sehen, daß Damian Rose triumphierend lächelt.

Vorspiel

Das Tagebuch von Damian und Carrie Rose

Bedenken Sie die brutale Macht und das grenzenlose Potential eines altmodischen Mords aus Nervenkitzel. Selbstverständlich unter korrekter Aufsicht.

DAS ROSE-TAGEBUCH

23. Januar 1980, New York City

Um halb sieben am 23. Januar, dem Geburtstag seines einzigen Kindes, Mary Ellen, fing Bernhard Siegel – groß, dunkel, leicht kurzsichtig – mit seinem üblichen Frühstück aus Rühreiern, einem Mohnbagel und schwarzem Kaffee in Wolf's Delicatessen in der West Fiftyseventh Street in New York City an.

Nach der befriedigenden Mahlzeit nahm Siegel ein Taxi durch den matschigen braunen Schnee zur Third Avenue 800. Mit den sieben Schlüsseln an seinem Bund schloß er das moderne Gebäude mit der Fassade aus dunklem Glas auf, dann die Bürosuite des hochangesehenen Verlags, für den er arbeitete, und schließlich das größte *kleine* Büro auf diesem Stock – sein Büro –, um ein paar eilige Dinge zu erledigen, ehe die viel zu vielen Telefone zu klingeln anfingen; er wollte zeitig nach Hause, damit er bei seiner Tochter sein konnte. An ihrem zwölften Geburtstag.

Eine junge Frau, tief gebräunt, äußerst adrett, mit vorzeitigen Silbersträhnen im langen rotblonden Haar stand vor den getönten Doppelfenstern.

Die Frau schien das Haus in der Third Avenue 777 zu beobachten (das Gebäude gegenüber), oder vielleicht musterte sie auch nur ihr Spiegelbild.

Bernard Siegel sagte: »Erstens – wie zum Teufel sind Sie hereingekommen? Zweitens – wer zum Teufel sind Sie? Drittens – bitte, gehen Sie.«

»Ich heiße Carrie Rose.« Die Frau drehte sich zu ihm um. Sie sah nach achtundzwanzig oder neunundzwanzig aus, erstaunlich selbstsicher und cool.

»Ich bin gekommmen, um Sie noch berühmter zu machen, als Sie es jetzt schon sind. Sie sind Siegel, nicht wahr?«

Der Lektor konnte ein schwaches Lächeln nicht unterdrücken, das seine dünnen, strengen Lippen nur einen winzigen Spalt teilte. Sie hatte ihn »Siegel« genannt.

Zum Teufel mit diesen schamlosen, unverschämten Schriftstellern, dachte er. Hatte sie etwa in seinem Büro *übernachtet*, um einen Termin bei ihm zu bekommen? Damit er, der Glückliche, den ersten Blick auf den diesjährigen Bestseller werfen konnte, ein Buch wie *Angst vorm Fliegen*?

Mit für einen Mann unter vierzig kläglich zusammengekniffenen Augen musterte er Carrie Rose. *Mrs.* Carrie Rose, wie er bald herausfinden sollte. Die Frau von Damian Rose. Wie er im Söldnergeschäft.

Bei näherer Betrachtung war die junge Frau umwerfend, groß und schlank, wie es der Mode entsprach. Ein Typ für die *Vogue*.

Sie trug eine große Schildpattbrille, vermutlich, um intelligenter auszusehen, als sie es war; das blaue Nadelstreifenkostüm sollte ihm Vertrauen einflößen; dessen war er sich sicher. Eine alte indianische Kriegslist.

»Stimmt, ich bin Siegel«, gab der kurzsichtige Lektor schließlich zu. »Aber nicht berühmt. Und diese Art von cleverem, unerwünschtem Unsinn zieht bei mir nicht . . .

Bitte, verlassen Sie mein Büro. Gehen Sie nach Hause, und überarbeiten Sie Ihr wunderbares Buch noch einmal. Machen Sie einen Termin während der Bürozeit mit meiner –«

»Oh, aber Sie sind wirklich berühmt, Bernard.« Die Frau unterbrach ihn mit dem zähneblekenden Grinsen einer jugendlichen Naiven. »Sie sind sogar so bekannt, daß selbst vielbeschäftigte Leute wie ich eine Menge Unannehmlichkeiten in Kauf nehmen, um Ihnen Buchrechte im Wert von einer Million Dollar anzubieten. Rechte an einem Buch, das Geschichte machen wird, um es mal vorsichtig auszudrücken.«

Siegel lachte. Es war ein grausames kleines Lachen, aber sie hatte es verdient.

»Und es soll nur eine Million kosten?«

Carrie Rose lachte auch. »So ungefähr.«

Sie betrachtete Siegel gründlich, sah sich dann lässig in seinem Büro um, schaute sich die nicht zusammenpassenden Bücherregale aus Eiche und Kiefer an zwei Wänden an, eine Olivetti-Lettera-Schreibmaschine in dem angeschlagenen Rolldeckelschreibtisch, neben der saubere weiße Papierstapel lagen, an eine Pinnwand geheftete, neue, glänzende Umschlagentwürfe, Manuskripte in verschiedenfarbigen Schreibmaschinenpapier-Schachteln.

Den Lektor.

Siegel stellte die Aktentasche ab, streifte sich die Mokassins von den Füßen und setzte sich auf seinen Schreibtischstuhl. Er bedachte die Frau mit einem langen, kalten Blick. »Und wo ist das Opus magnum?«

»Sie müssen erst einen Ghostwriter daransetzen«, sagte die junge Frau. *Carrie Rose.* »Ihr Autor bekommt als Quelle ein Tagebuch, das Damian, mein Mann, und ich im letzten Jahr geführt haben. Ein außergewöhnliches, sehr originelles Tagebuch, das Sie *zwei* Millionen Dollar kosten wird. Es handelt von ... einer grauenhaften Serie von Machetemorden. Von über hundert solchen Morden.«

Die hübsche Frau sprach es sehr cool aus: »Von einer grauenhaften Serie von Machetemorden.«

ERSTER TEIL

DIE ZEIT DER MACHETE

Februar bis Juli 1978
Tod in Lathrop Wells

1. Kapitel

Damian hatte die Theorie, daß der Mensch sich innerhalb der nächsten fünfzig Jahre auf und in das Meer zurückziehen würde. San Dominica war nur ein ganz kleiner Anfang. Eine Forschungsexpedition. Kinderkram. Die Leute, die sie durchführten, begriffen die eigene innere Motivation nicht ... Drei Fünftel der Welt bestehen aus Wasser, und darum würde auf schwindelerregende Weise gekämpft werden ...

DAS ROSE-TAGEBUCH

24. Februar 1978; Lathrop Wells, Nevada

Während der blöde schweinchenrosa Chevrolet Impala durch die Wüste fuhr, in der es von Bussarden wimmelte, dachte Isadore Goldman, es überrasche ihn leicht, daß es tatsächlich einen *Staat* Nevada gab.

Der Chevrolet kam jedoch häufig an Straßenschildern aus Blech vorbei, in die irgendein Sträfling im Washoe County Jail eingestanzt hatte: EIGENTUM DES STAATES NEVADA.

Einmal sah Goldman sogar Einwohner Nevadas: eine Frau und kleine Kinder mit abgetragenen Stiefeletten, Türkisschmuck und Gesichtern in der Farbe von Salzstangen.

Irgendwo hier draußen haben sie die H-Bombe getestet, dachte der alte Mann. In Mercury, Nevada.

Dann schweiften die Gedanken des Vierundsiebzigjährigen ab. Er erinnerte sich an etwas Unangenehmes bei der immer noch unglaublichen Invasion in der Schweinebucht. Dann an eine sehr kurze, verschwommene Geschäftsverbindung mit Rafael Trujillo im gleichen Jahr: 1961.

Goldmans Geschichte. Alles darin führte zum 24. Februar 1978 hin. Dem größten Tag im Leben des alten Mannes.

Vielleicht.

Ein Mann namens Vincent »Zio« Tuch tätschelte Isadores grau gestreifte Bankiershosen am ausgebeulten Knie. Tuchs zittrige Hand war übersät mit Altersflecken.

»Bizee Izzee, was denkst du denn?« krächzte Tuch. »Meinst du, es wär' ne Riesenfalle, Izzie? Ich glaub' das jedenfalls.«

»Aaah ... ich werd' zu alt, als daß ich dauernd denken könnte.«

Der Consigliere fertigte den mächtigen alten Capo beiläufig ab. Die Frage war, wenn auch gut gemeint, so doch von typischer Blödheit.

Der alte Tuch erklärte ihm, er solle sich doch die Hosen vollscheißen – was ebenfalls typisch war.

Typisch war außerdem die Tatsache, daß der *Caporegime* nach billigem Haarwasser stank, auf zwanzig Jahre alte Schuppen geschüttet.

Goldman hatte klipp und klar vorhergesagt, daß das abschließende Treffen in Lathrop Wells lächerlicher verlaufen werde, als sich dies irgend jemand vorstellen könne. Aber sogar er war überrascht. Es hatte etwas von einem Comicstrip für Vorschulkinder an sich. Es sah aus wie die erste Szene einer Gangsterklamotte im Kino.

Zunächst einmal trafen beide Seiten in den absurdesten »anonym« aussehenden Autos ein.

Goldman sah durch die grün getönten Scheiben seines Impala zu und zählte die Anwesenden.

Da waren neun Chauffeure, die Autos fuhren wie Mustangs, Wildcats, Hornets, Cougars – darunter sogar ein VW-Käfer.

Da waren sieben Leibwächter, allesamt Muskelmänner mit einem Kreuz wie Tarzan.

Elf wirkliche Teilnehmer außer ihm und dem welkenden Zombie Tuch.

Jemand hatte beim letzten Treffen geäußert, ein weiteres Appalachia sei in Lathrop Wells unerwünscht: zwanzig Cadillac Fleetwoods, die plötzlich bei einem verlassenen Farmhaus eintrafen. Und Einheimische oder die Staatspolizei aufmerksam machten.

Deshalb waren bei dem Treffen in der Wüste von Nevada keine der üblichen großen schwarzen Autos vertreten.

Alle siebenundzwanzig Männer trugen dunkle Geschäftsanzüge, bis auf einen Schwulen in Gucci-Pucci-Klamotten und Frankie Rao aus Brooklyn, genannt »die Katze«. Rao trug ein schwarzweißkariertes Sportsakko, ein schäbiges knallblaues Hemd mit offenem Kragen und weiße Bing-Crosby-Schuhe.

»Dreckiges Arschloch«, sagte der alte Tuch. »So ein Arschloch mit den vielen Ringen an den kleinen Fingern.«

»War ja nicht anders zu erwarten«, murmelte Isadore Goldman. Der alte Mann zündete sich seine erste Zigarette seit über acht Monaten an. Dann ging er hinein, durch heiße, schwüle Luft, die nach Pferden roch.

Im Farmhaus gab es Gott sei Dank eine Klimaanlage.

Sie blies Staub und etwas, das wie Getreideflocken aussah, durch die ländlichen, niedrigen Räume.

Goldman bemerkte, daß der Leiter der Gegenseite einem jüngeren Mann – seinem Adjutanten – etwas ins Ohr flüsterte. Der Jüngere hatte eine leichte Ähnlichkeit mit dem Hollywood-Schauspieler Montgomery Clift.

Er hieß Brooks Campbell, und er würde für die anderen in die Karibik reisen.

Der Ältere, der Sprecher der anderen Seite, war Harold Hill. In der Branche bekannt als Harry the Hack.

Harold Hill hatte fast zehn Jahre in Südostasien verbracht, und seine Miene hatte etwas Unergründliches an sich. Etwas Unberührbares. Isadore Goldman hatte den Verdacht, für einen derart offensichtlichen Verlierertyp sei Hill ein recht guter Killer.

Innerhalb von zehn Minuten hatten sich die dreizehn wichtigen Verhandlungspartner bequem um einen breiten Balkentisch im Wohnzimmer herumgesetzt. Es war typisch, daß sie am großen Holztisch auf gegenüberliegenden Seiten Platz genommen hatten.

Dunkle, ein wenig europäisch aussehende Männer auf der einen Seite.

Auf der anderen Seite lauter typisch amerikanische Footballspielertypen.

»Als kurze Einführung« – so eröffnete Goldman die Sitzung, nachdem er ein bißchen Konversation zugelassen hatte –, »möchte ich darauf hinweisen, daß wir uns beim letzten Treffen – am siebenundzwanzigsten Januar – darauf geeinigt haben, daß Damian und Carrie Rose im Fall, daß sie zur Verfügung stehen, für alle Beteiligten befriedigende Vertragspartner wären ...«

Goldman warf einen Blick über seine in Silber gefaßten Brillengläser. Bis jetzt kein Widerspruch.

»Folglich«, fuhr er fort, »haben wir mit den Roses in einem Pariser Hotel Kontakt aufgenommen. Im St. Louis, wie es heißt. Schon seit mehreren Kriegen ein alter Aufenthaltsort für Waffenhändler.

Die Roses bekamen einen Monat Zeit, den Entwurf eines Plans vorzulegen, der zu für beide Seiten an diesem Tisch erfreulichen Ergebnissen führt. Sie haben sich jedoch geweigert, an dieser Sitzung teilzunehmen.«

Der Consigliere sah wieder auf. Dann las er aus einem Dossier von etwas über zwanzig Seiten vor, das ihm die Roses geschickt hatten. Auf den Seiten standen Rohentwürfe für die beabsichtigten Operationen. Ein Plan trug die Überschrift: »Systematische Morde an Regierungsmitgliedern«, der zweite hieß schlicht »Machete«.

Das Dossier enthielt außerdem eine Auflistung von Pros und Kontras für beide Pläne.

Was tatsächlich Eindruck auf beide um den Tisch versammelte Seiten zu machen schien – was auch auf Goldman Eindruck gemacht hatte –, war die Ernsthaftigkeit, mit der beide Pläne ausgearbeitet und recherchiert worden waren.

Von beiden hieß es ausdrücklich, sie seien »Rohentwürfe«, »Experimente«, aber beide Konzepte wirkten geradezu zwanghaft wasserdicht. Typisch für Damian Rose.

»Die letzte Forderung für diese Arbeit, die sie gestellt haben«, berichtete Isadore Goldman, »beläuft sich auf eins Komma zwei Millionen. Ich halte das für fair. Ehrlich gesagt, ich halte es sogar für niedrig ... Außerdem halte ich diesen Damian Rose für ein Genie. Vielleicht ist die Frau auch eins. Meine Herren?«

Wie vorherzusehen gewesen war, äußerte sich Frankie Rao als erster zu den Plänen.

»Geht's um beschissene Franc oder Dollar, Izzie?« schrie er über den Holztisch. »Diese Irren meinen Scheißdollar, stimmt's?«

Goldman registrierte, daß der Spitzenmann der Gegenseite, Harold Hill, erschrocken und verärgert über den Mafioso aus New York wirkte.

Der junge Mann, der wie Montgomery Clift aussah, ließ jedoch ein Zahnpastalächeln aufblitzen. *Brooks Campbell.*

Gut für euch, dachte Isadore Goldman. Kluger Junge. Läßt die Anspannung ein bißchen lockerer werden.

Zum ersten Mal, seit die Sitzung begonnen hatte, lachten die Männer an dem langen Holztisch. Beide Seiten am Tisch lachten wie verrückt. Sogar Frankie Rao brach in brüllendes Gelächter aus.

Als das Gelächter sich legte, nickte Goldman einem dunkelhaarigen Mann zu, der ganz ruhig am Tischende saß. Dann nickte Goldman dem Leiter der anderen Seite zu, Harold Hill.

»Sind in der Summe alle Spesen enthalten?« lautete Hills einzige Frage. Der junge Mann neben ihm, Campbell, nickte, als fragte er sich das auch.

»Alle Spesen sind darin eingeschlossen«, sagte Isadore Goldman. »Die Roses rechnen damit, daß die Durchführung etwa ein Jahr dauern wird. Sie müssen dabei zwischen zwanzig und dreißig weitere Profis einsetzen. Ein *Who's who* der Söldnerelite.«

»Spottbillig.« Der ruhige, dunkelhaarige Mann meldete sich plötzlich mit einer tiefen Senatorenstimme zu Wort. Der Mann war Charles Forlenza, der dreiundvierzigjährige Pate der Familie Forlenza. Der Boß der Bosse.

»Sie haben einen guten Preis für uns ausgehandelt und uns gute Leute besorgt, Isadore. Wie ich es erwartet habe . . . Ich kann nicht für Mr. Hill sprechen, aber ich bin mit dieser Arbeit sehr zufrieden.«

»Der Preis ist für eine derartige Guerilla-Operation angemessen.« Harold Hill wandte sich an den Paten. «Die Roses haben einen hervorragenden Ruf, was derart komplexe, heikle Arbeit anlangt. Ich bin hocherfreut. Gut.«

Zu diesem Zeitpunkt, am 24. Februar 1978, gingen die Vereinigten Staaten in Gestalt einer Regierungsfirma namens Great Western Air Transport eines der interessantesten Bündnisse in ihrer zweihundertjährigen Geschichte ein: eine Zusammenarbeit auf breiter Ebene mit der Familie Charles Forlenza von der Westküste. Der Cosa Nostra.

Das bedeutete für beide Seiten, daß sie ab sofort eine Menge unbedingt erforderlicher Dreckarbeit in Auftrag geben konnten.

Weder die Vereinigten Staaten noch die Forlenzas wollten sich mit dem, was 1979 in der Karibik getan werden mußte, die Hände schmutzig machen.

Deshalb hatten sie sich ja auch so sorgfältig Damian und Carrie Rose ausgesucht. *Les Dements*, wie das Paar einmal in Südostasien genannt worden war. Die Wahnsinnigen.

Zwei Stunden nach der Sitzung im Südwesten Nevadas – auf dem Rückweg nach Las Vegas – hielt ein silbergrauer Buick Wildcat auf einer langen, geraden Highway-Strecke. Der jugendliche Chauffeur stieg aus. Er ging zur Hintertür der Limousine und machte sie auf. Dann bat Melo Russo seinen Chef höflich, auszusteigen.

»Du kannst mich mal, was glaubst du denn, mit wem du redest?« sagte Frankie Rao zu seinem Fahrer, einem knochigen jungen Hai mit einer verspiegelten Sonnenbrille.

»Schön, das kannst du haben«, sagte Melo.

Er schoß dreimal in den Rücksitz des Buick. Blut spritzte über das Rückfenster und sickerte langsam in die in einem hellen Silberton gehaltenen Sitzbezüge. Dann zerrte Russo die Leiche von Frank, der Katze, aus dem Auto und legte sie in den Kofferraum.

Bei der Sitzung im Farmhaus war in aller Ruhe beschlossen worden, Frankie Rao sei ein unannehmbares Risiko für Harold Hill und den netten jungen Mann, der wie Montgomery Clift aussah.

»Typisch«, murmelte Isadore Goldman irgendwo draußen in der Wüste von Nevada.

2. Kapitel

Einmal – das war in Frankreich, im Juni oder Juli – brach Damian in einen Wortschwall darüber aus, wie perfekt wir in Kambodscha und in Vietnam gearbeitet hätten. Wie höllisch es ihn ärgere, daß es niemand erfahren dürfe. Daß es ausgeschlossen sei, aus der Arbeit Kapital zu schlagen ... Komisches Detail: *Wir saßen in Grasse bei einem Espresso. Damian plauderte mit einem sehr höflichen Straßenfeger, der kein Wort Englisch konnte. Er erzählte ihm auf englisch jede Einzelheit über das Abenteuer in der Karibik. Am Schluß sagte er auf französisch: »Genie! Demon!* Non?« *Der arme verwirrte Straßenfeger lächelte, als wäre Damian ein schwachsinniger kleiner Junge ...*

DAS ROSE-TAGEBUCH

11. Juni 1978, Paris

Drei Monate nach dem Treffen in Nevada schaukelte Damian Rose im schicken Pariser Stadtteil St. Germain in einer Hängematte aus dem Au Printemps. Die Hängematte hing an der massiven Steinbrüstung einer Terrasse. Von der großen, taubengrauen Terrasse aus waren der Jardin des Tuileries, die Seine und der Louvre zu sehen. An diesem dunstigen Morgen bot Paris einen so hübschen Anblick wie ein Gemälde von Seurat.

Dort lag Rose in der Spätfrühlingssonne und genoß einen albernen Luxus, nach dem er süchtig war: die Lektüre von Zeitungen und Zeitschriften mit Sensationsmeldungen.

Er überflog *The Boys from Brazil*, warf einen Blick auf die Aufmacherartikel des *Enquirer*, der Überseeausgabe des

Time-Magazine und der Söldnerzeitschrift *Soldier of Fortune*, dann rollte der elegante Mann aus der Hängematte. In seiner und Carries Wohnung zog er einen Lambswoolpullover und teure cremefarbene Gabardinehosen aus. Dann stellte er die internationale Uniform amerikanischer Studenten im Ausland zusammen.

Er zog verschossene Bluejeans an, ein dunkelblaues Arbeitshemd, Stiefel mit schiefen Absätzen und schließlich ein rotes Cowboyhalstuch. Er schminkte sich leicht die Augen. Zog sich eine lange dunkle Perücke über sein kürzeres Haar.

Heute würde Damian Rose die Rolle eines Professors an der Sorbonne spielen.

Er mußte in Les Halles einen kleinen Drogenvorrat kaufen: Amphetamine, Kokain, Thai-Stäbchen. Und sich danach mit einem Söldner treffen, der sich der Kubaner nannte.

Er stopfte sich das Arbeitshemd in seine Jockey-Shorts, zog den Jeansreißverschluß zu und ging durch ein Wohnzimmer, das überquoll von Andenken an den Broadway und das Haymarket Theatre.

Dann verließ er die Wohnung und knallte die Tür hinter sich zu.

»Bonjour«, sagte er zu einer *emmerdeuse* namens Marie, einer alten Frau, die im Licht des Flurfensters immer Zeitung las.

Dann stampften Stiefel eine Marmortreppe hinunter in den runden Innenhof des Gebäudes.

Damian stieg in ein kleines schwarzes Cabrio auf dem Hof. Er ließ das Dach offen. Die Fenster halb heruntergekurbelt. Die Sonnenblenden heruntergeklappt. Er setzte eine blaue Pilotenbrille auf.

Der Sportwagen rollte aus dem schwarzen Schmiedeeisentor des Hofes, und Rose summte ein altes Lied, das er sehr liebte – »Lili Marleen«.

Jetzt war der Frühlingstag strahlend klar und warm. Weiß wie Papier.

Der köstliche Geruch nach frisch gebackenem französischem Brot erfüllte die Luft in den schmalen Nebenstraßen.

Als das glänzende schwarze Auto auf den Boulevard St. Germain einbog, verrenkte sich eine Radfahrerin – ein gesund aussehendes junges Mädchen in einem hellbeigen Tanktop – den langen Schwanenhals, um das Gesicht des jungen Mannes hinter der sonnengesprenkelten Windschutzscheibe zu sehen.

Das hübsche Mädchen war nicht schnell genug.

Denn im Juni 1978 durfte niemand, bei dem es nicht unbedingt sein mußte, wissen, wie das Gesicht von Damian Rose aussah.

Dienstag, 24. April 1979
Machete 3
Schuldig!

3. Kapitel

Buchhaltung . . . im Verlauf des Jahres mußten wir über hundert verschiedene Leute anheuern. Wir haben fast 600.000 Dollar Spesen im voraus bezahlt. Wir bezahlten Fälscher aus Brüssel, Waffenhändler aus Ostdeutschland und den Vereinigten Staaten, Spitzel, Nutten, Drogendealer, Taschendiebe, Leute vom amerikanischen Geheimdienst, Spitzensöldner wie Kingfish Toone, Blinkie Thomas (der Kubaner), Clive Lawson. Und von allen diesen Menschen erfuhr kein einziger je genau, was wir in der Karibik planten . . .

DAS ROSE-TAGEBUCH

Das Sprichwort »Nur tolle Hunde und Engländer geh'n über Mittag aus dem Haus« bezieht sich auf die Tatsache, daß Sie in unserer Sonne schmoren werden wie Speck.
Vorsicht!

SCHILD AM STRAND DER TURTLE BAY

24. April 1979; Coastown, San Dominica

Dienstag. Der erste Tag der Machete

Es war kein Zufall, daß am 24. April der spektakulärste, medienwirksamste Prozeß zu Ende ging, der je auf der rund 130 auf 60 Kilometer großen Karibikinsel San Dominica stattgefunden hatte.

Es ist schwierig, Teile der spannungsgeladenen Verhandlung vor dem hohen Gericht zu schildern oder sie sich auch nur vorzustellen.

Zunächst einmal war der winzige, schlichte Gerichtssaal vollgestopft bis zu den hohen Dachbalken. Im Raum herrschte soviel Lärm wie bei einem großen Sportereignis. Die sich gemächlich drehenden Ventilatoren an der Decke, ähnlich denen im Film *Casablanca*, bildeten einen scharfen Kontrast zur aufgeregten Atmosphäre. Besonders perverses Interesse galt dem fünfzehnjährigen Angeklagten Leon Rachet.

Der knapp eins siebzig große Teenager hatte ein schieferschwarzes, intelligentes Gesicht, das gleichzeitig schmierig und grausam war. Er trug lange schwarze Zöpfe, die während des ganzen Prozesses klatschnaß waren und trieften wie ausgefranste Seile im Regen.

Alle fünf Minuten unterbrach die Großmutter des Jungen, sein Vormund, von ihrem Platz auf der Empore aus den Abschluß des Verfahrens mit einem lauten, jammerwürdigen Schrei. »Leon!« rief sie. »Mein Junge, mein Leon! O nein!«

»Sie sind mordlustige Kanaillen ohne jede Scham.« Das erklärte der siebzigjährige Richter Andre Dowdy dem Teenager und den beiden Erwachsenen, die neben ihm standen.

»Ich empfinde keinerlei Erbarmen mit einem von Ihnen. Nicht mal mit dir, Junge. Ich halte euch alle für tollwütige Hunde.«

Neben Rachet verlagerte der dreißigjährige Franklin Smith das Gewicht von einem orangefarbenen Arbeitsstiefel auf den anderen; Chicki Holt – der vierzehn Kinder von fünf Frauen hatte, was die Lokalzeitung liebend gern in jedem Artikel über den Prozeß wiederholte – starrte lediglich hinauf zur schlichten weißen Decke und beobachtete die langsamen Ventilatoren. Es war eindeutig, daß Chicki sich langweilte.

Vor acht Monaten hatten diese drei Männer anderthalb Kilometer von der Stadt New Burg entfernt vor einem stotternden VW-Superkäfer gestanden. Sie hatten einen amerikanischen Touristen ausgeraubt, Francis Cichoski, einen Feuerwehrmann aus Waltham, Massachusetts, auf Golfurlaub.

Nach dem Überfall am hellichten Tag hatte einer der drei Schwarzen den Weißen mit der Klinge einer Zuckerrohrmachete niedergeschlagen. Der Schlag hatte Cichoski sofort getötet. Dann war dem Mann mit dem Bürstenschnitt der Kopf abgehackt und mitten auf der asphaltierten Straße liegengelassen worden.

In den folgenden acht Monaten waren als Motive für den Mord Rassenprobleme genannt worden, wirtschaftliche Probleme, sexuelle Probleme, Mordlust, schwarze Magie, Soulmusik und ausgeflippter Reggae, genereller Wahnsinn; und schließlich war er als brutaler Anfang einer pankaribischen Revolution interpretiert worden. Nach allgemeinem Verständnis schloß sich das alles nicht gegenseitig aus.

In letzter Zeit hatte jedoch der Ministerpräsident von San Dominica, Joe Walthey, die soziologischen Aspekte des Verbrechens heruntergespielt.

»Ganz gleich, was dahintersteckt«, hatte der schwarze Diktator im unscharfen, flackernden Inselfernsehen gesagt, »diese Männer müssen gehängt werden, sonst wird diese Insel nie wieder Frieden finden. Nehmen Sie mein Wort darauf.

Der Tod von Francis Cichoski muß gerächt werden«, wiederholte Walthey dreimal, ehe er schließlich vom Bildschirm verschwand.

Um 10.30 Uhr verkündete Richter Andre Dowdy mit unsicherer, emotionsgeladener Stimme das Urteil.

»Sie alle drei – Franklin Smith, Donald ›Chicki‹ Holt, Leon Elmore Rachet«, verkündete er, »sind nach den mir und diesem Gericht vorgelegten Beweisen des Mordes schuldig befunden worden. Sie alle werden in das Gefängnis von Russville gebracht und dort in spätestens einer Woche gehängt werden. Möge Gott Ihrer Seele gnädig sein. Und der meinen.«

»Und deinem Arsch!« schrie der junge Leon Rachet plötzlich in den Gerichtssaal, in dem es still geworden war. »Und deinem Arsch auch, Dowdy!«

Franklin Smith wandte sich dem Teenager zu, verzog das Gesicht und sagte: »Oooh, Mann, Leon.«

Um 10.40 Uhr flog das stumpfgraue Dach der Rumfabrik Pott in die Luft wie der Hut eines Slapstickkomikers; dann züngelten orangefarbene und rote Flammen zum milden, klaren blauen Himmel.

Buchstäblich innerhalb von Minuten war die Fabrik in Coastown verschwunden; ein ganzer Block der Hauptstadt stand hoffnungslos in Flammen.

Punkt elf wurden zwei weiße Vorarbeiter in den Bauxitgruben von Cow Park mit Ballschlägern bewußtlos geschlagen.

Auf einem Managerparkplatz wurden hundert Autofenster eingeschlagen.

Das Managerkasino wurde gestürmt, und all die Rumpsteaks und Brathühnchen wurden entweder gestohlen oder ungenießbar gemacht.

Zur selben Zeit schrien im Gerichtssaal von Coastown Franklin Smith und Chicki Holt obszön auf Richter Dowdy ein. Auch ihr schon heiserer, langhaariger amerikanischer Anwalt schrie den alten Richter an. Sie nannten ihn »Muttersöhnchen«, »Arschgeige«, »Scheißhaufen«, »senile Sau«.

Der junge Leon Rachet stand ruhig dabei, schaute nur zu. Er griff in die hintere Hosentasche und zog ein schwarzes Barett für seinen verschwitzten Kopf heraus. Mit seinen fünfzehn hielt er sich für eine Mischung aus Huey P. Newton, Haile Selassie und Che Guevara.

Während des wahnsinnigen Geschreis im Gerichtssaal wandte er sich Franklin Smith zu und sagte zu dem älteren Mann, er solle die »schwarze Niggerboyschnauze« halten.

Seltsamerweise tat der Dreißigjährige, was ihm befohlen wurde.

Außerhalb der Zigarrenkiste von einem Gerichtsgebäude dröhnte der Reggaesänger Bob Marley aus den Lautsprechern auf dem Dach eines in Regenbogenfarben bemalten VW-Busses.

Marley und seine *Wailers* brüllten außerdem aus Kofferradios in Übergröße entlang der von Palmen gesäumten Trottoirs.

Zornige schwarze Gesichter schrien das Gerichtsgebäude an, als wäre es ein Lebewesen. Schlägertypen in der Menge trugen Plakate, die für den revolutionären Obersten Monkey Dred warben, außerdem für Seine kaiserliche Majestät Haile Selassie. Hübsche Schulkinder mit unschuldigen Gesichtern schwenkten kunstvoll von Hand gemalte Transparente – HAU AB, ADMIRAL NELSON, HAU AB, NELSON ROCKEFELLER; SAN DOMINICA IST EINE SCHWARZE REPUBLIK.

Städtische Polizei marschierte hinter durchsichtigen Schutzschilden die Court Street entlang. Leute warfen mit reifem Obst nach den Polizisten. Mit Mangos, grünen Kokosnüssen und kleinen Melonen.

Ein nußhäutiger Mann in Armyklamotten rannte zu einer Fernsehkamera und verzog vor dem Objektiv das Gesicht zu einer grotesken Grimasse. »Aaah, gefäährlich!« schrie er und wurde auf der ganzen Welt berühmt.

Um 11.15 Uhr wurden fünf Hertz-Mietwagen auf dem Robert-F.-Kennedy-Flughafen außerhalb von Coastown mit Plastiksprengstoff in die Luft gejagt.

Um 11.30 Uhr wurden die drei Mörder auf die leuchtend weiße Veranda des Gerichtsgebäudes hinausgeführt.

Der Terror auf San Dominica fing jetzt im Ernst an.

Der fünfzehnjährige Leon Rachet trug ein geblümtes Hemd in Neonfarben und eine dunkle Tonton-Macoute-Sonnenbrille. Er hatte sich das schwarze Barett schräg über das Gesicht gezogen. Gefäährlich.

Erst lächelte Rachet breit, als er die mit Handschellen gefesselten Hände hoch über den Kopf hob wie ein Sieger beim Preisboxen. Dann, als die Polizei ihn die gleißendweiße Treppe hinunterstieß, schrie der Junge buchstäblich zum Himmel.

»Dred macht dich fertig, Mann! Monkey macht euch alle mausetot! Schlitzt euch allen die Kehlen durch!« Immer wieder rief der Junge den Namen des Inselrevolutionärs.

»Monkey Dred hat meiner eigenen Tante die Kehle durchgeschnitten! Ay-ee! Ay-ee!«

Plötzlich brüllte ein gut gekleideter Schwarzer über den ganzen anderen Krach hinweg. »Herrgott noch mal, Mann! Oh, Herrgottsakrament noch mal!«

Jemand hatte eine die Sonne einfangende silberne Frisbeescheibe hoch in die Luft geworfen. Sie beschrieb einen hohen Bogen, ehe sie in der Menge rund um die mit Handschellen gefesselten Mörder landete.

Als der fünfzehnjährige Leon Rachet die letzte Stufe der Treppe des Gerichtsgebäudes erreichte, wo die Hintertür eines schwarzen Polizeirover schon offenstand, um ihn in Empfang zu nehmen, wandte sich sein Blick nach oben auf die plötzlich herunterschwebende Frisbeescheibe – und ein Weißer in einem Panama-Anzug trat aus der Menge heraus und feuerte drei Schüsse ins Gesicht des wahnsinnigen Jungen.

Carrie Rose sah zu, wie der merkwürdige, besessene Teenager zusammenbrach und stürzte. Sie gehörte zu der großen

Gruppe aus weißen Touristen hinter der Absperrkette der Polizei. Sie hoffte, die weiteren Terroraktionen würden so glatt verlaufen wie diese hier.

Robert-F.-Kennedy-Flughafen; Coastown, San Dominica
Dienstag abend

An jenem Abend um 21.45 Uhr setzte eine Boeing 727 der American Airlines zum federleichten Anflug auf den Robert-F.-Kennedy-Flughafen von San Dominica an.

Das massive silbrige Flugzeug schwebte verblüffend tief über die blauschwarze Karibik.

In Sekundenabständen blitzten große rote Lichter an den Flügeln und am Heck des Flugzeugs auf. Die roten Lichter spiegelten sich wunderschön im dunkelblauen Meer wider.

Versteckt in der Dunkelheit in der Nähe von Rollbahn zwei beobachtete Damian Rose die glatte Landung mit beträchtlichem Interesse. Er ging seinen Plan ein letztes Mal durch.

Inzwischen berührten drüben auf Runway eins die Reifen der 727 schon ohne das geringste Holpern oder Knirschen den Boden. Eine bereits ziemlich bekiffte Calypsokapelle fing neben dem Hauptterminal zu spielen an.

Die Flugzeugräder kreischten, als die Bremsen und die Schubumkehr griffen.

Als das Flugzeug auf halbem Weg zum Landeplatz war, mußte Damian Rose eine Entscheidung treffen. Er hob ein teures, in Deutschland hergestelltes Gewehr an die Wange und konnte im grünlichen Licht seines Nachtsichtgeräts einen kleinen schwarzen Kasten ausmachen.

Er schoß dreimal.

Die einfache Bombe auf der Rollbahn ging los, übertönte die Gewehrschüsse und riß ein riesiges Loch in die Unterseite des Flugzeugrumpfs.

Als die 727 zum Halten ausrollte, schossen Flammen aus ihrer Mitte, dann aus den Fenstern über den Flügeln.

Türen flogen auf, und Notrutschen begannen sich zu entfalten. Dann kamen schreiende Passagiere aus dem Flugzeug, etliche von ihnen in Flammen.

Die beiden Notfallwagen des Flughafens setzten sich in Bewegung zu dem brennenden Flugzeug, zunächst langsam, weil die unerfahrenen Fahrer ihren Augen nicht trauten.

In einem der winzigen Flugzeugfenster war der Kopf eines brennenden Menschen zu sehen.

Eine in Flammen stehende Weiße rannte quer über das Flugfeld; es sah aus wie ein loderndes Kreuz.

An einer Tür stand eine Stewardeß, die Finger im gesprayten blonden Haar, und schrie um Hilfe.

Vier Stunden später – als das Feuer endlich gelöscht war – waren sechs Menschen aus der 727 tot, über fünfzig weitere hatten Verbrennungen erlitten, und niemand auf der Insel hatte einen Anhaltspunkt dafür, warum das geschehen war.

Am nächsten Tag wirkte das Rätsel nicht mehr ganz so unlösbar.

25. April 1979, Mittwoch
Paar am Strand niedergemetzelt

4. Kapitel

1967, als wir Säckchen mit fünfzig und hundert Milligramm Heroin verkauften, sagte Damian zu mir, er habe vor, das größte verbrecherische Genie auf Erden zu werden. Er sagte, die Welt sei reif für einen kriminellen Helden: hochintelligent, leicht verwegen angehaucht wie Billy the Kid – ein bißchen in goldenes Licht getaucht wie Butch Cassidy ... Mir gefiel die Idee sehr gut. In dieser Phantasie spielte ich die Rolle von Katherine Ross.

Das Rose-Tagebuch

25. April 1979; Turtle Bay, San Dominica

Mittwoch nachmittag. Zweiter Tag der Zeit der Machete

Auf der asphaltierten Straße, die durch die Turtle Bay führte, radelte ein gewisser Peter Macdonald – ein junger Mann, der bei den kommenden Ereignissen noch eine große Rolle spielen sollte – wie jeden Tag durch das üppige, sonnenüberströmte Paradies.

Während er in die Pedale eines Peugeotrads mit zehn Gängen trat, genoß Macdonald den zusätzlichen Luxus, sich an besonders alberne Heldentaten aus seiner Vergangenheit zu erinnern.

Peter, fast neunundzwanzig Jahre alt, war ein guter Radfahrer. Er sah gesund aus. Seine Physis erregte Aufmerksamkeit.

Er war eins fünfundachtzig, auf attraktive Weise muskulös, und trug löchrige graue Turnshorts mit dem goldenen Aufdruck *Eigentum der USMA West Point* auf einem Bein.

Er hatte abgewetzte Converse-All-Star-Turnschuhe aus dem Spiegel's Sportzubehörladen in Grand Rapids, Michigan, an, graurote Snowbird-Socken, die seine Füße von den gelblichen Schwielen befreiten, trug eine verbeulte, eingestaubte Mütze aus dem Souvenirladen der *Detroit Tigers*, die aussah, als hätte er sie an jedem Tag seines Lebens aufgehabt. Und fast genauso war es auch.

Unter der Baseballmütze war sein kastanienbraunes Haar kurz geschnitten, hoch nach oben geschoren. Es war eine total altmodische Frisur – früher hatte man das einen »Kommißschnitt« genannt.

So gut wie alles an Peter Macdonald war altmodisch: sein Aussehen, das etwas von einem attraktiven jungen Holzfäller hatte, seine hohen Moralvorstellungen im Sinn der Episkopalkirche, seine Weltanschauung, seine Sturheit eines Farmers aus dem mittleren Westen. Alles, mit Ausnahme der letzten vier Monate jedenfalls – der Zeit, die er auf San Dominica verbracht hatte –, vier Monate, in denen er Aushilfskellner, Strandgammler, Lustmolch gewesen war. Offen gesagt, ein Nichts.

Als er durch die Inselberge fuhr, schwammen Stechmücken im Schweiß auf seinem kräftigen Rücken.

Wenn sie unter sich waren, sagte seine Freundin Jane Cooke gern, Peter mache sich lächerlich.

Es war einmal, da war Peter so durch Michigan gefahren: ruhig, verzweifelt, lächerlich ... mitten im Winter ... in zehn Pfund schweren schwarzen Gummistiefeln.

Es war einmal, da war er ein typisches Soldatenkind gewesen – der letzte der sechs Macdonald-Brüder, der letzte der Supersechs; dann war er Kadett in West Point gewesen, danach Sergeant bei den Special Forces in Vietnam und Kambodscha.

Törichter Ruhm von gestern.

Als das Unterholz und die Bananenstauden zu dicht wurden – voller Insekten, die aufreizend juckten –, fuhr Peter näher ans Meer heran, auf der falschen Seite der zweispurigen Küstenstraße. Jetzt wurde er müde. Kam aus dem Rhythmus. Brach zusammen. Das verlorene Paradies.

Er sah hinunter auf die glitzernde Karibik – Turtle Bay – und dachte daran, nach dem Radfahren schwimmen zu gehen. Jane aufzutreiben und mit ihr ins Meer zu tauchen – sie vielleicht danach zu überreden, den Nachmittag im Bett zu verbringen.

Er war jedoch inzwischen sehr, sehr erschöpft. Die Knie drohten ihm gegen das Kinn zu schlagen. Die Pedale wurden platt wie Pfannkuchen.

Peter umrundete schweißglänzend eine scharfe Kurve ... und sah Damian Rose ... dreißig Meter vor ihm auf der Straße.

Der große Blonde stand mit einem Gewehr in der Armbeuge da und sah hinaus auf das Meer.

Peters erster Gedanke war, der Mann amüsiere sich bei einer improvisierten Jagd. Höchstwahrscheinlich auf Wildschweine.

Er sah den Wagen des Mannes, der ein Stück weiter auf der Straße geparkt war. Grüne Limousine. Auf dem Nummernschild CY und ein paar Zahlen.

Ein Einheimischer? Er hatte ihn noch nie gesehen ... Hatte vermutlich eine Villa gemietet ... Reich genug sah er aus. Und außerdem versnobt.

Aus einem unerfindlichen Grund hielt Peter den Mann für einen Engländer. Er sah im Jackett des Mannes ein Etikett mit der Aufschrift »Harrods« aufblitzten ... Ein großer blonder Engländer.

Umwerfend.

Als er vorbeifuhr, drehte der Blonde sich um und rief ihm etwas zu. Fast wie in Trance.

Er rief: »Gute Konstitution!« Oder ein anderes langes Wort ...

Macdonald faßte es als Gruß auf. Winkte. Fuhr weiter.

Er wurde sogar ein bißchen schneller. Wollte angeben, Daniel Morelon nachahmen. Das habe ihn gerettet, hieß es später.

Die ganze Szene dauerte nicht einmal fünfzehn Sekunden. Fünfzehn verrückte Sekunden, die sein Leben veränderten.

Dann die nächste Kurve bergab auf der Küstenstraße – das Rad flog hinunter wie eine Fledermaus auf Jagd –, und Peter wurde durch ein lautes Rascheln im leuchtendgrünen Gebüsch auf dem Weg zum Strand hinunter aufgeschreckt.

Er rechnete mit einem kleinen Rudel Ziegen oder Wildschweinen. Er sah jedoch zwei halbnackte schwitzende Schwarze, die bergauf rannten.

Einer der beiden, der Kubaner, war mit Blut besudelt. Die Schmierstreifen sahen aus wie Fingerfarbe.

Das alles würde schließlich die CIA, die Cosa Nostra und die Regierung von San Dominica erschüttern ... Zum Preis von eineinviertel Millionen Dollar wurde von den Roses verlangt, daß sie keine Zeugen zurückließen.

Was Peter Macdonald anlangte, steckte er in ernsten Schwierigkeiten ... aber wenigstens war er auf der Flucht.

5. Kapitel

In Paris schlief er in den Monaten vor unserem Aufbruch in die Karibik nicht länger als drei bis vier Stunden. Normalerweise ging er gegen fünf Uhr morgens ins Bett. Bis dahin saß er nur vor einer Schreibtichlampe, die er so hingedreht hatte, daß ihm das grelle Licht fast ins Gesicht schien. Durchdachte alles. Er schlief drei bis vier Stunden, dann stand er spätestens um neun auf. Dachte wieder über die Macheten nach.

Das Rose-Tagebuch

Michael O'Mara und seine Frau Faye gingen sehr, sehr langsam.

Als Sandanbeter quälten sie sich nach Westen, von einer schimmernden Bucht zur nächsten.

Die sechzigjährige Faye summte geistesabwesend vor sich hin. Sie dachte sich eine alberne Melodie zu dem Satz: »Am Meeresstrand verkauft sie Muscheln« aus.

Aus der Ferne sahen Mike und Faye unten am Strand wie zwei alte Männer aus, als sie eine scharfe Biegung umrundeten und in die Turtle Bay kamen.

»Kein Wunder, daß mir alles so verdammt weh tut und ich so müde bin«, sagte Mike, der bei jedem vierten, fünften Schritt seine ausgeleierte knallblaue Badehose hochzog und beim Gehen die Zehen spreizte wie eine große Ente mit Arthritis.

»Ich kann bei diesen gottverfluchten, absurden Hotelpreisen nicht schlafen. Wer kann schlafen bei vierzig ... nein. Was kostet es? Fünfzig? Nein, vierzig. Sagen wir mal, dreißig Dollar für jedes Nickerchen. In Coastown werde ich bei solchen Preisen schlafen können. Bei diesen Preisen warte ich mit dem Schlafen, bis wir wieder zu Hause sind, wenn's denn sein muß.«

Faye lachte direkt in die lange Asche von Mikes Zigarre. »Das ist saukomisch, Mike.«

Sie bückte sich, hob eine Kammuschel auf, und ihr Bauch hüpfte in ihrem einteiligen Badeanzug wie ein Strandball. »Ha. Ha. Ha. Das wirft mich wirklich um. He, he. Siehst du, ich lache.«

»Lach du nur. Ein Doppelzimmer in Coastown kostet dreißig Eier. Europäische Maßstäbe. Da könnte ich vielleicht schlafen. Einen Dollar ausgegeben oder nicht macht zwei Dollar Unterschied. Und das Abendessen würden wir streichen. Von dem Ziegenfleisch hab ich eh die Nase voll . . .«

Letzteres hörte Faye im Grunde nicht – dieses Mal lauschte sie der vertrauten Schallplatte mit dem Sprung nicht, die Mike für sie war. Statt dessen wirkte die dicke weißhaarige Frau verärgert über die Muschel, die sie eben gefunden hatte.

»Manche Leute hasse ich wirklich.« Sie hielt die Muschel mit wissenschaftlichem Interesse auf der Handfläche. »Weil sie aus diesen wunderschönen Dingen Aschenbecher machen. Aus Wundern der Natur. Das ist doch eine Affenschande. Und einfach geschmacklos.«

Mike O'Mara musterte kurz den neuen Schatz seiner Frau. Ihm war, als hörte er jemanden kommen, und er sah nach oben ins Gebüsch. Nichts. Seine Augen waren sowieso keinen feuchten Dreck mehr wert.

Er warf die Muschel in ein Netz, das er hinter sich her über den heißen Sand schleppte. Allmählich kam er sich vor wie ein Müllentsorger im Fairmount Park. Scheißmuscheln.

»Wer bekommt denn dieses Kunstwerk?« fragte er mit der selten benützten, ruhigen Stimme, die sein Markenzeichen als

Portier im Rittenhouse Club in Philadelphia war. Dort nannten sie ihn bloß den »guten alten Mike«.

»Die hier bekommt Libby Gibbs.« Faye bückte sich nach einer weiteren Muschel, ihrer Meinung nach eine rosa Stachelschnecke. »Äh, dann sind nur noch Tante Betsy, Bobo und Yacky übrig. Und Mama.«

Mike bückte sich und spritzte sich kühles Wasser auf die Knöchel. Die Knöchel waren rosa, angeschwollen und bekamen Blasen. Verdammt noch mal. Lieber Gott im Himmel. Zahlte er für diese Qual tatsächlich gutes Geld?

Als er sich aufrichtete, griff er nach dem weichen, schwabbeligen Oberarm seiner Frau. Verflixt noch mal, er hatte ihr diese Reise zu verdanken. Das stimmte. Zweite Flitterwochen! Wie auch immer man das nennen wollte.

»Ja, Schatz«, sagte er. »Ich kapier' bloß nicht, warum wir unbedingt auf eine Insel fliegen mußten ... Und noch dazu Mitbringsel für Gott und die Welt kaufen müssen ... Wenn es wenigstens die Weihnachtsinseln wären ...«

Plötzlich sah Faye O'Mara furchtbar traurig und müde aus. Sie dachte, daß sich ihre Kinder nichts mehr aus ihr machten. Mike machte sich ganz bestimmt nichts mehr aus ihr. Auf der ganzen großen weiten Welt war niemand mehr, dem das Geringste an ihren Gedanken lag.

»Amüsierst du dich hier denn nicht, Mike?« fragte sie, ohne zu witzeln. Im Ernst. Dann grinste die Irin mit den vorstehenden Zähnen. So war der ewige Kampf zwischen ihnen, eben weil sie etwas ... Gewisses ... gemeinsam hatten, etwas, was sie zum Lächeln brachte und zärtliche Gefühle für Mike empfinden ließ.

Aber sie bekam nie eine Antwort auf diese Frage.

Denn zum ersten Mal seit fünfzehn Jahren rannte Mike O'Hara. Schnaufend und keuchend kam er voran, sah aus, als hätte er lahme Knie.

Er konnte nicht fassen, was er sah, und winkte Faye, sie solle zurückbleiben. »Geh zurück, Faye. Geh zurück.«

Der Portier aus Philadelphia hatte eine blutige Machete entdeckt, die tief im Sand steckte. Er hatte die beiden Hippies gefunden, die vom Kubaner und Kingfish Toone ermordet und verstümmelt worden waren.

Und das hatte auch eine hungrige Herde wilder Ziegen.

6. Kapitel

Meistens vergessen wir, daß Polizisten Menschen mit relativ simpler Denkungsart sind. Damian sagte, sie seien im Grunde nicht fähig, kreative Persönlichkeiten (Kriminelle) zu begreifen. Schon jetzt ist ihnen das unmöglich, und es wird immer schlimmer. Eine amoralische Generation wächst schnell heran. Kann es noch lange dauern, bis wir den nächsten Polizeistaat erleben?

Das Rose-Tagebuch

Mittwoch abend

Es wurde schnell dunkel, schwarz und blau und rosa über der Karibik, als der Polizeichef von San Dominica kam und die unerhörten Machetemorde in Augenschein nahm.

Etwa zwanzig weniger wichtige Polizisten und Armeeoffiziere waren schon eingetroffen. Sie waren wie Vermessungsingenieure über den ganzen Strand verteilt.

Sie machten Notizen. Nahmen Maß. Breiteten Bahren und gelbe Tücher aus, die aus der Ferne wie Regenhäute aussahen.

Die weißen Tropenhelme der Polizisten trieben durch die Menge wie Karnevalsluftballons.

Ehe er irgend etwas anderes unternahm, zählte der Polizeichef die wertvollen Helme auf den Köpfen seiner Männer.

Dann schob sich Dr. Meral Johnson ruhig durch einen lärmenden Kordon aus Badeanzügen und abgeschnittenen Bluejeans, durch Kahlköpfe und sommersprossige Dekolletees, durch Joggingklamotten und Hosenanzüge und fließende Kleider im Empirestil.

Mindestens vierhundert sehr verängstigte und sehr verwirrte Urlauber hatten sich um die schmale Bucht versammelt.

Um einen Blick auf die Leichen zu erhaschen.

Und dann trauten sie ihren Augen nicht, konnten ihr Glück nicht fassen.

Sobald er den Kreis aus aufgeregten Menschen durchdrungen hatte, blieb Dr. Johnson stehen und holte Luft. Er zündete sich eine kurzstielige schwarze Albertson-Pfeife an. *Paff, paff, paff, paff . . .*

Heute abend waren die Amerikaner unruhig! Er machte einen kleinen Witz und hatte gleich darauf ein schlechtes Gewissen. Ein sehr schlechtes Gewissen. Scheußlich.

Meral Johnson wußte, daß er als Polizist einen ziemlich schwachen Eindruck machte: Knapp eins fünfundsiebzig groß und über zwei Zentner schwer, Brillenträger, zerknitterter Leinenanzug. Schwach oder gar ängstlich?

Er sah eher wie ein korrekter, strenger westindischer Schulmeister aus – was er gewesen war – als wie ein Polizist im Stil von Joseph Wambaugh, der hier war, um grausige Morde aufzuklären. Eher wie ein provinzieller Inselbewohner, der sich die Schuhe mit Palmöl und die Zähne mit Backpulver putzte.

Sei's drum, dachte Meral Johnson bei sich. Sei's drum. Und der massige Polizist näherte sich bedächtig dem Schauplatz der Machetengreuel.

Fast sofort begann der nervöse deutsche Geschäftsführer des in der Nähe gelegenen Plantation Inn, ihn anzubrüllen.

»Warum brauchen Sie denn so lange? Und jetzt lassen Sie sich auch noch die Zeit, eine Pfeife zu rauchen?«

Dr. Johnson schenkte dem Hotelgeschäftsführer etwa soviel Aufmerksamkeit, wie er einem Sandfloh an den Aufschlägen seiner Hosen entgegengebracht hätte. Er sprach zunächst mit keinem seiner Untergebenen, ging herum um die gelben Gummiplanen, die verhüllten, was von den Leichen der Teenager übriggeblieben war.

Nach diesem kurzen Rundgang blieb der Polizeichef stehen, mit dem Rücken zum Meer, und *beobachtete* den Tatort des Doppelmordes nur noch. Er versuchte, seinen Verstand wieder zur Ruhe zu bringen.

Der Geschäftsführer des Plantation Inn hatte seinen Kellnern offenbar befohlen, die Leichen der beiden jungen Leute abzuriegeln.

Die Kellner, überwiegend alte Schwarze mit krausen, weißen Bürstenschnitten – sie verdienten pro Woche weniger als dreißig Dollar – standen in ihren gestärkten weißen Smokingjacketts in Habachtstellung wie auf dem Paradeplatz da. Alle trugen schwarze Abendschuhe mit auf Hochglanz polierten Spitzen. Alle hielten brennende Fackeln in den Händen, die von der Speiseveranda des Inn geholt worden war. Alle Kellner sahen traurig und würdevoll aus und vor allem respektvoll angesichts der entsetzlichen Situation.

Es war eine unglaubliche Szene – gleichermaßen kolonialistisch wie primitiv –, und Johnson wollte sicher sein, daß er sie abrufbereit in seinem Gehirn gespeichert hatte, ehe er mit der aufreibenden Arbeit anfing, die in jener Nacht noch vor ihm lag.

Was für ein Anblick – eine Tragödie, ein Rätsel. Das Schlimmste, worauf er je gestoßen war.

Zunächst sprach Dr. Johnson mit dem sehr unerfahrenen, verängstigten Wachtmeister vom Turtle-Bay-Revier.

Fast sofort nach seiner Ankunft war der achtundzwanzigjährige Bobbie Valentine zwischen den Gummiplanen in die Knie gegangen. Er sah wie ein Leidtragender aus, sah aus, als würde ihm gleich fürchterlich schlecht.

Meral Johnson ging auch in die Knie und sprach in einem klaren, relativ reinen Oxbridge-Englisch mit dem Mann. Ohne eine Spur vom Inselslang.

»Was halten Sie davon, Bobbie?« fragte er. Eine kurze Pause, dann beantwortete er seine Frage selbst. »Vielleicht Oberst Dred, denke ich. Immerhin hat er sich an die Presse gewandt und die Verantwortung übernommen.«

Ehe der Wachmeister die Chance hatte, zuzustimmen oder zu widersprechen, ergriff der deutsche Hotelgeschäftsführer über beider Köpfe hinweg das Wort.

»Ich bin *Maximilian Westerhuis*«, erklärte er mit einem Nachdruck, der wirkte, als hätte er einen Titel ausgesprochen. »Ich leite das Plantation Inn. Die beiden Toten . . .«

Der dicke schwarze Polizist stand schneller auf, als möglich schien. Seine dunklen Augen blitzten. Mit überzeugend bösartigem Gesicht sagte er das erstbeste, was ihm einfiel.

»Sie wollen hier ein Geständnis ablegen?«

Westerhuis trat verwirrt einen Schritt zurück. »Selbstverständlich nicht. Ein Geständnis? . . . Treiben Sie keine absurden Scherze mit mir . . .«

»Dann rede ich jetzt mit diesem hervorragenden Polizisten.« Dr. Johnsons Stimme nahm wieder den gewohnten höflichen Flüsterton an. »Bitte, warten Sie auf mich, Mr. Westerhuis. Hinter Ihrem Personal.«

Der Hotelgeschäftsführer, groß, weißblond, sagte nichts mehr. Er stolzierte wütend weg.

»Nazi«, murmelte Johnson – ein einleuchtender Gedanke, der dennoch das Fassungsvermögen von Wachtmeister Valentine völlig überstieg. »Ich muß was gegen diese Menschenmenge unternehmen«, sagte Johnson. »Am besten was Schlaues.«

Der Polizeichef zog an seiner schwarzen Pfeife und ging noch einmal von einer Plane zur anderen. Sehr behutsam hob er die sperrigen Gummiplanen hoch und legte sie dann wieder genauso zurück, wie er sie vorgefunden hatte. Es sah fast so aus, als schaute der Polizist nach schlafenden kleinen Kindern.

Er verweilte sehr, sehr lange über dem verstümmelten Kopf der jungen Frau.

Er beleuchtete die Leichen mit einer kleinen Taschenlampe, musterte die blutigen Gesichter und Schädel.

Die Menge aus Hotelgästen verstummte, während er arbeitete. Alle beobachteten ihn, aber der Polizeichef sah kein einziges Mal auf. Zum ersten Mal seit Stunden konnte man in der Turtle Bay das Vogelgezwitscher und die Meeresbrandung hören.

Schließlich, immer noch mit gesenktem Kopf, so respektvoll wie die alten schwarzen Kellner, ging Dr. Johnson zu seinem Wachtmeister zurück.

Er hatte die gesamten zehn Minuten, das ganze langsame Hin und Her zwischen den verstümmelten Leichen, schlicht und einfach darauf verwandt, der Menge ein gewisses Vertrauen einzuflößen.

Ihr den Eindruck zu vermitteln, er habe mit solchen Morden schon früher zu tun gehabt.

Jetzt konnte er vielleicht mit einer Art Ermittlung anfangen.

Als erstes zog er mit Hilfe seines Taschentuchs die Zuckerrohrmachete aus dem Sand. Er hielt das scharfe Breitschwert ins Mondlicht.

»Hmm«, murmelte er laut. »Sorgen Sie dafür, daß niemand irgendwelche Andenken mitnimmt.« Er sprach mit leiserer Stimme mit Wachtmeister Bobbie Valentine. »Amerikaner haben eine Schwäche für Andenken an Katastrophen. Wenigstens das haben wir bei dem Flugzeugbrand gelernt ...

Und noch was, Bobbie. Könnten Sie das für mich weitersagen? ... Falls einer dieser Männer seinen Helm als Souvenir verkauft, dann wird er morgen nacht um diese Zeit auf der Straße Halsketten und Muscheln verhökern, sagen Sie Ihnen das. Ich habe hier sechzehn abgenommene Helme gezählt!«

Coastown, San Dominica

Um 19.45 Uhr saß der junge Mann, der aussah wie Montgomery Clift, allein an einem schattigen Tisch auf der Veranda des Hotels Coastown Princess.

Während er in kleinen Schlucken Cutty Sark Scotch mit Perrier trank, schlug er mit dem Cocktailquirl den Takt zur weichen Calypsoversion von »Marianne«. Brooks Campbell wurde langsam nervös.

Ein kleines Problem: Er befürchtete, den anderen Gästen falle allmählich auf, daß er ganz allein hier saß.

Ein etwas größeres Problem: Sein Kellner mit der Afrokrause schikanierte ihn, wollte ihn wegekeln, damit sich eine größere Gesellschaft an den Tisch setzen konnte.

Ein Riesenproblem: Damian Rose hatte sich bei ihrem ersten und vermutlich einzigen Treffen von Angesicht zu Angesicht eine halbe Stunde verspätet.

Brooks Campbell kannte noch nicht alle Einzelheiten über den Vorfall in der Turtle Bay, aber wie die Roses so arbeiteten, setzte seinen Nerven allmählich schwer zu. Anfangs hatte es auf San Dominica nur zehn bis zwölf Tote geben sollen, ähnlich wie bei den Aufständen von 1973 auf St. Croix. Jetzt sah es danach aus, als würde es schlimmer kommen. Sehr viel schlimmer. Rose ging zur Sache, wie es seine Art war, und deshalb hatte Campbell um das Treffen gebeten. Auf einem Treffen bestanden.

Um 20.15 Uhr war Damian Rose noch immer nicht aufgetaucht.

Campbell beobachtete einen riesigen künstlichen Wasserfall, der endlose Ströme von Wasser in den gigantischen Swimmingpool direkt unterhalb der Veranda ergoß. Er beobachtete Paare in Badekleidung, wie sie hübsche Pfade, gesäumt von Palmen und Känguruhbäumen, entlanggingen.

Die kleine Combo spielte jetzt eine Reggaemelodie – »The Harder They Come«. Revolutionsmusik.

Um 20.45 Uhr begriff Brooks Campbell, daß es zu dem Treffen mit Damian Rose nicht kommen würde.

Campbell hatte den schleichenden Verdacht, niemand werde den geheimnisvollen Söldner je zu Gesicht bekommen.

Um neun bezahlte der gutausehende Einunddreißigjährige seine Rechnung im Princess. Er ging die zwölf Blocks bis zur amerikanischen Botschaft zu Fuß, hörte Kriegstrommeln auf den Straßen. In der Botschaft wurde er mit der beunruhigendsten Nachricht seiner ganzen Laufbahn konfrontiert.

Jemand hatte heute nachmittag an der Turtle Bay einen großen blonden Mann gesehen.

Jemand hatte schließlich doch noch das Gesicht von Damian Rose zu sehen bekommen.

Turtle Bay, San Dominica

Die im Sand der Turtle Bay hinterlassene Machete war halb Sense, halb Fleischerhackbeil.

Dem Aussehen nach war sie auf einer Zuckerrohrplantage oder im Dschungel der West Hills stark benutzt worden. Die Klinge war fünfundsechzig Zentimeter lang und zehn Zentimeter breit. Aus starkem Stahl. Der Holzgriff war achtzehn Zentimeter lang, verzogen, übel zerkratzt, besaß große Nieten wie ein Küchenfleischmesser. Wenn man sie in einer Hand hielt, ließ die Machete an Entermesser und Schwertkämpfe denken.

Dr. Meral Johnson saß in der Taschenbuchbibliothek im Plantation Inn und musterte das scharfe Messer lange Zeit.

Er hielt es ins Licht einer hellen Leselampe. Er ließ es durch die Luft sausen, Schatten zerschneiden. Eine furchterregende Waffe. Johnson hatte selbst gesehen, wie eine Machete eine Ziege mit einem einzigen Schlag in zwei Stücke gehauen hatte.

Der müde Polizist ließ sich auf einen alten Lehnsessel in der Bibliothek sinken. Er ging die zusammenhanglosen, widersprüchlichen Einzelheiten des Falls durch ... das Massaker in der Turtle Bay. Der Bombenanschlag auf das Flugzeug der American Airlines. Die merkwürdige Erschießung von Leon Rachet.

Im Augenblick, sagte sich Dr. Johnson, war es wohl am besten, sich auf Einzelheiten zu konzentrieren, die ihn oder die Armee zu dem Inselrevolutionär Monkey Dred führen konnten. Er wies seine Männer an, ebenfalls in dieser Richtung zu ermitteln.

Es war ein gut gemeinter, aber teurer Fehler – und einer, mit dem die Roses gerechnet hatten.

Polizisten sind Menschen mit relativ simpler Denkungsart . . .

Zeugen.

Ein Tennisprofi und seine Frau aus Saddle River, New Jersey, hatten um die Zeit der Machetemorde einen schwarzen Penner am Strand gesehen.

Eine ältliche Engländerin hatte eine Gruppe von »zügellosen einheimischen Jugendlichen« gesehen, die sich unter den Palmen direkt neben dem Strandstreifen des Inn versammelt hatten.

Ein Paar aus Georgia erinnerte sich an einen alten Mann, der ein paar räudige Ziegen an einem Seil geführt hatte.

Eine hübsche Elfjährige wurde zu Dr. Johnson gebracht, weil sie, wie ihre Mutter sagte, etwas zu erzählen habe. Das Mädchen erklärte, es habe sich gegen acht an jenem Abend versehentlich in der Suite seiner Mutter eingeschlossen. Dann habe es wie am Spieß gebrüllt, bis einer der Barkellner im Hotel – Peter Macdonald – gekommen sei und mit einer Brandaxt die Tür eingeschlagen habe. Die Mutter des Mädchens, eine Schauspielerin, verlangte vom Polizeichef, er solle sie beide noch am selben Abend in ein Flugzeug nach New York City setzen. Sie hatte geweint, den Schwarzen gelegentlich angeschrien und gesagt, ihre Tochter bekomme einen Nervenzusammenbruch.

Gleichzeitig wurde im Hauptbüro des Hotels eine weitere Gruppe von »Zeugen« verhört.

»Sie sind einer der Barkellner hier.« Anfangs sprach Wachtmeister Bobbie Valentine leise. Der Landpolizist saß hinter einer alten Büroschreibmaschine und sah nur gelegentlich von seinem Notizblock auf. »Dann lassen Sie mal hören, Mann.«

Peter Macdonald versuchte so knapp wie möglich zu erklären, was er an jenem Nachmittag beim Radeln auf der Küstenstraße gesehen hatte.

Er beschrieb Damian Rose als »großen blonden Engländer«.

Er berichtete dem Wachtmeister von den beiden Schwarzen, die blutüberströmt vom Strand heraufgekommen waren. Er erwähnte das teure deutsche Gewehr, die grüne Limousine; er beschrieb auch das Jackett von Harrods in London.

Als er fertig war, schien der schwarze Wachtmeister höhnisch zu grinsen. Er sah Peter an, als wäre er bloß ein weiterer amerikanischer Irrer auf freiem Fuß. Ein Fall für den Psychiater.

»Echt gut, Mann«, sagte der Polizist. »Der nächste, bitte«, rief er durch die offene Bürotür.

Peter spürte, daß er ein wenig wütend wurde. »Hey, Moment mal«, sagte er. »Jetzt machen Sie mal ein bißchen langsamer, bitte. Okay? Ich verstehe ja, daß Sie heute abend jede Menge total aufgeregte Leute zu sehen bekommen. Ich weiß ja, daß es hier zugeht wie im Irrenhaus . . . Aber was ist mit diesem Engländer?«

»Ich hab mir Notizen gemacht.« Der Schwarze hielt seinen Block hoch. »Aber über die Killer wissen wir sowieso schon Bescheid. Oberst Dred. Schlimmer Finger. Sie haben doch von Dred gehört, Mann? Nein, Sie haben keine Ahnung von Dred.«

»Ich weiß nicht viel über ihn.« Peter versuchte, zu dem Polizisten durchzudringen. »Aber ich habe da oben, wo die armen jungen Leute ermordet worden sind, einen *Weißen* gesehen. Ich habe zwei blutüberströmte Schwarze gesehen, die aussahen, als hätten sie eben mit bloßen Händen eine ganze Gymnasialklasse ermordet. Ich habe Angst bekommen, und ich bekomme nicht so leicht Angst.«

Wieder schien der Polizist höhnisch zu grinsen. Er gab sich so allwissend, daß Peter ihn am liebsten geschüttelt hätte.

»Ich weiß, Mann, ich weiß. Blonder englischer Typ. Groß. Grünes Auto, Nummernschild fängt mit CY an. Prüfen Sie das selber nach, Mann. Prüfen Sie's nach ... Okay – wer ist der nächste, der was zu erzählen hat?«

Während der einzige echte Zeuge den Ermittlungsraum verließ ... während die unglaubliche Verwirrung wuchs und die Fehler sich häuften ... wanderte Dr. Meral Johnson hinaus auf das dunkle Grundstück des Plantation Inn.

7. Kapitel

So seltsam es ist, die Menschen wollen nicht sterben. Vor allem junge Menschen nicht. Vor allem junge, unausgefüllte Singles an Urlaubsorten, die sie sich nicht leisten können.
Ursprünglich planten wir die ersten Machetemorde für die Inselversion des Club Mediterranee. Das Plantation Inn wurde ausgewählt, weil wir es uns anders überlegt hatten.

DAS ROSE-TAGEBUCH

Turtle Bay, San Dominica

Im lauten Hintergrund der Cricket Lounge im Plantation Inn beklagte sich eine junge, bis auf die Knochen gebräunte junge

Frau, sie werde nie wieder die Augen schließen und am Strand in der Sonne liegen können.

»Zwei Morde. Wie im Kino«, sagte jemand – ein kurzhaariger Mann, um dessen Hals ein Kokainlöffel baumelte.

Oben an der Loungebar unterhielt sich Peter Macdonald mit seiner Freundin Jane Cooke. Außerdem servierte er literweise Planter's Punch und andere Rumcocktails, Jamaica Coffee, Longdrinks, Aperitifs – und erstaunliche Mengen Whiskey pur.

»Ich weiß, wie paranoid das klingt«, sagte er zu Jane, »aber der Polizist schien mir nicht zuhören zu wollen.«

»Dieser Wachtmeister hat deine Aussage zu Protokoll genommen. Das hat er doch getan, oder?«

»Ja, ich glaub schon. Aber für ihn schien der ganze Fall schon erledigt zu sein, Janie. Oberst Dred! Oberst Dred! Alles andere kannst du vergessen. Den großen Blonden. Das teure Gewehr. Herrgott noch mal, ich weiß nicht recht. Ich *hoffe*, die haben recht ... Es ist bloß so, daß sie nicht besonders professionell zur Sache gehen. Ich hatte da drin das Gefühl, es mit lauter Amateuren zu tun zu haben.«

»Ahhh, Pii-ter, Mann.

Die Singsangstimme des Calypsosängers ertönte durch die Lounge.

Dann pfiff der Sänger ins Mikrophon. Er klopfte mit einem langen, femininen Fingernagel dagegen. Blies in merkwürdige, sich schlängelnde Bambusrohre.

»Kein Grund, sich vor Leon zu fürchten«, flüsterte er seinem weißen Publikum zu. Paare wie aus Romanen von John O'Hara und John Marquand. Jede Menge weiße amerikanische Angelsachsen in fröhlichen grünen Klamotten – grün und Bermudapink.

Er sang für sie. »*San Dominic' woman's love day say ... is lak a morning' dew ... Jus as lakly it fall on de horse's turd ... as on de rose.«* – die Liebe einer Frau aus San Dominica ist wie der Morgentau ... sie fällt, wohin sie will, auf Pferdescheiße oder Rosen.

Der Sänger lachte. Es war eine hübsche Nachahmung von Geoffrey Holder gewesen.

Ein paar Leute in der dunklen, mit roten Lampions beleuchteten Bar klatschten.

Peter Macdonald drückte auf eine Fahrradklingel, die zwischen den Schnapsflaschen über der Bar angebracht war.

»Ich will euch Leuten schöne Lieder über eine solche Frau singen«, fuhr der Sänger fort. »Über ihre Rosen. Und, na ja, wißt ihr Freunde ... auch über den unwürdigen Typen, dem sie ihre Zuneigung schenkt. Meinen Rivalen. Ein echter Scheißkerl!«

Zur gleichen Zeit ging Polizeichef Meral Johnson eine feuchte Steintreppe hinunter, dann an einer Reihe von Zellen im schwach beleuchteten, mittelalterlich anmutenden Keller des Gefängnisses von Coastown entlang.

Hinter ihm kamen im Gänsemarsch sieben Polizisten und Wärter. Fast alle, die so spät noch im Gefängnis waren.

Die düstere Parade marschierte an einer weiteren Reihe von Zellen entlang. Dann an noch einer. Am Ende der dritten Reihe wartete ein großer, schwitzender Wachtmeister neben einer offenen Stahltür.

In der Zelle konnte der Polizeichef schon den Weißen sehen, der am Morgen des Vortags Leon Rachet erschossen hatte.

Der geheimnisvolle Weiße in mittleren Jahren lag mit weit ausgebreiteten Armen auf der Pritsche. Seine haarigen nackten Beine baumelten herunter. Eine Pfütze aus Urin und Blut lief aus der Zelle, direkt in einen breiten Abfluß auf dem schmutzigen Flur.

Während Dr. Johnson im Plantation Inn gewesen war, war der Mann umgebracht worden.

Im Bett ermordet. Im Gefängnis. Mit einer Zuckerrohrmachete.

Die primitive Waffe ragte aus dem behaarten Bauch des Toten – und über dem Griff hing eine rote Wollmütze.

»Monkey Dred«, flüsterte Johnson.

»Pii-ter! Pii-ter!«

Die klangvolle Stimme des Calypsosängers schallte durch die Cricket Lounge.

»Verrat mir mal eins, Mann ... Was ist der Unterschied zwischen einer irischen Hochzeit und einer irischen Totenwache?«

Verdrossen, leicht peinlich berührt, verweigerte Peter die Antwort. Heute nacht wollte er sich nicht an der Show beteiligen. Nicht heute nacht. Nicht mit dem Bild der verstümmelten Neunzehnjährigen vor Augen, das sich in seinem Kopf festgefressen hatte wie ein Parasit.

»Was ist denn nun der Unterschied?« rief jemand aus der dunklen Bar.

Peter schaute Jane an und sah den gleichen – was? Ekel? Abscheu?

»Ein Betrunkener weniger.« Der Mann mit dem kastanienbraunen Haar gab schließlich nach, drückte auf die idiotische Fahrradklingel und empfand – was sehr seltsam und blöd war – ein bißchen Heimweh.

3. Mai 1979, Donnerstag
Touristen fliehen aus Urlaubshotels!

»Entfliehen Sie dem trüben Alltag ins Paradies!«

Zeitschriftenwerbung für San Dominica

Am dritten Tag wurden auf der Ferieninsel neun Morde gemeldet.

Zwei mit Messern, zwei durch Pistolenschüsse, einer durch Ertränken und vier mit der Machete.

Am frühen Nachmittag trafen bestens ausgerüstete Fernsehnachrichtenteams in San Dominica ein: Kameramänner im Hippiestil, Tonmeister, die wie NASA-Ingenieure aussahen; Traumfabrikregisseure, Regieassistenten, Reporter und Kommentatoren. Teams von ABC, CBS und NBC trafen ein. Sie kamen aus Sendezentren in New York City, Miami und Chicago. Offenbar waren die Machetemorde in Chicago und New York ein besonders beliebtes Thema.

Die Reporter und die Teammitglieder bekamen eine Gefahrenzulage wie bei Berichten über Kampfeinsätze, Unruhen in Großstädten oder Irre auf freiem Fuß.

Auch Zeitungskorrespondenten – ruhigere Typen, nicht ganz so im Stil von Los Angeles – begannen einzutreffen.

Natürlich kamen sie aus den Vereinigten Staaten, aber sie kamen auch aus Westeuropa, aus Afrika und Asien und vor allem aus Südamerika. Die Länder der Dritten Welt waren besonders gut vertreten.

Die Nachrichtengeier witterten eine Revolution!

Gleichzeitig sagten Experten von der Polizei und der Armee voraus, die jähe, unfaßbare Gewaltwelle werde entweder völlig abflauen – oder sich über die ganze Karibik ausbreiten.

Bis jetzt – obwohl Oberst Dred eindeutig als der Verdächtige galt – war es ein verteufeltes Rätsel.

8. Kapitel

Wir hatten schon lange, ehe wir die Karibik überhaupt zu Gesicht bekamen, gelernt, daß Traumlandschaften den grausigsten Hintergrund für jede Form von Terrorismus liefern.

DAS ROSE-TAGEBUCH

3. Mai 1979; Titchfield Cove, San Dominica

Donnerstag morgen. Der dritte Tag der Machete

In locker sitzenden Bluejeans und einem blauen Baumwoll-T-Shirt kletterte Damian Rose angestrengt und so schnell wie möglich. Er stieg zu hohen schwarzen Felsen über der Küstenstraße hinauf.

Hoch oben auf den Felsen hatte der träge Inselpassat im Lauf unzähliger Jahrhunderte zwei primitive Köpfe eingemeißelt – die beide, wie Rose beim Hinaufsteigen dachte, weder die heiße Luft noch die Mühe wert gewesen waren.

Rose grub die Finger in schmale Spalten und zog sich über zahllose winzige Vorsprünge nach oben, dem meerblauen Himmel entgegen. Er spürte, wie seine Stiefel auf losem Geröll knirschten; er konnte seinen eigenen salzigen Schweiß schmecken.

Nachdem er eine Viertelstunde lang angestrengt geklettert war, zog er sich auf einen kahlen, flachen Vorsprung hinauf. Die kleine Felsenplatte war etwa ein Meter zwanzig lang, keinen Meter breit. In der Nähe überzogen glänzende Glimmerschuppen die schwarzen Felsen. Glimmer und winzige Möwenknochen.

Von dem hochgelegenen Möwenfriedhof aus konnte Damian alles sehen, was er sehen mußte.

Der Morgen nach den Morden an der Turtle Bay war frisch und klar, mit einem hohen blauen Himmel über der ganzen Karibik. Ein Falke flog direkt über Damians Kopf hinweg, beobachtete die leere Straße und dem Anschein nach auch Damian.

Tief unten war das Meer trotz des pazifikblauen Himmels kabbelig. Am Rand der Titchfield Cove waren braune Riffe zu sehen.

Dort verlief ein langer, traumhaft leuchtender Strandstreifen, der an einem weiteren Hügel aus hohen, schwarzen Felsen endete.

Damian Rose konzentrierte sich auf einen leicht kahl werdenden dunkelhaarigen Mann und seine beiden Kinder, die an dem vollkommenen Strand entlanggingen.

Die drei bekamen in der cremefarbenen Brandung nasse Füße und Beine ... schritten hindurch, als warteten sie auf den Mann, der solche Augenblicke für Ansichtskarten fotografierte.

Damian packte zwei stromlinienförmige schwarze Rohre aus. Er schraubte sie zusammen. Das ergab einen Gewehrlauf. Schraubte das längere Rohr in einen leichten Schaft. Das ergab ein Gewehr. Dann nahm er aus seinem Rucksack ein Zielfernrohr und brachte es auf dem Lauf an.

Der dunkelhaarige Mann, Walter Marks, tauchte in eine kleine blaue Welle und verschwand.

Sein Sohn und seine kleine Tochter schienen Angst vor dem Wasser zu haben. Hübsche Kinder, nahm Rose zur Kenntnis. Beide blond wie ihre Mutter.

Ihr Vater war ein Esel, daß er am Morgen nach den Machetemorden mit ihnen spazierenging. Ein oberflächlicher, blöder Esel. Er hatte ihnen Ferien versprochen. Und er hielt immer, was er versprach.

Rose blickte durch das Zielfernrohr des deutschen Gewehrs. Ein Fadenkreuz aus haarfeinen Linien, die sich nicht ganz trafen.

Er beobachtete, wie Marks' angeklatschtes braunes Haar sprudelnd wieder an die Oberfläche kam. Der Mann stand auf, und das Wasser reichte ihm nur bis zur Hüfte. Er hatte eine stark behaarte Brust: braune Haare, die in den nassen Büscheln schwarz wirkten.

Durch das starke Zielfernrohr von Zeiss wirkte Walter Marks ihm so nah, als könne er ihn berühren.

Rose sah, wie der Kubaner aus dem hohen Gebüsch nicht weit hinter dem Strand winkte. Damian erinnerte sich an einen alten, wunderbaren Spruch: »Als würde man auf einen Goldfisch im Glas schießen . . .«

Er gab nur einen einzigen Schuß ab.

Walter Marks kippte im ein Meter tiefen Wasser nach hinten. Er sah aus, als wollte er rückwärts über eine Welle treten, um seine Kinder zu amüsieren.

Die Kugel hatte ihn mitten in die Stirn getroffen. Das Gehirn spritzte heraus wie Champagner aus einer geöffneten Flasche.

Die Kinder begannen sofort zu schreien. Sie schlossen sich in die Arme und sahen im mit einem Mal rötlichen Wasser wie ein Tanzpaar aus.

Kingfish und der Kubaner tauchten mit der Machete auf. Das geniale Team der Roses fürs Grobe. Sie wateten ins Meer hinaus.

Zum Glück der Kinder von Marks, aber auch zu ihrem Unglück, mußte es dieses Mal Zeugen geben. Als Zeugen waren die Kinder vorgesehen.

Jammerschade, dachte Rose einen Sekundenbruchteil lang. Und doch vollkommen.

Der kaltblütige Mord am Direktor von ASTA. Die öffentliche Hinrichtung des Direktors der *American Society of Travel Agents*. Des amerikanischen Reisebüroverbands.

Der es verdient hatte, weil er so ein aufgeblasener Idiot gewesen war. Weil er alle Warnungen ignoriert hatte.

Turtle Bay, San Dominica

Irgendwo in den Annalen der amerikanischen Marineinfanterie steht geschrieben, ein Marineinfanterist mit einer Botschaftsmission sei ein Botschafter in Uniform.

Eindeutig ohne Uniform – sie trugen nur graue Dienstshorts, sonst nichts – verbrachten vierundzwanzig Marineinfanteristen auf Botschaftsmission den Morgen des 3. Mai mit einer Suchaktion in der Turtle Bay, vor der ihnen graute.

Die muskulösen Soldaten sammelten Treibholz ein, Seepferdchen, Strandschnecken, durchsichtige, glitschige Quallen. Sie lasen Kaugummi auf, Streichhölzer, Textilfasern, Fetzen von Menschenfleisch, bei denen sich einem der Magen umdrehte; Haarsträhnen, ein Stückchen von einem Frauenfinger. Sie lasen alles am Strand auf, was kein Sand war; so gut wie alles.

Was sie fanden, steckten sie in robuste Plastiksäcke, die aussahen wie überdimensionale Mülltüten.

Dann befahl der Captain der Marineinfanterie seinen Männern, den Sand mit Rechen wieder in den »Normalzustand« zu versetzen.

Peter Macdonald und Jane Cooke standen Hand in Hand auf der Küstenstraße und beobachteten die dubiose Detektivarbeit den ganzen Strand entlang.

Neben einem großen, kräftigen Mann wie Macdonald wirkte Jane schmächtiger, als sie tatsächlich war. Aus der Nähe besehen, war sie etwas grobknochig – eine altmodische Schönheit aus dem Mittelwesten wie aus einem Roman von Nelson Algren. Sommersprossen, Grübchen, eine lange blonde Lockenmähne.

Vor ihrer Anstellung als Empfangschefin im Plantation Inn war Jane High-School-Lehrerin für Englisch in Pierre, South Dakota, gewesen. Mit einundzwanzig hatte sie einen Englischlehrer geheiratet; ihre gemeinsame künftige Joyce Carol Oates war in einem Einkaufszentrum in Pierre das Opfer einer Fehlgeburt geworden, und mit dreiundzwanzig hatte sich Jane von ihrem Mann getrennt.

Danach hatte Jane beschlossen, ein bißchen mehr von der Welt zu sehen als die Badlands von Dakota. Sie war nach Südamerika gereist. Dann in die Karibik. Haiti, schließlich San Dominica. Und dann kam Peter Macdonald. Der verrückte, lustige Peter – der sie an ein Gedicht erinnerte, außerdem an einen Song von Simon & Garfunkel mit dem Titel »Richard Cory«.

Ehe er ins Plantation Inn gekommen war, war Peter in erster Linie der jüngste und (jedenfalls aus seiner Sicht) der einzige Taugenichts der sechs Macdonald-Brüder gewesen. Drei Baseballstars im College, zwei hervorragende Wissenschaftler – und dann Peter. Little Mac.

Folglich war Peter Kadett in der amerikanischen Militärakademie West Point geworden (wie sein Vater – Big Mac). Er hatte West Point nach dem zweiten Jahr verlassen – war ein richtiger Soldat geworden. Ein Sergeant bei den Special Forces; zweimal mit einem Orden ausgezeichnet; einmal in den Rücken geschossen. Ein Kriegsheld – was auch immer das Mitte der siebziger Jahre bedeutete.

Mit ein bißchen Glück und guter Planung war er im Winter letzten Jahres in der sonnigen Karibik gelandet. Auf Urlaub von der Truppe ... »Sich wieder einkriegen«, hatte sein Vater, plötzlich ganz auf der Höhe der Zeit, das in einem langen Brief genannt ... Im September hatte er Jane kennengelernt, und Ende des Monats waren sie zusammengezogen. Beide wohnten und arbeiteten im schicken Plantation Inn ... nicht übel.

Jane hatte nur eine Frage zu der Arbeit der Marineinfanteristen unten in der Turtle Bay. »Warum zum Geier machen sie das?«

Peter ertappte sich beim Lächeln. »Den Dreck zusammenrechen? ...

Ich weiß nicht, warum. Sie wissen es auch nicht. Vermutlich hat's irgend jemand mal gewußt. Jetzt tun sie es einfach. Überall auf der Welt, wo's einen Militärstützpunkt gibt, rechen Soldaten Dreck zusammen.«

»Jedenfalls ist es das Blödeste, was ich je gesehen hab'. Mit das Blödeste. Noch blöder als Baseball.« Jane grinste.

»Es ist noch viel blöder, wenn du den Rechen in der Hand hast. Trotzdem, es ist schon okay ... Gehen wir weiter ... Übrigens, Baseball ist nicht blöd.«

Sie gingen durch Bananenstauden und Brotfruchtbäume. Ein hübscher Dschungel, verschönert durch ein paar Papageien und Kakadus. Außerdem durch Kolibris.

Macdonald zog seine Baseballmütze aus der hinteren Hosentasche und setzte sie auf, um sich vor den Insekten zu schützen.

»Was wirst du jetzt machen, Peter?« fragte sie ihn schließlich.

Macdonald seufzte. »Ich weiß nicht, was ich tun soll ... Vielleicht waren die Morde genau das, was die Polizei behauptet. Dassie Dred will dafür sorgen, daß seinen Leuten von nun an ein fairer Prozeß gemacht wird. Daß sie nicht mehr aufgehängt werden. Ganz einfach.«

»Und der Engländer?«

»Ah, der Scheißweiße. Dieser verdammte große, blonde Typ wie aus diesem Scheißroman *Der Schakal*. Der unsere so wunderbar unkomplizierte Existenz kompliziert macht.«

Peter las einen Stein auf und warf ihn in einem hohen Bogen um eine Bananenstaude herum. »Willst du noch was wissen? ... Plötzlich hab' ich ein mieses Gefühl, weil ich mein Leben vergeude. Lieber Gott, bloß das nicht. Bitte, jag mir keine Schuldgefühle ein, weil ich mich so wohl fühle. Weißt du, ich hab' halt diesen Scheißkrieg hinter mich gebracht, und ...«

Jane legte die Arme um Peters schlanke Hüften. Hinter ihm konnte sie das leuchtendblaue Meer durch die Palmenblätter sehen. Es war alles so vollkommen, daß sie es meistens nicht ganz fassen konnte.

»Sag mir eins, Peter Mcdonald. Wo steht geschrieben, daß es bedeutet, sein Leben zu vergeuden, wenn man sich nicht zu Tode arbeitet?«

Macdonald lächelte die kluge Blondine an. Er berührte eine ihrer weichen Brüste und küßte sie zärtlich auf den Mund. »Ich bin mir nicht sicher ... aber es ist in meinen Verstand eingraviert. Genau dieser Gedanke geht mir hier unten jeden Tag durch den Kopf. Jedesmal, wenn ich in die tiefblaue See eintauche.«

Er legte sich die Hand über den Mund. Danach klang seine Stimme tief und merkwürdig. *»Besorg dir einen anständigen*

Job, Macdonald, du Penner. Reiß dich zusammen, bevor alles vorbei ist, Pete. Sei jemand oder verpiß dich . . . Wie auch immer«, seine Stimme klang wieder normal, »ich nehm' an, ich muß wegen dieses Engländers was unternehmen, stimmt's Laurel?«

Jane zuckte leicht zusammen. In ihrer kleinen Phantasiewelt in der Südsee – ihrem paradiesischen Leben in der Karibik – wurde sie Laurel genannt; Peter war Hardy. Haha.

»Lieber nicht«, sagte die blonde Frau. »Wirklich. Ich mein's ernst, Peter.«

»Ich muß noch was versuchen«, sagte Peter.

Im Augenblick – um 8.30 Uhr am Donnerstag morgen – gingen die beiden jedoch zu einer kleinen Lichtung am hübschen Abhang. Sie legten sich wie ein verliebtes Missionarspaar nebeneinander.

Peter zog sanft an dem weißen, unter ihren Brüsten verknoteten Hemd. Jane hob die schlanken Arme. Ließ sich das weite weiße Hemd über die Schultern, über den Hals streifen.

»Ich liebe dich so sehr«, flüsterte sie. »Hab' gedacht, das muß ich einfach mal sagen.«

Er nahm eine weiche, kühle Brust in jede Hand. Zog den Reißverschluß ihrer Shorts auf. Ließ Shorts und Slip über ihre dunkelbraunen Beine gleiten.

Sie schnallte ihm die roten Hosenträger ab, zog an den Bluejeans, half ihm beim Ausziehen der Unterwäsche und der Baseballmütze. Er küßte sie überall, ließ die Zunge lange und träge über ihre Brustwarzen wandern. Fühlte weiche, unsichtbare Härchen auf ihrem Bauch. Roch Kokosnußöl.

Peter drang langsam in Jane ein, zentimeterweise, dann mit langen, langsamen Stößen . . .

Zweimal hielten sie inne. Verzögerten, sparten sich den Höhepunkt auf. Dann kamen sie in kleinen Zuckungen, bei denen ihnen schwindlig wurde. Eine lange Klimax, bei der beide flüsterten wie in der Kirche.

Als sie sich schließlich aufsetzten, waren die Marineinfanteristen verschwunden. Die Turtle Bay sah wieder vollkommen und unschuldig aus. So sauber gerecht wie das Feld eines Farmers.

Tschuck, tschuck, tschuck – das war das Geräusch einer Machete beim Schneiden von Zuckerrohr.

Tschick, tschick, tschick – das war das Geräusch, das Peter hörte.

Tschick, tschick, tschick.

Tschick, tschick, tschick.

Tschick, tschick, tschick. Ratter-ratter.

Peter hatte Maximilian Westerhuis dabei angetroffen, wie er in seinem winzigen Büro auf elegantem Hotelbriefpapier in Gelb auf Weiß Rechnungen tippte. Er trug eine Nickelbrille und machte einen leicht mathematischen Eindruck. Den einer Null.

Die kohlschwarze Maschine, die der Deutsche zum Addieren benützte, sah aus, als hätte sie irgendwie die Weimarer Republik überlebt. Außerdem war der Schreibtisch des Hotelgeschäftsführers mit rot und blau geränderten Briefumschlägen übersät: Nachrichten aus dem Vaterland.

Auf einem Stapel Papiere stand ein großer Krug mit schaumigem Würzburger Starkbier.

Peter verharrte auf der Schwelle. Es widerstrebte ihm, den empfindlichen jungen Deutschen auf sich aufmerksam zu machen. Dann hörte das Herumgehacke auf der Rechenmaschine auf.

»Peter, was wollen Sie? Sehen Sie nicht, daß ich alle Hände voll zu tun habe, weil diese ganzen Idioten aus dem Hotel auschecken?«

Der weißblonde Mann, der leicht benommen aussah,

schaute ihn über die Nickelbrille hinweg angewidert an. »Macdonald, *was wollen Sie*?« wiederholte die schneidende Stimme.

Am liebsten möchte ich mich aus deinem Büro herausbeamen, dachte Peter. Du bist derart selbstgefällig, ein solcher Kotzbrocken, daß es mir den Magen umdreht.

»Ich muß um einen persönlichen Gefallen bitten«, sagte Peter leise und zuckte innerlich zusammen, weil das so speichelleckerisch herausgekommen war. Er spielte gegenüber dem Hitler Max den Heinrich Himmler. »Ich muß mir Ihre BMW ausleihen.«

Der Hotelgeschäftsführer stieß ein leises, nasales Lachen aus. »Sie wollen sich mein Motorrad ausleihen? Haben Sie den Verstand verloren? Lassen Sie mich in Ruhe. Raus hier.«

»Ja, ich bin doch gleich weg ... Verstehen Sie, ich muß mit jemandem über den Mann reden, den ich gestern auf der Küstenstraße gesehen habe. Das läßt mir keine Ruhe, Max. Ich muß rauskriegen, warum zum Teufel die – »

»Sie haben mit mir gesprochen, Macdonald«, schnitt ihm Westerhuis das Wort ab. »*Ich* habe mit diesen blöden Presseleuten gesprochen. *Sie* haben gestern nacht mit dem Polizisten gesprochen. Die Leute wissen Bescheid über Ihren Mann auf dem Hügel, nicht wahr? Ich sage Ihnen jetzt, gehen Sie. Und übrigens, nennen Sie mich niemals Max.«

Peter gab plötzlich jeden Versuch auf, sich diplomatisch zu verhalten.

»Ich möchte mit dem amerikanischen Botschafter in Coastown sprechen! ... Hier könnten Menschenleben auf dem Spiel stehen, Westerhuis. Ich brauche Ihre beschissene BMW etwa zwei bis drei Stunden. So liegt der Fall, wissen Sie. Benehmen Sie sich wie ein menschliches Wesen, ja? Tun Sie wenigstens so.«

Der Hotelmanager begann eine Seite seines Metallschreibtisches als Schlagzeug zu benutzen. »Kommt überhaupt nicht in Frage!« sagte er und hämmerte auf den Schreibtisch ein. »Ich habe ein paar Sekunden lang darüber nachgedacht, und die Antwort lautet *nein*! Und jetzt raus mit Ihnen. Noch ein Wort, und ich entlasse Sie als Barkellner, Sie Heini, und zwar fristlos.«

Peter drehte sich um und ging aus dem klaustrophobischen Büro. »Peter, und zwar fristlos«, murmelte er. »Leck mich doch, du Nazibastard«.

»Was hab' ich da gehört?« rief Westerhuis durch die Tür hinter ihm her.

Dann, *tschick, tschick, tschick*, arbeitete er wieder an der uralten Rechenmaschine und dachte: armer, verfluchter Idiot Peter Macdonald. Armer Idiot von einem Barkellner. Wärst du doch dein Leben lang bei der Army geblieben.

Draußen schaltete ein teuer aussehender Silberschlüssel die Zündung des glänzenden schwarzen BMW-Motorrads ein – Peter Macdonald und Jane Cook waren mit Riesenschritten in die falsche, verrückte Richtung unterwegs. Beide waren im Begriff, sich Hals über Kopf in den Fall hineinzustürzen.

Peter sagte: »Klar. Max hat gesagt, es ist okay ... Halt dich fest, jetzt geht's los!«

Was vielleicht die Untertreibung des Jahrzehnts war.

9. Kapitel

Ich habe geglaubt, Damian könne in Europa mit 10 Dollar am Tag glücklich sein. Ich denke, ich wäre mit den 10.000 Dollar, die Jacqueline Onassis pro Woche bekam, zufrieden. Manchmal ertappe ich mich dabei, daß ich Cosmopolitan *lese und mich mit Jackie identifiziere. Gespenstisches Phantasieleben! Ich habe mir sogar überlegt, wie ich einen (oder mehrere) der reichsten Männer der Welt heiraten könnte ... Damian könnte reich sein, wenn ihm in erster Linie etwas am Geld läge. Damian könnte ein internationaler Filmstar sein wie Bronson oder Clint Eastwood. Oder Frühstücksdirektor bei General Motors. Damian könnte, Damian könnte ... auf Kreta auf Felsen sitzen. Während ich mich meinem dreißigsten Jahr nähere, fange ich an, mich zu wiederholen. Ein furchterregender Gedanke für eine Landpomeranze aus Nebraska.*

DAS ROSE-TAGEBUCH

Coastown, San Dominica

Inmitten einer Welt aus Müßiggängern – Obst- und Bastverkäufern, Strichern, Pauschaltouristen, jeder Menge Taxifahrern und hupender Doppeldeckerbusse – sah sich Carrie Rose auf dem Politician Square um und versuchte, das eine arme Schwein auszuwählen, das an diesem Morgen geopfert werden mußte.

Sie konzentrierte sich auf etwa zehn langhaarige Hippies, die am Eingang zum öffentlichen Strand von Wahoo kampierten.

Hierher ergoß sich der arme weiße Pöbel der Vereinigten

Staaten ... halbwegs akzeptable Penner in gebatikten REGGAE-T-Shirts. In T-Shirts mit dem Aufdruck LOVE RASTAFARI. Sie tranken Bier aus Dosen. Kauten allesamt Gummi. Aßen frische Kokosnüsse.

Carrie konnte sich nicht gegen den Gedanken wehren, daß alles, abgesehen von der halb im Koma liegenden Gruppe, verstörend willkürlich war. Deprimierend. Das war Damians Form des Spiels.

Schließlich entschied sie sich für einen kleinen Knochigen.

Einen Oberfreak unter den ausgeflippten jungen Amerikanern. Carrie taufte ihn den Einzelgänger.

Der Einzelgänger schien neunzehn oder zwanzig zu sein. Dreckige Jeans, eine Wildlederweste über der nackten, eingefallenen Brust. Langes, strähniges blondes Haar. Große, bekiffte Augen.

Der Einzelgänger rauchte außerdem Inselmarihuana, als nähme er die erste Tasse Kaffee des Tages zu sich.

Carrie Rose hielt einen Schuljungen an, der auf ihrer Seite des Straßendreiecks auf sie zukam. Einen hübschen braunen Jungen im Alter von acht oder neun. Mit sauberen, adretten Büchern, zusammengehalten mit einem roten Gummiexpander. Sie fragte ihn, ob er vor Schulbeginn an diesem Morgen noch Zeit habe, sich fünfzig Cent zu verdienen.

Als der Junge sagte, die habe er, deutete Carrie durch die Menge. Sie lenkte den Blick des Jungen, bis er den langhaarigen Weißen mit der goldfarbenen Wildlederweste sah.

Der Einzelgänger hatte sich gegen die Wand eines Bootshauses gelehnt, von der die Farbe abblätterte. »Die Wand festhalten« nannten sie das in ihrer Heimatstadt Lincoln, Nebraska.

»Du mußt nur«, erklärte Carrie dem Schuljungen, »diesem Mann diesen Brief übergeben. Und gib ihm außerdem die fünf Dollar hier. Sag ihm, daß er meinen Brief in der Bath Street fünfzig abgeben soll. *Bath Street fünfzig* ...

Jetzt sag mir, was du für die fünfzig Cent tun sollst.«

Der kleine Schwarze war sehr ernst und intelligent. Er wiederholte ihre Anweisungen genau. Dann hellte sich die Miene des Jungen auf.

»Hey, Missus, ich könnt' Ihren Brief doch selber abgeben.«

Carries Hand steckte tief in ihrer Brieftasche, um das Geld herauszuholen. »Nein, nein.« Sie schüttelte den Kopf. »Das macht der Mann da drüben. Und sag ihm, daß ihn ein großer Schwarzer beobachtet. Sag ihm, daß der Brief für die Freundin des Schwarzen bestimmt ist.«

»Schon gut. Schon gut. Geben Sie mir alles. Ich bring's ihm sofort.«

Der Junge verschwand, als er in der hektischen, bunten Menge den Platz überquerte. Carrie packte Panik. Sie wollte die Straße schon selbst überqueren.

Dann tauchte der Junge plötzlich neben den herumlungernden Hippies auf. Er näherte sich dem Einzelgänger, grinste von einem Ohr zum anderen und schwenkte den langen gelben Umschlag.

Der langhaarige Mann und der Junge verhandelten vor dem Bootshaus.

Eben ging eine buttergelbe Sonne über dem durchgesackten Blechdach des Gebäudes auf. In roter Schrift stand auf dem Schuppen: SAN DOMINICA – DER BESTE ORT DER WELT.

Schließlich nahm der Einzelgänger den Brief entgegen.

Carrie setzte sich auf eine Bank und zog die Morgenausgabe des *Gleaner* heraus. PAAR AM STRAND NIEDERGEMETZELT. Mit übereinandergeschlagenen Beinen und ihrer großen Hornbrille gehörte sie zu zwanzig bis dreißig Touristen, die auf einer langen Reihe durchsackender weißer Bänke Bücher und Zeitungen lasen.

Der Einzelgänger sah in beiden Richtungen die belebte Straße entlang, hielt Ausschau nach seinem Wohltäter. Offenbar sehr paranoid. Dann verfiel der Mann seinem Beobachter zuliebe, wer auch immer das sein mochte, in einen seltsamen kleinen Bebop-Schritt. »Dyna-mit.« Später an jenem Tag fanden sie heraus, daß das sein Spitzname war.

Schließlich setzte sich der Einzelgänger in Richtung Trenchtown-Viertel in Bewegung.

Um in der Bath Street fünfzig einen Brief abzugeben, der bald berühmt werden sollte.

Es war wunderbar ruhig in der amerikanischen Botschaft in Coastown, dachte Macdonald.

Ein bißchen wie die Thaver Hall von West Point im Sommerschlaf. Wie die Universität von Michigan in Ann Arbor, wo er nach der Army einen einsamen, trägen Sommer verbracht hatte.

Wachmänner in grüner Uniform patroullierten auf dicken Kreppsohlen durch die Flure. Flüsternde Empfangsdamen sprachen flüsternd mit Boten über den neuesten Machetemord. Freundliche Känguruhbäume winkten jedermann durch eine Reihe von Erkerfenstern in der Bibliothek zu.

Peter ging am edlen Holz und an den dunklen Ledermöbeln in jedem Zimmer und auf jedem Flur vorbei. Schwere Messingaschenbecher und Spucknäpfe; Überbleibsel aus der Ära Teddy Roosevelts. Überall hing der Geruch nach Möbelpolitur. Nach Möbelpolitur mit Zitronenöl. Und der Duft von frisch geschnittenem Hibiskus und Oleander.

Peter kam zu dem Schluß, das alles sei sehr offiziell und eindrucksvoll – in gewisser Hinsicht sehr amerikanisch –, aber außerdem sehr kalt und trist. Und furchterregend.

Peter, der ein sauber gebügeltes Henry-Truman-Sporthemd trug – windbewegte Palmen und Segelboote auf rauchblauem Hintergrund – wurde von einem steifen Butlertyp zu seiner Anhörung geführt. Einem hochmütigen Schwarzen in einem blauen Konfirmandenanzug.

Mit dicken Teppichen belegte Treppen hinauf. Verlassene Flure entlang, an deren Wänden hübsch ausgeführte Ölportraits von Präsidenten aus jüngerer Zeit hingen. Eine knarrende Wendeltreppe aus Holz hinauf.

Schließlich auf die Schwelle eines gemütlichen Büros im dritten Stock. Ein hübsches Zimmer, das für einen Teenager das Schlafzimmer seiner Träume hätte sein können.

Ein junger Mann, ein Berater in Fragen öffentlicher Sicherheit, saß in dem Dachzimmer an einem modischen, restaurierten Schreibtisch. Der Mann, tief gebräunt und attraktiv, wirkte auf Peter wie eine Fallstudie zugunsten der Pseudowissenschaft von der Reinkarnation. Der Konsul zweiten Grades war dem toten amerikanischen Schauspieler Montgomery Clift wie aus dem Gesicht geschnitten.

»Mr. Campbell.« Der arrogante Schwarze schlug tatsächlich die Hacken zusammen. »Ein Mr. Peter Macdonald wünscht Sie zu sprechen, Sir.«

»Hi«, sagte Peter. »Tut mir leid, daß ich Sie belästigen muß.«

»Macht gar nichts. Setzen Sie sich. Nehmen Sie Platz.«

Peter setzte sich auf ein weinrotes Sofa gegenüber von Campbell. Dann begann er in seinem weichen Akzent aus dem Mittelwesten Brooks Campell zu erzählen, was er gesehen hatte, wobei er, sich vage bewußt war, mit was für *Helter-Skelter-Greueln* und Gefahren er sich in Verbindung brachte ...

Die beiden Schwarzen, die durch dichtes Gebüsch von der Turtle Bay den Berg hinauf gerannt waren.

Das Blut, so leuchtend, so rot wie ein Stopschild, das ausgesehen hatte, als müsse es Farbe sein.

Der gutaussehende Blonde, der vor seinem geistigen Auge auf ewig eingerahmt war von Strandhafer und Palmen.

Das teure, in Deutschland hergestellte Gewehr. Die grüne Limousine. Das Jackett aus London und das alles in Nähe des Ortes, wo die beiden Neunzehnjährigen ermordet und verstümmelt und ihre Leichen auf unfaßbare Weise geschändet worden waren.

Am Schluß der seltsamen, grauenhaften Geschichte stellte sich ein wunderbares neues Gefühl ein: Peter hatte den Eindruck, ihm sei tatsächlich zugehört worden.

Campbell lehnte sich weit in seinem Drehsessel zurück, rauchte eine True-Blue-Zigarette bis zum Filter und machte ein sehr ernstes und interessiertes Gesicht. Sah in seinem gestärkten blauen Hemd mit den hochgerollten Ärmeln wie ein besorgter junger Senator aus.

»Sie haben gesagt, Sie seien um eine weitere Kurve der Küstenstraße herumgefahren.« Campbell sprach mit einer tiefen Rednerstimme. Reichtum schwang in ihr mit; eine Spur Verkrampftheit. »Haben Sie gesehen, wie sich die Schwarzen mit dem anderen getroffen haben? Dem Blonden?«

Eine gute Frage, überlegte Peter. Kein schlechter Anfang. Er hatte nichts von einer Begegnung der Männer gesehen.

»Nein. Inzwischen habe ich mich auf dem Rad wirklich abgestrampelt. Es war nicht gerade die Art von Sache, bei der man anhalten möchte, und außerdem . . . na ja, wissen Sie, das Ganze hat etwa dreißig Sekunden gedauert.«

Peter lächelte. Es war ein unwillkürliches, nervöses Lächeln. In einem Augenblick, in dem ihn starke Zweifel plagten, in dem er verwundbar war. Er ertappte sich dabei, daß er sein buntes Sporthemd zwischen Daumen und Zeigefinger zwirbelte.

Campbell beugte sicht in seinem Drehsessel vor. Er drückte die Zigarette aus. »Ich muß Sie bitten, mein Wort zu einem bestimmten Punkt für bare Münze zu nehmen.« Er bedachte Peter mit einem eindringlichen Blick.

»Ich will's versuchen. Schießen Sie los.«

»Der Vorfall in der Turtle Bay war ein Einzelfall. Er war ein Racheakt für ein strenges Gerichtsurteil hier in Coastown ... Abgesehen von der Tatsache, daß Amerikaner ermordet worden sind, handelt es sich um eine lokale Angelegenheit. Ich weiß nicht, ob Sie etwas über die Morde auf dem Fountain-Valley-Golfplatz auf St. Croix gelesen haben –«

»Okay. Diese Theorie ist ja schön und gut«, unterbrach ihn Peter. »Aber was ist mit diesem blonden Lackaffen? Im Ernst. Können Sie mir sagen, was ein Weißer dort mit einem Scharfschützengewehr verloren hatte? Mit der Art von Gewehr, die dazu benützt wurde, John Kennedy den Adamsapfel wegzupusten. Erzählen Sie mir was Beruhigendes über diesen Kerl, dann fahre ich zufrieden nach Hause. Und belästige Sie nie wieder.«

Brooks Campbell stand hinter dem Schreibtisch auf. Er zog die Vorhänge einen Spalt weit auf, und helles Sonnenlicht drang in das Dachzimmer. »Wissen Sie was, Peter?« sagte er und ließ die Spur eines aalglatten Politikerlächelns sehen. »Ich *weiß* einfach nicht, was zum Teufel ein Weißer dort verloren hatte.

Aber ich will Ihnen trotzdem ein kleines Staatsgeheimnis erzählen. Ich habe mindestens fünfzig Leuten zugehört, die Anhaltspunkte zu dem Vorfall in der Turtle Bay hatten. Ich habe der Polizei zugehört, der Armee .. und *alles*, was ich bis jetzt erfahren habe, deutet auf Oberst Dassie Dred hin. Ich weiß wirklich nicht, was ich Ihnen sonst sagen sollte, Peter.«

Campbell, der auf und ab gegangen war, blieb stehen. Er hatte zurückgedacht an ein Treffen vor einem Jahr in der

Wüste von Nevada. An clevere Prognosen über Damian und Carrie Rose.

Gütiger Gott! Sie hatten schon jetzt alles verpfuscht. Roses Tarnung war geplatzt. Der große, geheimnisvolle Damian Rose – den selbst keiner von ihnen je zu sehen bekommen hatte.

Campbell sah durch das kleine Dachzimmer Peter Macdonald an. Sein Blick fiel auf das Hawaiihemd. »Vertrauen Sie mir, Peter.« Er lächelte halbherzig, in Gedanken immer noch bei den Roses. »Geben Sie meinem Sekretär eine Nummer, unter der ich Sie erreichen kann.«

Peter antwortete nicht sofort. Sein Verstand spielte leicht verrückt. Wir vertrauen nur Gott. Alle anderen zahlen bar, Brooks ... Jäh überkam ihn das Gefühl, er sei wieder ganz auf sich allein gestellt, ein Gefühl, bei dem ihm übel wurde.

»Allmächtiger«, entfuhr es ihm.

Dann kam der mürrische schwarze Sekretär wieder herein, und das Gespräch war zu Ende.

Peter verließ die große weiße Villa schweißgebadet. Er hatte sich seit langer, langer Zeit nicht mehr so einsam und niedergeschlagen gefühlt ... Nicht mehr seit dem Einmarsch in Kambodscha.

Als er über das hübsche Botschaftsgrundstück ging, nickte er den adretten Marineinfanteristen im Wachdienst zu, lächelte die Walt-Disney-World-Touristen an – aber er dachte immer noch an den Regierungsschauspieler Brooks Campbell.

Der jetzt an einem großen Mansardenfenster im dritten Stock stand. Er rauchte eine Zigarette und sah Macdonald nach, der durch das Vordertor hinausging.

Dem Zeugen.

Kurz vor Mittag schlurfte der Einzelgänger die Bath Street in Coastown entlang.

Der Langhaarige, »Dyna-mit«, trug Carrie Roses Brief, als wäre es eine Geburtstagseinladung, die er im Auftrag seiner Mutter hübsch und sauber abliefern sollte.

Entlang der hübschen, ruhigen Nebenstraße zwitscherten Sperlingspapageien und ein Kakadu. Ein paar streunende Hunde bellten ihn an, und der Einzelgänger bellte zurück. Etliche Ziegen labten sich stumpfsinnig an Müll und verwahrlosten Rasenstücken – und der Einzelgänger merkte, daß er auch Hunger hatte.

Und total bekifft war. Hinüber. Durchgeknallt. Gar kein so schlechtes Gefühl in der milden Mittagszeit.

Es stellte sich heraus, daß Bath Street Nummer fünfzig die Redaktion der Zeitung *Evening Star* war.

Der Einzelgänger drückte auf eine Klingel, die lose an ihren Elektrodrähten hing. Dann wartete er.

Nach ein paar Augenblicken trat eine junge Schwarze mit Hibiskus im Haar auf die Schwelle. Die junge Frau lachte, als hätte sie eben einen guten Witz gehört. Sie nahm den gelben Umschlag entgegen. Und dann durchbrachen jäh und unfaßbar laut die Schüsse einer Schrotflinte die Stille der Nebenstraße.

Der Einzelgänger wurde heftig gegen den Türrahmen und die Wand geschleudert. Seine knochigen, mit Nadeleinstichen übersäten Arme flogen nach oben, mit ausgebreiteten Handflächen. Sein Haar wedelte wie ein schmutziger Mop, der ausgeschüttelt wird. Kugeln hielten ihn an der Wand fest, schlugen in seine Brust und in sein Gesicht. Er war tot, bevor er noch zu Boden rutschte.

Minuten später versuchte der entgeisterte schwarze Redakteur des *Evening Star* den Brief zu lesen, den der Mann gebracht hatte. Der Brief schien von Oberst Dassie Dred zu stammen – Monkey Dred.

Er kündigte strenge und ausgefallene Strafmaßnahmen an, falls die weißen Ausländer San Dominica nicht verließen.

Er kündigte an, falls der Brief nicht in der Abendausgabe abgedruckt werde, damit alle ihn lesen könnten, werde am folgenden Morgen eine ähnliche Sendung in der Bath Street 50 abgegeben.

Um 12.30 Uhr traf Dr. Meral Johnson in der winzigen Redaktion ein. Der schwarze Polizeichef untersuchte das klaffende Loch in der Eingangstür der Redaktion. Er sah sich den Toten an. Sprach mit der jungen Frau, die den Brief entgegengenommen hatte. Schickte seine Männer los, um in der Nachbarschaft herumzufragen, ob jemand Zeuge der Schüsse geworden sei.

Dann fiel Meral Johnson das Wort »Todesbrief« als Name für die Sendung ein. Bis jetzt, wurde Dr. Johnson traurig bewußt, war das so gut wie sein einziger Beitrag zu dem unerhörten Fall.

10. Kapitel

Die Crème de la crème der Geheimdienstleute sind die unermüdlichen Bürokraten. Die schlimmsten unter ihnen sind die Absolventen von Eliteuniversitäten und die Eton-Schüler. Und in diesem Fall schwimmt die Crème nicht unbedingt immer oben.

Das Rose-Tagebuch

Fairfax Station, Virginia

An jenem Nachmittag und Abend machten in Washington, D. C., jede Menge ironische Bemerkungen darüber die Runde, daß sich die vietnamesischen und chinesischen Unterhändler nicht über einen Friedensvertrag einigen konnten. Redenschreiber für Jimmy Carter waren schon damit beschäftigt, ein Gelübde aufzusetzen, Amerika werde sich seinen Verpflichtungen im Ausland nicht entziehen; Amerika werde nicht zum Isolationismus zurückkehren.

Rund zwanzig Kilometer südwestlich von der Hauptstadt stand Harold Hills »Old Virginny Home« auf zweieinhalb gepflegten Hektar Land in Fairfax Station. Grüne, wellige Hügel und weiße Jägerzäune friedeten das Grundstück ein. Hier gab es jede Menge Geißblatt, Buchsbaumhecken, Hartriegelsträucher und reinrassige Haustiere. An einem der weißen Zauntore hing ein handgemaltes Schild, auf dem stand: OUR OLD VIRGINNY HOME.

Mochte ja sein. Aber wenn Harold Hill nicht zu Hause war, nannte er das Anwesen manchmal die »Vanillewaffel«.

Von jedem Blickpunkt aus wirkte das Zuhause der Hills unschuldig und auf unauffällige Weise bezaubernd. Das einzige, was an dem normal aussehenden Anwesen auf Geheimhaltung hindeutete, war eine der berühmten Videoüberwachungsanlagen von A. C. Nielsen.

Aber niemand hätte das Anwesen mit Mord, Gewalt oder Geheimdienst in Verbindung gebracht.

Genauso wollte es Harry the Hack mehr oder weniger haben.

An den meisten Wochentagsabenden im Frühling und Frühsommer spielte Hill mit seinem Sohn Mark Ball. Mark war vierzehn und versprach, ein Baseballstar von der Klasse eines Babe Ruth zu werden. An jedem Abend, an dem kein

Spiel stattfand, mußte Mark seinem Vater hundertmal den Ball zuschlagen, sonst setzte es etwas.

An jenem Abend saß Hill in locker sitzenden Turnschuhen linkisch in der Hocke; schwitzte angenehm und fand allmählich Spaß am Spiel – am warmen Brennen seiner Handfläche unter dem Fängerhandschuh.

Plötzlich wurde er von seiner Frau Carole ins Haus gerufen. »Ferngespräch«, rief sie von der Veranda aus in dem Alabama-Akzent, den sie nicht losgeworden war, obwohl sie in acht verschiedenen Ländern gelebt hatte. »Es ist Brooksie Campbell.«

Hill entschuldigte sich bei seinem Sohn und trabte dann auf das große Haus im Kolonialstil zu. Unterwegs spürte der vierundvierzigjährige Harold Hill einen leichten Aufruhr im Magen.

Brooks Campbell hatte ihn nicht zu Hause anzurufen. Jedenfalls nicht aus Jux und Tollerei. An diesem terroristischen Schwachsinn – Campbells sogenannte Spezialität – paßte Harold Hill etliches nicht.

Terrorismus war etwas für die Araber und Israelis. Für die Iren. Für die Symbionesische Befreiungsarmee. Etwas für kleine Leute, denen gar nichts anderes übrig blieb, als unter der Gürtellinie zu kämpfen. Terrorismus war schlicht und einfach etwas, worauf sich Amerikaner nicht einlassen sollten.

In seinem Arbeitszimmmer wählte Hill auf einem Telefon, das er in einer abgeschlossenen Schreibtischschublade aufbewahrte, eine achtstellige Nummer.

Was würde passieren – er dachte seinen Gedanken weiter –, falls eine Großmacht regelmäßig mit schmutzigen Tricks arbeitete? Total und hemmungslos schmutzigen Tricks? Was würde passieren, falls Amerika in einen wirklichen Guerillakrieg geriet? Scheiße, das würde passieren. Ein Rückfall ins finstere Mittelalter.

Hill drückte auf einen Knopf, und der Anruf aus der Karibik wurde auf eine sichere Leitung gelegt, eine mit einem Zerhacker.

Er konnte Mark draußen noch sehen. Wie er hohe Würfe über eine alte Fichte schleuderte. Sie auffing wie ein Basketballer im Stil von Willie Mays. Der Junge hatte einen unglaublichen Wurfarm. Unglaublich.

Als er eben dachte, das Umschalten der Leitung dauere zu lange, hörte er Brooks Campbells Stimme.

»Hallo, Harry.« Ein leicht gedämpfter Campbell – seine tiefe Bühnenstimme klang etwas undeutlich. »Der Grund für meinen Anruf, Harry – »

Harold Hill stieß ein kurzes, schnaubendes Gelächter aus, um dem jungen Mann den Wind aus den Segeln zu nehmen. »Ich glaube, da muß ich mich erst mal setzen. Wegen des Grunds für Ihren Anruf.«

»Ja, setzen Sie sich. Es ist keine gute Nachricht ... Es hat sich herausgestellt, äh, daß Rose gestern an der Turtle Bay von einem Mann gesehen worden ist. Was halten Sie davon? Wir kaufen einen Mann, den nicht einmal *wir* gesehen haben, angeblich ein Scheißgenie, und sofort wird er von einem Außenstehenden bemerkt. Scheiße, Harry, wenn ich's nicht besser wüßte, würd' ich sagen, da will uns jemand verarschen. Wie auch immer, ich will bei dieser Sache kein Risiko eingehen.«

»Weiß Rose, daß er gesehen worden ist? Sagen Sie mir alles, Brooks.«

»Im Grund ist ihm seine Lage bewußt«, sagte Campbell. »Er hat uns heute angerufen. Das heißt, seine Frau hat uns angerufen. Sie hat gesagt, sie wollen sich selbst darum kümmern. Nett, nicht?«

»Umwerfend.«

»Gott sei Dank ist der Mann, der ihn gesehen hat, ein Niemand. Allerdings Amerikaner ... Übrigens, heute morgen hat Rose den Direktor des ASTA erschossen und verstümmelt. Harry, die beiden arbeiten jetzt auf eigene Faust wie die Irren. Ich kann mich nicht mal mehr an den ursprünglichen Plan erinnern, der uns gezeigt worden ist. Gestern abend hat er eine Verabredung mit mir nicht eingehalten. Die spielen jetzt verrückt.«

Harold Hill schloß die Augen und stellte sich Campbell vor. Brooks Corbett Campbell. Princeton-Absolvent. Weißer angelsächsischer Protestant aus New London, Connecticut. In der CIA für große Dinge bestimmt. Nach Hills bescheidener Meinung ein Neonazi. Der Typ, der immer glaubt, am besten zu wissen, was gut für alle anderen ist.

»Na ja, äh ... ich glaube, eine Weile müssen wir sie noch machen lassen. Glauben Sie nicht auch? Vielleicht sollten *Sie* diesen Zeugen dingfest machen. Es kommt mir so vor, als könnten wir ihn noch brauchen, um Rose zu identifizieren ... Jedenfalls später ... Ich habe nicht die Absicht, zuzulassen, daß er die Insel verläßt, sobald diese Geschichte zu Ende ist. Das liegt auf der Hand.«

»Klingt gut.« Brooks Campbell hob über transatlantisches Geplauder hinweg die Stimme. »Im Grunde sehe ich das jetzt ganz ähnlich.«

Hill machte eine kurze Pause. Er hatte das Gefühl, er müsse Campbell ein bißchen aufheitern. Wie es bei solchen Operationen üblich war.

»Gut. Das ist okay«, sagte Harry the Hack. »Und jetzt raus mit der schlechten Nachricht.«

Der junge Brooks Campbell versuchte zu lachen. Kameraderie im Einsatz. »Ich hab' schon gedacht, danach fragen Sie nie.«

Coastown, San Dominica

»Versuchen wir doch mal, diese beschissene Sauerei logisch anzugehen«, schlug Jane vor.

Peter antwortete nicht. Er war weit weg. Auf dem Artillerieübungsplatz außerhalb von Camp Grayling in Michigan. Schoß Blechdosen von Brooks Campbells Kopf. Mit einer Bazooka.

Um zehn Uhr an jenem Abend saßen die beiden im dunklen Patio des Restaurants Le Hut und versuchten, Massenmorde zu verstehen. Fischten gelegentlich etwas aus einer dampfenden Schüssel öliger Bouillabaisse heraus. Beide waren etwa so hungrig wie die Shrimps in der Suppe.

Schließlich schlug Peter die welpenbraunen Augen Richtung Jane auf und zuckte die Achseln. »Wem könnte so etwas einfallen? . . . Zwei Neunzehnjährige abzuschlachten wie Jack the Ripper?«

Jane stützte das Kinn mit den schmalen Handflächen. Wenn sie ernst war, sah sie wie eine ältere Version von Caroline Kennedy aus. Die schwarzen Kellner konnten die Augen nicht von ihr lassen.

»Vermutlich dem gleichen Irren, der zwei kleine Kinder zwingt, dabei zuzuschauen, wie ihr Vater stirbt«, antwortete sie. »Ich fühle mich dadurch so scheußlich. Zum Gruseln und zum Kotzen. Wirklich beschissen – mal abgesehen davon, daß ich Angst habe.«

Während er sich an die Szene in der amerikanischen Botschaft erinnerte, kam sich Peter wieder ein bißchen hilflos vor, unbedeutend. Little Mac verpfuscht's mal wieder . . . Vielleicht hatte er es nicht richtig erklärt, dachte er. Irgend etwas mußte in der Botschaft schiefgelaufen sein. Denn der große Blonde war auf die eine oder andere Weise wichtig. Er mußte wichtig sein.

Jane deutete auf die Straße. Mit einem neckischen Lächeln, ihrer Miene vor der Zeit der Machete. »Ich hab' ja gar nicht gewußt, daß einer deiner Brüder hier auf der Insel ist. Haha.«

Direkt vor dem Le Hut unterhielt ein Straßenclown eine kleine Menge. Der abgerissene Clown war weiß. BASIL: KINDERKOMIKER stand auf seinem handgemalten Schild.

Hinter der Kriegsbemalung und der Clownsschminke war Basil ein junger Mann. Um die Augen herum wirkte er, als nehme er die Vorstellung sehr ernst, sei sogar eine Spur traurig. Nur durch seine Kleidung – zerlumpte kanariengelbe Pumphosen, eine absurde pastellfarbene Schlafmütze – wirkte der Mann außerdem ein bißchen verrückt.

»Liebe ist die Antwort«, sagte er zu Einheimischen und ein paar Touristen, die auf der Front Street an ihm vorübergingen. »Liebe ist die Antwort«, flüsterte er den Leuten zu, die im Le Hut aßen und tranken.

»Ahhh«, flüsterte Jane Peter zu, zwinkerte und sprach wie Charlie Chan. »Nur wie lauten Frage?« Sie merkte, daß er immer noch eigenen Gedanken nachhing. Turtle Bay. Was hatte ihn in der amerikanischen Botschaft so aufgeregt?

»Kennst du keine Tricks für Kinder? Komikertricks für Kinder?« flüsterte sie über den Tisch. »Macduff? Bist du hier?

Bist du noch bei mir? Oder bist du Sherlock Holmes auf dem Weg zur Aufklärung eines schwierigen Mordfalls?«

Peter lächelte und lief rot an. »Entschuldigung. Ich bin hier. Hallo!«

Er kehrte von weit entfernten Orten in das Café zurück: Vietnam; das Haus seiner Eltern am Lake Michigan, wo Betsy Macdonald sechs Jahre hintereinander jeden Sommer einen weiteren braunhaarigen, braunäugigen Jungen zur Welt gebracht hatte. Die Supersechs.

»Tricks für Kinder?« Peter grinste. Ihn überkam eine Welle der Zuneigung zu dieser exzentrischen jungen Frau aus Dakota.

Er dachte nur sekundenlang nach. Erinnerte sich an etwas, was sein Bruder Tommy seinen Kindern vorgespielt hatte.

Peter griff nach seiner Papierserviette vom Le Hut. Drehte sie zusammen und hielt sie sich unter die Nase. Die Serviette sah wie ein langer Schnurrbart aus. Fettig. Voller Fischreste. »Sie müssen die Miete bezahlen«, sagte Peter mit der unverkennbaren Stimme eines Schurken.

Er hielt sich die Serviette ans Haar. Jetzt wurde sie zur Haarschleife eines jungen Mädchens. »Ich kann die Miete nicht bezahlen«, sagte er im Falsett einer verzweifelten Heldin.

Schnurrbartstimme: »Sie müssen die Miete bezahlen!«

Haarschleifenstimme: »Ich kann die Miete nicht bezahlen!«

Er hielt sich die Serviette unter das Kinn, wo sie zu einer bauschigen Fliege wurde. Peter sprach mit der Stimme des jugendlichen Helden: »*Ich* bezahle die Miete!« Haarschleifenstimme: »Mein Held.«

Schnurrbartstimme: »Verdammt noch mal, er hat mir schon wieder einen Strich durch die Rechnung gemacht.«

»Wenn es bloß so einfach wäre«, sagte Jane.

Sie gab ihm einen Kuß auf den Papierschnurrbart. Laurel und Hardy. Haha. Beide noch nicht ganz erwachsen. Nicht in jeder Hinsicht. Jedoch mit den besten Absichten, erwachsen zu werden.

In jener Nacht schliefen sie zum letzten Mal miteinander. Zum allerletzten Mal.

Crafton's Pond, San Dominica

Gleichzeitig näherte sich das erste Treffen der Roses mit Oberst Monkey Dred seinem ziemlich nervösen Anfang.

Mit ausgeschalteten Motoren standen vier Autos sich zu beiden Seiten eines flachen, schmalen Landstreifens unweit des rattenverseuchten Nat-Crafton-Teichs in den Hügeln im Westen der Insel gegenüber. Normalerweise wurde der Landstreifen als Rollfeld für Propellerflugzeuge benützt, die aus New Orleans kamen und beladen mit Marihuana und Kokain dorthin zurückkehrten.

In jener Nacht war es um den Teich herum neblig. Im feuchten Schilf tummelten sich lange, dicke Wasserratten.

Im gegenseitigen Einvernehmen waren beide Seiten nur mit je zwei Autos gekommen. In jedem Auto durften nicht mehr als zwei Leute sitzen. Weil es ohnehin keine Möglichkeit gab, das zu verhindern, war das Mitbringen von Schußwaffen gestattet.

Kurz bevor es losgehen sollte, tauchte am Horizont von Dreds Seite des Feldes ein drittes Fahrzeug auf. Um ein Uhr morgens.

Der erste Verstoß gegen das Abkommen für diese Nacht.

Während Monkey Dred in einem lauten, in Großbritannien hergestellten Lieferwagen an den Landstreifen herangefahren wurde, sah der siebenundzwanzigjährige, auf Jamaica und Kuba ausgebildete Revolutionär, daß der geheime Flugplatz dunkel war, daß sich dort nichts regte. Mit einem bleichen Viertelmond über dem Dschungel, der den Platz umgab, sah das hübsch aus.

Der Lieferwagen kam mit einem Ruck am Rand des Feldes zum Stehen. Dreds Fahrer schaltete die Scheinwerfer ein und aus. Ein und aus.

Auf der anderen Seite der mondbeschienenen Finsternis wurde ein zweites Paar Scheinwerfer erst ein-, dann ausgeschaltet. Rose.

Dred beobachtete die Szene durch die trübe, von Insekten verschmierte Windschutzscheibe, nickte und lächelte. Rose ließ sich jetzt schon auf Kompromisse ein: das dritte Auto. »Wird ein Kinderspiel, Mann«, sagte er zu seinem Fahrer.

Dann fuhren zwei der fünf Autos ein Stück weit auf die Rollbahn. Wiederum wie vereinbart. Die Roses legten viel Wert auf korrekte Vorgehensweisen, merkte Dred. Wie die Briten im amerikanischen Befreiungskrieg.

Ehe sein Lieferwagen ganz zum Stehen gekommen war, sprang der Oberst heraus und stand im hohen Gras stramm. Keine vierzig Meter von ihm entfernt stieg Rose aus einer amerikanischen Luxuslimousine.

Der Weiße war nicht so groß, wie Dred erwartet hatte. Auf keinen Fall überlebensgroß ... Er trug einen hellen Anzug und einen großen Panamahut. Sehr auffällig. Geradezu absurd.

Auf Handzeichen hin wurden die Scheinwerfer beider Fahrzeuge ausgeschaltet. Dann gingen die beiden Gestalten in der Dunkelheit aufeinander zu. Der Geruch irgendeines Düngemittels vermischte sich mit dem eines starken französischen Eau de Toilette.

»Sie ham die Gewehre für mich?« Der Revolutionär sprach mit einem starken Inselakzent.

Carrie Rose nahm den breitkrempigen gelben Hut ab. Sie lächelte Oberst Dred an. »Sie sind ein toter Mann«, sagte sie. »Mein Mann hat Sie in diesem Augenblick im Visier eines M-21-Scharfschützengewehrs. Das Gewehr ist mit einem Nachtsichtgerät ausgerüstet, also beobachtet er uns in einem hübschen grünen Licht. Wollen Sie winken?«

»Das glaube ich nicht.« Der Schwarze blieb ruhig.

Carrie setzte den Hut wieder auf, und ein Gewehrschuß ließ keinen Meter von dem Guerilla entfernt ein Grasbüschel aufspritzen.

Alle Autoscheinwerfer um den Landestreifen herum gingen wieder an. Der Schwarze erstarrte. Hob die Hand, um seine Leute zurückzuhalten.

»Wir haben die besten Absichten.« Carrie sprach, als wäre überhaupt nichts passiert. »Aber wir wollten Ihnen klarmachen, daß Sie nicht versuchen dürfen, gegen unsere Abmachungen zu verstoßen. Wir haben uns auf je zwei Autos geeinigt. Nicht auf drei. *Zwei.*

Falls Sie immer noch an den Gewehren interessiert sind«, fuhr die große Frau fort, »kommen Sie zum Gut von Charles Codd. Morgen abend um zehn. Ähnliche Regeln. *Zwei* Autos.«

»Warum machen Sie das?« fragte der Schwarze schließlich. Er verschränkte die Arme; wich nicht vom Fleck.

»Wir wollen Ihnen dabei helfen, die Macht auf der Insel zu übernehmen«, sagte Carrie zu ihm. Sie zuckte die Achseln. »Wir werden dafür bezahlt. Kommen Sie morgen zu Codds Gut. Sie werden alles erfahren, was Sie wissen wollen. Sie werden sogar Damian kennenlernen.«

Dann wandte Carrie Rose sich ab. Sie ließ den Guerillaführer etwas benommen zurück. Er fragte sich, wie das mit Castro in den Bergen der Sierra Maestra abgelaufen war. Wer war gekommen und hatte ihn mit Gewehren und Bomben ausgerüstet?

»Er ist ja noch ein Junge«, sagte Carrie zu dem Kubaner, als sie wieder in das dunkle amerikanische Auto stieg. »Ist es nicht seltsam, daß die sich für ihn interessieren?«

Der Kubaner sagte nur: »*Solamente tres dias mas.*«

Nur noch drei Tage.

4. Mai 1979, Freitag
45 US-Marshals eingetroffen

11. Kapitel

Wir hatten sorgfältig ein Labyrinth wie in einem Vergnügungspark geplant. Verwirrung an allen Fronten. Wie ein Schneesturm im Sommer an einem Ort, an dem es noch nie geschneit hat . . .

Am 4. Mai war es soweit, daß gewöhnliche Farmer, die auf ihren Feldern die Machete schwangen, Herzinfarkte auslösten. Ein in der Brandung watender Schwarzer – selbst wenn es nur ein Rettungsschwimmer war – sorgte schon dafür, daß schweinchenrosa Weiße sich eilig in ihren teuren Strohdachhütten verschanzten. Fischerboote, die dem Ufer zu nahe kamen, wurden von privaten Leibwächtern mit Gewehren verjagt. Niemand schloß beim Sonnenbad am Strand die Augen . . . Und zahllose Touristen verbrachten ihre Zeit an der Sonne in muffigen Büros von Fluglinien und Konsulaten. Pan Am, Eastern, Prin-Air und BOAC setzten allesamt Sonderflüge ein, aber auch sie konnten den Exodus nicht bewältigen . . . Bis jetzt lief alles nach Plan.

DAS ROSE-TAGEBUCH

Der vierte Tag war viel ruhiger – auf der Insel wurden vier Todesfälle gemeldet. Bei allen handelte es sich jedoch um grausige Machetemorde.

Am frühen Morgen wurden fünfundvierzig Marshals der amerikanischen Bundespolizei eingeflogen, die dabei helfen sollten, in den größeren Städten auf San Dominica die Ordnung zu wahren. Etliche dieser Marshals waren beim Indianeraufstand am Wounded Knee eingesetzt worden.

Acht HSL-I-Hubschrauber vom Typ, der in Vietnam benützt worden war, kamen aus Pensacola, Florida, um bei der Überwachung und der Suche zu helfen.

Weil sie in einem grün-braunen Tarnmuster gestrichen waren, bildeten die Hubschrauber für die verbliebenen Touristen einen besonders furchterregenden Anblick. Plötzlich sah es danach aus und klang auch so, als wären sie mitten in einem Kampfgebiet, ohne daß ein Krieg erklärt worden wäre. Ständig schwebten Armyhubschrauber aus den üppigen grünen Hügeln herunter wie in den ersten Szenen von M.A.S.H.

Weitere Zeugen der Machetemorde wurden gefunden: »Eine wahre Anthologie aus faszinierenden, widersprüchlichen Geschichten«, schrieb eine französische Zeitung später. Bis jetzt waren fünfhundertundelf Menschen verhört worden, aber niemand außer Peter Macdonald behauptete, einen Weißen mit den schwarzen Aufständischen gesehen zu haben.

Jetzt schien die Chance, daß Peter Macdonalds Geschichte etwas bewirkte, tatsächlich äußerst gering.

Es gab schlicht und einfach zu viele Köche für diesen blutigen Brei, zu viele Köche, die in den grausigen Leichenschauhäusern herumschlichen, zu viele Spitzenexperten, die glaubten, sie begriffen, was sich abspielte.

12. Kapitel

Was wir auf San Dominica taten war, als würde man Jack the Ripper, Charles Manson, den Würger von Boston und ein halbes Dutzend weiterer Massenmörder auf die Menschheit loslassen. Alle am gleichen Ort und zur gleichen Zeit.

Das Rose-Tagebuch

4. Mai 1979, Coconut Bay, San Dominica

Freitag morgen. Der vierte Tag der Machete

Lieutenant B. J. Singer, ein Annapolis-Absolvent aus dem Jahr 1966, saß auf einem für ihn zu kleinen Strandstuhl aus Aluminium und las in einem Buch namens *Supership*. Seine Frau Ronnie lag neben ihm, die Ellbogen in den Sand gestützt, und blätterte lustlos in *Jenseits von Mitternacht*.

Beide Singers waren keine besonders begeisterten Leser.

Plötzlich rutschte *Supership* B. J. durch die Finger.

Das Hardcover mit dem Hochglanzumschlag prallte gegen die Metallehne des Strandstuhls und fiel dann mit gebrochenem Rücken in den Sand. B. J. ruckte mit dem Kopf nach hinten.

»Was ist denn?« fragte Ronnie.

»Ich halt' das nicht aus.« Ihr Mann saß mit geschlossenen Augen da. Sein ganzer Körper glänzte vom Kokosnußöl. »Ich hasse diese Herumsitzerei. Ich komm' mir vor wie ein gottverfluchtes Kleinkind, das jedesmal seine Mutter mitnehmen muß, wenn es schwimmen gehen oder was durch die Gegend streifen will. Oder irgend etwas unternehmen möchte!«

Ronnie Singer schaute von ihrem Taschenbuch auf. Sie kniff gegen die grelle Zehn-Uhr-morgens-Sonne ein Auge zusammen. »Oh, dann zieh doch los.« Sie sprach mit einem ganz leichten, spöttischen Texas-Akzent. »Ersäuf dich, Schatz. Laß dir von den Zulus den Kopf abhacken ... Dann wirst du schon sehen, ob Mom wirklich was an dir liegt. Mom ist es nämlich scheißegal.«

B. J. schlug ein unbehaartes Bein über das andere. Der rothaarige Hüne sah seine Frau finster an.

»Ohhh ... Mom liegt was an dir«, gurrte Ronnie daraufhin auf ihrem Strandlaken.

»Ich möchte jetzt gern ... diese juckende Badehose ausziehen. An unserem *Privat*strand. Und unsere *Privat*sonne auf meine verschrumpelten edlen Teile scheinen lassen. Und die armen, vernachlässigten Schweinehunde in *unsere* glitzernde blaue See tauchen ... Genau wie in der Fernsehwerbung. Erinnerst du dich an die Fernsehwerbung für diese Insel?«

Ronnie Singer schlug ihr Buch mit einem dumpfen Klatschen zu. Die kleine Blondine stieß einen Riesenseufzer aus. Ihre großen Brüste kamen unter einem dünnen, knappen Badeanzug mit Tupfen eindrucksvoll zur Geltung. Mom nannte sie sich selbst.

»Na gut, machen wir einen Spaziergang, Seemann.«

»Ich bin dabei.« B. J. ließ ein Lächeln aufblitzen.

»Ich weiß aber nicht, ob ich den Mut habe, den Badeanzug auszuziehen.«

»Huch, wie prüde«, hänselte B. J. sie.

»Sehr komisch, B. J. Laß das.«

Sie gingen um zwei hübsche Buchten herum nach Norden. Zu einem kleineren, einsameren Strand, an dem ein paar hundert Meter vom Ufer entfernt das große braune Wrack eines Schoners lag.

Als sie herankamen, auf die Höhe des abgetakelten Schiffs, watete erst B. J., dann Ronnie hinaus in das klare blaugrüne Wasser, in dem es von winzigen Segelflossern wimmelte.

Ronnie streifte das Oberteil des Badeanzugs nach unten und ließ ihre sandweißen Brüste nackt auf dem Wasser treiben. Sie fing an zu lachen, wurde sogar rot.

Als ihm das kühle Wasser bis zur Brust reichte, drehte der Mann von der Navy sich um und musterte das satte Grün der Hügel im Westen. »Verdammt hübscher Dschungel ...« fing er an.

Dann sah er die beiden halbnackten Schwarzen, die in einem Hain aus Babypalmen lagen. Es war ein unglaublicher Anblick, bei dem ihm das Blut in den Adern gefror. Man glaubt nie, daß einem selbst so etwas passieren kann.

»Allmächtiger, gütiger Gott«, flüsterte er Ronnie zu. »Sie sind hier am Strand.«

Das junge Paar begann, auf das Schiffswrack zuzuschwimmen. Erst langsam, dann mit kraftvollen, sportlichen Zügen.

»Schwimm hinter das Wrack.« B. J. hatte das Kommando übernommen. »Schaffst du das, Ronnie?«

Damian Roses erster Gewehrschuß schlug mit einem Aufspritzen acht Meter vor ihnen ein.

Die Singers erstarrten. Dann schwammen sie weiter auf das alte Wrack zu. Jetzt viel verzweifelter. Mit heftigen, klatschenden Schlägen.

Ein zweiter Schuß wirbelte keine dreißig Zentimeter von B. J. entfernt Wasser auf. Ein dritter Schuß hallte in der Ferne wider, schien aber nirgends einzuschlagen. B. J. ließ sich nicht anmerken, daß er in den Rücken getroffen worden war.

Schließlich erreichten sie den langen kühlen Schatten, den der Schoner warf. Das Schiff ragte ein paar Meter über ihre im Wasser schaukelnden Köpfe auf. Es war mit häßlichem Moder und Entenmuscheln überzogen.

Als sie um den Schoner herumschwammen, spürte Ronnie neben sich einen starken Sog im Wasser. Wie eine kühle

Quelle. Die Frau mit den nackten Brüsten wandte leicht den Kopf – sah einen keine dreißig Zentimeter entfernten silbrigen Schatten, etwa einen bis anderthalb Meter lang. Einen Moment war sie vor Schreck wie gelähmt. Ihr Kopf sank unter Wasser. In ihrer Panik jagten ihr Gedanken an ihre beiden kleinen Söhne zu Hause in Newport News durch den Kopf, an ihre Mutter, an das Ertrinken.

Neben B. J. tauchte ein zweiter Silberpfeil auf. Blitzend. Sich windend. Ein Riesenbarrakuda, mindestens sechzig Pfund schwer. Jetzt waren es schon zwei.

»Schwimm locker«, keuchte B. J. »Bleib hinter dem Schiff. Ganz gleich, was passiert. Schwimm locker, Babe.«

Die zigarrenförmigen Fische schienen im Wasser zu gleiten. Hin und her mit den größeren Menschen; berührten sie forschend mit den Schwanzflossen, ließen scharfe, spitze Zähne sehen.

B. J. spürte den Schmerz im Rücken und trieb schließlich unter das durchsackende Bugspriet des Schoners. Von dort aus konnte er den Strand deutlich sehen.

Er machte die beiden halbnackten Schwarzen aus, die sich in die Hügel zurückzogen. Den Gewehrschützen konnte er nirgends entdecken ... Er beobachtete die Schwarzen, bis sie im Dschungeldickicht verschwanden. Beobachtete den Strand, bis der Schmerz in seinem Rücken zu stark wurde.

Dann paddelten er und Ronnie um das Schiff herum – ein Mann und eine Frau und die beiden großen, bedrohlichen Fische.

Die Singers achteten darauf, sich beim Schwimmen nicht zu heftig zu bewegen. Sie achteten darauf, so wenig wie möglich Wasser aufspritzen zu lassen. So wenig wie möglich zu atmen.

Und schließlich, als der junge Mann und die junge Frau in etwa anderthalb Meter tiefes Wasser kamen, wo sie stehen konnten, drehten die Riesenbarrakudas ab. Mit aufblitzenden Schwanzflossen schwammen die Fische zu dem alten Wrack zurück . . . B. J. und Ronnie rannten die letzten fünfzig Meter zum Ufer.

Als die Singers wie Überlebende eines Schiffbruchs auf dem nassen Sand lagen, drückte Damian Rose ab, einmal, zweimal, und erschoß sie beide doch noch.

13. Kapitel

Ganz simpel ausgedrückt, ich wollte einfach nicht in einem gottverlassenen Kaff leben und sterben. Wie Madame Bovary.

DAS ROSE-TAGEBUCH

Coastown, San Dominica

An jenem Morgen um elf lag Carrie Rose an einem mit hunderttausend Hektolitern Meerwasser gefüllten Swimmingpool im Coastown Princess Hotel.

An der Poolbar neben ihr beklagte ein dreiunddreißigjähriger Börsenmakler aus New York, Philip Becker, den Niedergang des guten Lebens. Er versuchte außerdem, Carrie anzumachen.

»Was für eine traurige, beschissene Angelegenheit«, sagte Becker – eher ein Euphemismus angesichts der momentanen Zustände in San Dominica. »Da hat man sich endlich mal Zeit für einen Urlaub genommen. Da berappt man rund zweitausend Eier für zehn herrliche Tage, an denen man sich nicht in Manhattan mit den ganzen Quasselstrippen, Schnorrern und dem restlichen Abschaum herumärgern muß ... Und dann plötzlich, Knall auf Fall, gibt's nicht etwa bloß ein bißchen Regen, der einem die Ferien vermasselt ... Man kriegt keinen Sonnenbrand ... Man kriegt eine gottverdammte Revolution!«

Carrie schüttelte das lange rotblonde Haar, ließ ganz winzige Perlmuttohrringe sehen. Allmählich brachte es sie zum Lächeln, wie Becker seine schwachsinnigen Geschichten erzählte.

»Mir gefällt Ihre Ausdrucksweise.« Sie legte ihre Hand auf seinen Handrücken. »Man kriegt eine Revolution!« wiederholte sie seinen Gedanken.

»Genau das ist hier los«, sagte der Börsenmakler. »Hinter jeder Palme eine Machete.« Jetzt starrte er unverhohlen ihre Brüste an, ihre langen Beine, den flachen, gebräunten Bauch, ihren Schoß.

»Dieser Dred – Entschuldigung, *Oberst* Dred – wird jetzt ein Blutbad im großen Stil anrichten. Was bedeutet, daß ich nach New York zurückkehre, wo es sicherer ist.«

»Urplötzlich wollen hundertfünfzigtausend Touristen und Ferienhausbesitzer alle gleichzeitig runter von dieser Insel«, sagte Carrie.

Philip Becker lächelte. Er hob das Glas zu einem spöttischen Trinkspruch. »Auf, äh ... Oberst Monkey Dred, der, äh, uns beiden den Urlaub verdorben hat. Auf Ihr ganz Spezielles, Monkey.«

An diesem Punkt kam Carrie Rose zu dem Schluß, sie könne diesen Mann ganz gut leiden. Philip Lloyd Becker. Ein Mann mit wunderbarem Selbstvertrauen. Fast so aalglatt wie Damian Simpson Rose.

Der aalglatte Philip lächelte sie weiter an. Er war galant.

Attraktiv. Körperlich anziehend: eine wandelnde Reklame für seinen New Yorker Sportclub. Und er war so hohlköpfig wie die sprichwörtliche blöde Blondine.

Als er sie schließlich fragte, ob sie Lust habe, mit ihm in seine Suite zu gehen, sagte Carrie ja.

Das war der Anfang einer kleinen Nebenhandlung zum Thema *cherchez la femme*. Und außerdem ein Experiment.

Freitag nachmittag

Völlig verloren in Coastdown, so desorientiert wie Figuren in einem Theaterstück von Neil Simon, wurden Peter und Jane als erstes im Regierungsgebäude von San Dominica praktisch vor die Tür gesetzt. Dann in den Redaktionen des *Gleaner* und des *Evening Star*.

»Falls tatsächlich ein geheimnisvoller Weißer darin verwickelt ist«, erklärte ein britisch klingender Onkel Tom im Regierungsgebäude, »dann taucht er todsicher auf, wenn wir Oberst Dred fassen. Im Augenblick *versuchen* wir mit allen Kräften, Dred zu fassen.«

»Herrje, Mann. Daß Sie unseretwegen bloß keine Pause in der Menschenjagd einlegen«, sagte Peter, bevor Jane ihn wegzerren konnte.

Um die Mittagszeit schlenderten die beiden über den belebten Markt an der Front Street. Kinder verkauften grüne Kokosnüsse, Jamwurzeln, frischen Fisch. Aus blechern klingenden Recordern dröhnten Songs wie »Kung Fu Fighting«. Jane wurde von sämtlichen einheimischen Männern mit lüsternen Blicken und einem trägen Lächeln bedacht.

»Wie wär's mit 'ner Spazierfahrt, Lady?«

»Wollen Sie mal an meiner Kokosnuß lutschen?«

An der ersten Abzweigung von der Front Street aus gingen sie hinaus zum höchst berühmten und wunderschönen Strand von Horseshoe Beach.

»Das könnte der schönste Tag überall auf Erden sein, ganz gleich, wo«, sagte Jane, als sie auf dem schimmernden Sand entlanggingen. »Lieber Gott!«

Die ganze Oberfläche der Karibik war fast weiß, glitzerte mit der strahlendsten Galaxis von Sternen. Janes lange blonde Locken leuchteten . . . Sie war die blonde Schönheit, die man immer am Strand zu sehen bekommt, die aber anscheinend keiner je sein eigen nennen kann.

Als die beiden weitergingen, wurde ihnen wunderbar ruhig und zufrieden zumute, obwohl sie die besten Absichten hatten, das nicht geschehen zu lassen. Als wäre nichts mehr wichtig außer der strahlendgelben Sonne, als sich bräunen zu lassen und den Meeresgischt ins Gesicht zu bekommen.

»Es ist so überwältigend, Peter. Kowabunga! Altes Indianerwort für Entzücken und Staunen – hab' ich aus einer Fernsehsendung gelernt.«

»Man muß sich wirklich fragen, warum Leute auf die Idee kommen, sich mitten in Michigan niederzulassen. In irgendeinem kalten Klima. Oh, Caleb, ist das hier nicht ein herrlicher Tundrastreifen? Laß uns hier ein Haus bauen.«

»Oh . . . sei still, mein kleiner Welpe.«

Sie liefen barfuß, hielten ihre Mokkassins und Sandalen in den Händen, als sie unter einer Holzbrücke hindurchgingen. Die Pfeiler überzogen mit Seetang und Meeresgetier. Über ihnen erschallte das Geplauder aus einer Bar, in der Muscheln in scharfer Sauce serviert wurden. Als sie unter den dunklen modernden Planken hervorkamen, warf Peter rein zufällig einen Blick zurück auf den Steg. Was er sah, knackte seine gute Laune wie einen Zweig.

Sorglos wie Touristen schlenderten die schwarzen Killer von der Turtle Bay dort oben dahin. Der Kubaner und Kingfish Toone. Noch verstörender war, daß der Kleinere von beiden nach unten auf den Strand zeigte. Direkt auf Jane und ihn.

»Janie, wir haben keine Zeit, darüber nachzudenken«, sagte er, »aber ich will, daß du losrennst wie eine Irre. Da oben auf dem Steg sind die Killer von der Turtle Bay.«

Die beiden Schwarzen stürzten inzwischen eine hölzerne Wendeltreppe hinunter, die zum Strand führte. In ihren leichten Anzügen und mit Schlapphüten aus Filz sahen sie aus wie feingemachte karibische Geschäftsleute.

Peter schaute sich noch einmal um und sah, wie die beiden Männer rannten. Die Scheißkerle sahen kräftig aus. Kamen herunter wie gottverfluchte Geisteskranke, stießen Sonnenbadende um und traten auf sie. Was zum Teufel hatten sie vor? Eine öffentliche Hinrichtung?

»Los! Lauf!«

Plitsch-platsch. Plitsch-platsch. Nackte Füße wirbelten Sand auf, überschütteten Menschen auf beiden Seiten ihres Weges beim Sonnenbaden mit Sand. Gott sei Dank, Jane rannte schnell. Herr im Himmel!

Während er versuchte, mit ihr Schritt zu halten, suchte Peter nach einer schlauen Idee, was jetzt zu tun sei. Er warf noch einmal einen Blick zurück über die Schulter. Wäre fast mit einer Familie zusammengeprallt, die sich Hotelbadetücher unter dem Hintern wegzog.

Amerikanische Sonnenanbeter, die keinen Finger rührten und vor der Jagd zurückwichen. New Yorker Zustände in der Karibik.

Jane stolperte durch ein Strandstück, das besonders überhäuft mit Badetüchern war, und spürte ein beginnendes Brennen in der Brust und in den Schenkeln. Leichtes Seitenstechen. Hundert Meter voraus fielen ihr gedrungene Kalksteingebäude auf. Duschen. Umkleidekabinen. Vom Dach des kleinen Gebäudekomplexes führte eine weiße Treppe zum Holzsteg.

»Peter! Hier rauf!«

Ein paar Schritte weiter packte Peter einen großen, stark behaarten Mann beim Bademantel. »Helfen Sie uns!« keuchte er. »Rufen Sie die Polizei!«

Der behaarte Mann versetzte ihm einen Stoß. Wich zurück. »Pfoten weg. Lassen Sie mich ja los, Sie.«

Niemand hörte zu. Kein Wunder, daß die Polizei und die Leute von der amerikanischen Botschaft sich so merkwürdig verhalten hatten – sie konnten es einfach nicht fassen, daß jemand versuchte zu helfen.

Noch verängstigter rannten der junge Mann und die junge Frau weiter.

Sie drängten sich durch die Menge, die sich in den Kalksteingebäuden duschen und umziehen wollte. Durch dicke Jungen mit Plastikbällen. Durch den starken Geruch nach Sonnencremes. Im Grunde spürten sie die Leiber gar nicht, die sie anrempelten. Sie waren wie betäubt, alles war unwirklich.

Innerhalb des Badehauses lag ein großer, kühler Betonraum. Sein Zweck war nicht auszumachen. Hier hielten sich zwanzig bis dreißig Menschen auf. Harte Jungs, die Maiskolbenpfeifen rauchten. Vier verschiedene Türen nach draußen.

»Die Treppe?« schrie Peter ein rosa Gesicht unter einem großen Strohhut an. *Princess Hotel.*

»Die Treppe!« schrie Jane jetzt mit ihm. »Sagen Sie uns, wo!«

Als die Frau aus dem *Princess* nach links zeigte, hörten Peter und Jane hinter sich einen Tumult.

Plötzlich rannte ein schwarzer Rettungsschwimmer aus einem der Betonflure herein. O. J. Simpson mit Zöpfen. Er brüllte mit dröhnender Stimme die beiden Männer an, die eben durch den Haupteingang hereinkamen.

BUMM!

Eine einzige, unfaßbare Explosion hallte im Badehaus wider. Überallhin spritzte leuchtendrotes Blut. Der geschockte Rettungsschwimmer knallte gegen eine Kalksteinwand. Er prallte mit dem Gesicht voraus von der Wand ab, mit baumelnden Zöpfen, und schlug auf dem Betonboden auf.

Alle möglichen Leute schrien in dem seltsamen kahlen Raum: »Mord!« Menschen warfen sich zu Boden ... im Rücken des Rettungsschwimmers klaffte ein Loch von der Größe eines Baseballs. Ein roter Rorschachklecks. Totale Panik.

Peter und Jane rannten weiter, hatten ein beschissenes Gefühl wegen des jungen Schwarzen. Nach links – aber sie sehen nirgends eine Treppe.

»Irgendeine Idee?«

»Nein.«

»Verdammte Scheiße!«

Wieder ein hektischer Haken nach links, und sie entdeckten Türen. TOILETTEN, MÄNNERDUSCHE, SCHLIESSFÄCHER, FRAUENDUSCHE, WARTUNGSRAUM. Dann landeten sie in einer Sackgasse im Gebäude. Und waren am Ende mit schlauen Ideen.

Dann fiel Jane etwas ein. »Hier.«

In der Tür zum Duschraum für Frauen schlug ihnen wehender Dampf entgegen wie ein plötzlicher Gluthauch. Sie sahen den Umriß einer nackten Weißen. Zwei Umrisse. Reihenweise graue Schließfächer und Bänke.

»Suchen wir hier drin nach einem Versteck.«

Die Nackte ging nach links, Peter und Jane gingen nach rechts. Als sie einander um scharfe Schließfachkanten herumzerrten, hörten sie, wie die große Metalltür zum Flur aufging und sich wieder schloß.

»Wenigstens ein Versuch«, sagte Peter.

Er riß an einer Holztür, und sie waren in einem schmalen, gefliesten Raum, in dem aus fünf bis sechs Duschen Wasser lief. Unter dem Wasserfall sahen sie eine nackte Schwarze und ein kleines, etwa drei Jahre altes Mädchen.

Das Mädchen hatte das Haar voller Shampooschaum. Es sah das seltsame, hier eingedrungene weiße Paar an, als wären die beiden tatsächlich Laurel und Hardy. Die Mutter des Mädchens machte jedoch ein entsetztes Gesicht. Sie hielt sich die Hände vor die Brüste und begann zu schreien.

»Bitte«, flüsterte Jane und ging an den Duschen entlang, zog Peter mit sich. «Ich weiß, was für einen Eindruck das machen muß, aber wir werden verfolgt. Bitte, schreien Sie nicht.«

Am Ende der Duschenreihe schlüpften die beiden in eine kleine Nische.

»Wenigstens sind wir vom Eingang aus nicht mehr zu sehen«, flüsterte Jane Peter zu.

»Was wollen Sie hier drin?« Die Schwarze sagte schließlich etwas zu ihnen.

»Bitte, helfen Sie uns«, flüsterte Jane wieder.

Sie drückte sich unglaublich heftig gegen die feuchte, geflieste Wand, spürte, wie ihr viel kühlerer Schweiß sich mit dem warmen Dunst des Duschwassers vermischte, und hatte eine Vision, die sie zum Zittern brachte. Sie hatte deutlich vor Augen, wie die beiden Männer in den Duschraum kamen. Auf sie und Peter schossen. Auf die Frau schossen. Auf das kleine Mädchen schossen. BIZARRES MASSAKER IM DUSCHRAUM!

Sie alle konnten die beiden Männer draußen in den Umkleidekabinen hören. Laute Stimmen. Flüche. Schreiende Frauen. Zuschlagende und aufgerissene Schließfachtüren.

»Ich glaube, ich bekomme Nasenbluten«, sagte Jane.

Dann war das unwichtig. Alles war unwichtig. Die beiden Killer waren im Duschraum.

Peter dachte an einen Kampf mit bloßen Händen gegen bewaffnete Männer und hörte, was die Schwarze sagte.

»Was wollen Sie hier drin?« sagte sie zu den beiden Männern. Was sie auch zu ihm und Jane gesagt hatte.

Die beiden Killer von der Turtle Bay gaben ihr keine Antwort. Dann klackten Männerschuhe laut gegen den Fliesenboden. Metallbeschlagene Absätze. Er wollte selbst nachsehen. Es war so gespenstisch, daß er den Scheißkerl nicht sehen konnte. Hatte er seine Waffe gezogen?

In den Körpern von Peter und Jane begann sich jeder Muskel zu verkrampfen. Neben ihnen lehnte ein nasser Mop an der Wand. Waffe? ... *Waffe.*

Peter fühlte sich plötzlich unglaublich beschützerisch. Voller Wut. Bereit, dem schwarzen Schlächter den Mop über den Kopf zu schlagen. Zu versuchen, seine Waffe an sich zu bringen. Einen Schuß auf den Kerl weiter vorn abzugeben. Die Chancen standen denkbar schlecht.

Dann rief der zweite Mann etwas. Auf spanisch. *Vamonos.*

Beide Männer gingen, und draußen wurde wieder geschrien. Wieder knallten Türen zu.

Jane klebte an der Wand wie ein nasses Papiertaschentuch. Das blonde Haar aufgelöst und schmutzig wie der Mop. Sie blutete aus der Nase.

Peter ging in die Hocke. Krümmte sich wie ein Fötus. Wie man es eben tut, wenn man eine Scheißangst hat. Er sah, daß die Schwarze unter der Dusche noch ziemlich jung war.

Zwanzig. Einundzwanzig. Nur Haut und Knochen. Das kleine Mädchen war sehr, sehr hübsch. Weinte jetzt, weil seine Mutter weinte.

»Allmächtiger, es tut uns leid«, sagte Peter.

Er und Jane warteten eine Weile, nahmen der Frau das Versprechen ab, alles der Polizei zu erzählen, und verließen dann den Duschraum.

Draußen auf den Betonfluren sahen sie keinen der beiden schwarzen Killer. Im Gebäude drängten sich jedoch Menschen. Durch die Betontunnel schallte unglaubliches Geschrei. Etliche Leute weinten.

Schließlich fanden sie die Treppe nach draußen. Sie schoben sich durch eine Menschenmenge, die mit aufgerissenen Augen herausfinden wollte, was passiert war. *»Ist das wieder ein Machetemord? ...«* Oben auf der Treppe klammerte sich Jane an Peters Brust. »Halt mich fest, Peter«, sagte sie. »Halt mich nur ganz kurz fest.«

Dann nahm die Polizei von San Dominica zum zweitenmal in zwei aufeinanderfolgenden Tagen die Beschreibungen des Kubaners und von Kingfish Toone zu Protokoll.

»Kein blonder Engländer?« fragte der Polizist.

»Er war da«, sagte Peter. »Wir haben ihn dieses Mal nur nicht gesehen.«

Der schwarze Polizist lächelte. »Wir haben ihn auch letztes Mal nicht gesehen.«

Las Vegas, Nevada
Freitag abend

An jenem Abend in Las Vegas bewegte sich die ganze Operation San Dominica mit halsbrecherischer Geschwindigkeit auf eine weitere gewaltige Explosion zu. Zum ersten Mal seit Lathrop Wells nahm Great Western Air Transport wieder Kontakt zur Familie Forlenza auf.

Um zehn folgte ein langhaariger Dicker – den irgendein Schlaumeier für die Idealbesetzung eines Profispielers hielt – Isadore Goldmans Fleetwood mit Chauffeur aus dem glitzernden Flamingo Hotel. Richtung Innenstadt.

Der dicke Geheimdienstmann hieß Tommy Hicks und hatte 1968 an der Stanford-Universität seinen Abschluß in Jura gemacht. Außerdem hatte er zu den CIA-Vertretern im Farmhaus in Lathrop Wells gehört.

Hicks folgte Goldman mit zwei Autos Abstand den Sahara Boulevard entlang. Dann auf den Strip. Vorbei am Sands und dreihundert weiteren knalligen Hotels.

Zu Caesar's Palace.

Als er das Spielermekka erst einmal betreten hatte, fing Izzie Goldman damit an, mit hohen Einsätzen Blackjack zu spielen. Der alte Mann war das, was die Croupiers einen George-Spieler nennen: ein hochklassiger Kunde.

Während seiner ersten Stunde beim Blackjack gewann Goldman, was für die meisten Menschen ein anständiges Jahresgehalt ist: etwas über 34 000 Dollar. Dann verlor der alte Mann über 40 000 Dollar beim Bakkarat.

Weil Tommie Hicks nur 28 000 Dollar im Jahr verdiente, faszinierte ihn das Auf und Ab ganz gewaltig. Mehrmals im Verlauf des Abends hatte er Phantasien darüber, einfach hinzugehen, dem alten Gangster die Chips wegzunehmen und sie sicher zu verwahren.

Kurz nach ein Uhr morgens stand Goldman schließlich von seinem Stuhl am Bakkarattisch auf. Er ging zu einer der Herrentoiletten.

Auf der Schwingtür stand CAESAR'S.

Tommie Hicks folgte Goldman mit gebührendem Abstand. Er hatte genau begriffen, daß er in diesem ganz speziellen Stück ohnehin nur eine Nebenrolle spielte.

Der CIA-Mann stellte sich an das glänzende Urinal links neben dem Alten.

Es war wirklich komisch – Tommie Hicks stellte fest, daß er gar nicht mußte. Es kam kein Tropfen. Eigentlich zum Lachen. Es war sowieso ein bißchen absurd, einen knapp eins sechzig großen, vierundsiebzigjährigen Mann zu beschatten.

»Habe ich Sie nicht auf einer Party bei Harry Hill kennengelernt?« fragte er, während der alte Mann pinkelte.

Ein Schwarzer – Zuhälter –, drei Urinale von ihnen entfernt, sah in ihre Richtung. Der schwarze Lude lächelte und zeigte große Zähne, elfenbeinfarben und golden.

Izzie Goldman sah zu Hicks hinüber. Er zuckte die schmalen, runden Schultern. »Ganz bestimmt nicht, Abe.«

Der alte Gangster war mit dem Urinieren fertig und zog sich den Reißverschluß zu. Er ging hinüber zu den noblen Waschbecken. Goldman schob sich die goldene Uhr den knochigen Arm hinauf und wusch sich die Hände.

Der Zuhälter bespritzte sich mit English Leather. Dann verließ er die Toilette, ohne sich die Hände zu waschen.

»Bimbos mögen den Geruch.« Goldman nickte in Richtung der sich schließenden Tür. Er faßte sich mit beiden Händen an den Kopf, als wollte er sich den sauberen Scheitel im weißen Haar geraderücken. »Gehe ich recht in der Annahme, daß Mr. Hill ein Problem hat?« sagte er und kaute immer noch auf einer durchweichten Zigarre herum.

»Mr. Hill im Grunde nicht. Es gibt ein Problem mit unseren anderen beiden Freunden.«

Isadore Goldman schlug gegen die zischenden Wasserhähne. Er erinnerte sich vage, diesen fetten Ochsen in dem Farmhaus in der Wüste gesehen zu haben.

»Ein kleines Problem, hoffe ich.«

»Bis jetzt sehr klein ... aber wir wollen Ihre Zustimmung, beide zu liquidieren, falls das Problem größer wird.«

Goldman musterte sich mit zusammengekniffenen Augen im wasserbespritzten Spiegel über dem Waschbecken. Eine verschrumpelte Backpflaume, dachte er. Klein, aber gemein.

Er bedachte den jüngeren Mann, der hinter ihm stand, mit einem Achselzucken. »Sie sollten wissen, daß es besser ist, mich das nicht zu fragen ... Aber eins will ich Ihnen sagen, damit sich Ihre Reise hierher gelohnt hat. Es würde mich sehr überraschen, wenn clevere Leute wie diese Roses nicht in der Lage wären, mit kleinen Problemen fertigzuwerden, falls sie auftauchen sollten.«

Tommie Hicks lächelte in den vergoldeten Spiegel über dem Kopf des alten Mannes. »Es hat uns sehr überrascht«, sagte er, »daß *überhaupt* Probleme aufgetaucht sind.«

Turtle Bay, San Dominica

Um acht an jenem Abend stieg Peter Macdonald aus einem stotternden, tuckernden Doppeldeckerbus, der von Coastown Richtung Norden fuhr. Er warf sich das schweißfleckige Polohemd über die Schulter und ging die sauber gerechte Kieszufahrt zum Plantation Inn entlang.

Weil er Jane überredet hatte, bei Freunden in Coastown zu übernachten, war er jetzt ganz allein mit dem Problem, ein unerwünschter einziger Zeuge zu sein.

Offenbar wollte ihm die hiesige Polizei nicht helfen ... Die Leute in der amerikanischen Botschaft rollten auch nicht gerade den roten Teppich für ihn aus ... Und das galt auch für die Zeitungen.

Warum? Das war die Preisfrage. Warum zum Teufel?

Während er am dunklen, verlassenen Strand des Plantation Inn entlangging, fragte sich Peter allmählich, ob nicht vielleicht alle Ermittlungen in Verbrechensfällen im realen Leben so frustrierend seien wie diese hier. Nur ein Herumtappen im Dunkeln. Lauter bescheuerte Pfuscharbeit. Keine schnellen Aufklärungen. In keinem einzigen Fall.

Als er den Umriß des Strandhauses sah, in dem er und Jane wohnten, wanderten seine Gedanken zurück zu den beiden schwarzen Killern in Coastown. Wenn die beiden echte Inselrevolutionäre waren – Dreds Leute –, dann war er der zweite Cary Grant.

Weil er jetzt paranoid war – auf alle Fälle vorsichtig –, blieb er stehen. Sein Herz hämmerte so, wie es nicht mehr der Fall gewesen war, seit er das einsame Hügelland von Südvietnam verlassen hatte. Im Schutz der dichten Bananenstauden musterte er die stille schwarze Welt wie ein Sergeant der Special Forces ...

Der kleine rosa Flitterwochenbungalow. Das Dach im Schatten. Jalousien an den Fenstern. Eine Holztür, die aussah, als wäre sie wegen der wandernden Sanddünen schief eingehängt worden. Die dunkle, unheimliche Karibik. Ein hübscher Ort für einen Hinterhalt ...

Nachdem er das Haus über zehn Minuten lang beobachtet hatte, ohne etwas Beängstigendes zu sehen, ohne daß sich etwas bewegt hätte außer dunklen Palmwedeln und Zirruswolken, ging Peter auf sein Zuhause zu.

Auf halbem Weg über den Pfad aus Kies und Muscheln sah er einen dunklen Umriß auf einem weißen Patiotisch liegen. Als er einen Schritt näherkam, erkannte er Max Westerhuis' Afghanen, und er stöhnte laut auf. ... Der schöne, langhaarige Hund war in zwei Stücke gehackt worden.

Die Macheten.

»Herrgottsakrament noch mal«, fluchte er laut. Er zitterte.

Fast wäre ihm schlecht geworden. Zum ersten Mal sah er selbst, was die rasiermesserscharfen Klingen anrichten konnten.

Der Körper des Rassehundes – Fool's Hot Toast – war am dünnen Brustkorb sauber durchtrennt worden. Ameisen und schwarze Fliegen mästeten sich an dem blutigen Schnitt, als wäre er ein langer, grausiger Serviertisch.

Peter rannte an dem Hund vorbei und ging ins Haus. Er suchte Kleidung zusammen, Geld, den zwischen seinen T-Shirts versteckten .44er Colt. Sein persönliches Memento mori.

Er hielt den Atem an. Überlegte, wo er sich verstecken sollte. Er mußte sich entscheiden, mit wem er sprechen, wem er vertrauen konnte. Sich eine Methode ausdenken, San Dominica zu verlassen.

Vor allem wollte er sie von Jane ablenken. Deutlich machen, daß er ihr Problem war. Der *Zeuge*.

Während er sich fragte, warum sie sich die Mühe gemacht hatten, den Hund zu töten, ob sie ihn beobachteten und wer zum Teufel der große Blonde eigentlich war, rannte Peter Macdonald zum hell erleuchteten Inn zurück. Er ging schnell durch die Vorhalle auf den dunklen Parkplatz hinter dem Hotel. Er rief Jane in Coastown an. Bei ihren Freunden meldete sich niemand.

Und dann, um 20.45 Uhr am 4. Mai – ohne die geringste Ahnung, was er damit vorhatte –, stahl Peter zum zweiten Mal in dieser Woche das BMW-Motorrad des Hotelgeschäftsführers.

Als er langsam und leise auf dem Motorrad die Einfahrt entlangfuhr, trat ein großer Mann auf die finstere Straße, auf der jetzt Staub aufwirbelte.

Damian Rose beobachtete, wie Macdonald wegfuhr – und er ließ es zu.

Peter Macdonald verhielt sich genau wie geplant.

Alles lief genau nach Plan.

Die Macheten waren genauso wirkungsvoll, wie er das am ersten Nachmittag an der Turtle Bay erwartet hatte.

Falls je Zweifel bestanden hatten, daß er und Carrie eine Million Dollar für die Operation wert waren, würden sie am Ende ausgeräumt sein. Sie beide würden so berühmt werden wie Charles Manson und Co. – und ihr Marktwert würde keine Grenzen mehr kennen.

5. Mai 1979, Samstag
Kriegserklärung
an Monkey Dred

Am fünften Tag hielt der Ministerpräsident von San Dominica, Joseph Walthey, eine emotionsgeladene Pressekonferenz ab, auf der er erklärte, die schrecklichen Machetemorde ließen sich jetzt eindeutig Oberst Dred und seiner winzigen Dissidentengruppe zuschreiben.

Während er mit seiner Frau, dem amerikanischen Botschafter und dessen Frau vor den Pressemikrofonen stand, verlautbarte Joseph Walthey, daß an jenem Morgen um sieben ein Bataillon aus Truppen von San Dominica und der USA in den Dschungel der Hügel im Westen einmarschiert sei. Ein Zusammenstoß mit Oberst Dred werde noch vor Tagesende erwartet.

Inzwischen hatten sich sowohl der Robert F. Kennedy Airport in Coastown als auch der Kiley Airport in Port Gerry in wahre Tollhäuser verwandelt. Ein Sprecher der Fluggesellschaften sagte, trotz der Sonderflüge werde es noch mindestens vier Tage dauern, bis alle Menschen abreisen könnten, die San Dominica, die Jungferninseln, Jamaica und Haiti verlassen wollten.

Ein kleines Paradox am Rande. Während Tausende die Inseln verließen, trafen ein paar hundert fanatische Katastrophengaffer ein, die Zeugen des Machetenterrors werden wollten.

In den ersten vier Tagen kamen über zweihundertfünfzig Menschen nach San Dominica, um den Ort der bizarren Geschehnisse zu besichtigen. Einfach, um dort zu sein. Um dem Tod bei der Arbeit zuzuschauen. In der Hoffnung, vielleicht sogar ein Foto oder ein Tonband aufnehmen zu können.

14. Kapitel

»Ich habe keine moralischen Reaktionen mehr«, sagte Damian. »Manchmal empfinde ich jedoch ein eisiges, gewaltiges Mitgefühl.«

DAS ROSE-TAGEBUCH

5. Mai 1979; West Hills, San Dominica

Samstag morgen. Der fünfte Tag der Machete

Peter bekam zum zweiten Mal einen Blick aus der Regenwurmperspektive auf die raffinierten, schmutzigen kleinen Kriege, die in den sechziger Jahren an der Tagesordnung gewesen oder zumindest wieder Mode geworden waren.

Furchterregende fünf Minuten lang hatte er deutlich vor sich gesehen, wie unmenschlich der Mensch dem Menschen gegenüber sein kann. Mit welcher absurder List manche Menschen versuchen, einen Vorteil für sich herauszuschlagen. Das Grauen, allein und unwissend mitten in Terrorismus und einen Guerillakrieg hineinzugeraten.Ein absoluter Niemand in einem größeren Plan zu sein. Eine Null auf der Richterskala der Welt. Ein Nichts.

Eine dicke, dunkle Flüssigkeit tropfte auf seine Brust. Nach ein paar Sekunden, in denen er nur verschwommen sehen konnte, begriff er, daß es Motoröl war.

Ein Zug kam!

Ein Zug näherte sich seinem Versteck in den West Hills. Im Dschungelrevier von Oberst Dred.

Ein Zug? überlegte Peter. Ein Versteck? Er drehte langsam durch.

Er rollte sich auf die Seite und sah durch hohes Gras hindurch; versuchte, sich die Pollen und den Tau aus dem wunden Hals zu husten. Zwei Eidechsen marschierten auf Augenhöhe an ihm vorbei, hintereinander. Sie schienen sich gut zu kennen. Gute Freunde zu sein, vielleicht ein Liebespaar ... Die beiden Eidechsen blieben stehen und spielten im Gras wie kleine Dinosaurier. Ziemlich gesellige kleine Ungeheuer. Unter ihrem grünen und blauen Kinn pulsierten rote Blasen.

Macdonald rollte sich langsam weg von der BMW. Er setzte sich auf, befreite seinen Arm von Grashalmen und Steinchen und sah das Sonnenlicht durch die dicht bemoosten Bäume dringen. Über dem Blätterdach flammte der Himmel. Heiß heute, sehr heiß.

Untergetaucht überlegte er wieder, probierte das Gefühl an wie ein neues Sportjackett. Auf der Flucht.

Nachdem er ein paar Augenblicke länger hoffnungslose Gedanken gewälzt hatte, stand Peter auf und machte ein Feuer. Sammelte Blätter, ein paar Stöcke, Zweige, Grashalme, alles, was trocken war. Er ging zum Motorrad hinüber und holte den wohlgefüllten Picknickkasten des Deutschen ... Gleich würde er sich einen Nescafé machen. Eipulver. Getrocknetes, salziges Rindfleisch.

Der junge Mann hockte neben dem kleinen Feuer, schlang hinunter, was vier Eiern entsprach, spülte mit dem übelsten Kaffee nach, den er sich vorstellen konnte, aß geheimnisvolles Fleisch und einen Schokoriegel, der eigens für eine solche Gelegenheit aus Westdeutschland hierhergeschickt worden war.

Während er seine hastige Mahlzeit beendete, dachte Peter an Jane. Er überlegte, ob er nach Coastown fahren und sie holen solle. Entschied sich dagegen. Es war besser für sie, wenn sie so weit wie möglich von ihm entfernt war. Möglicherweise auch so weit wie möglich entfernt von der Polizei von San Dominica. Im Augenblick war Jane gut aufgehoben. Was er von sich nicht sagen konnte.

Als er mit dem Frühstück fertig war, ging er zurück zu den glänzenden schwarzen Ledersatteltaschen der BMW. Er nahm ein *West-Point*-T-Shirt heraus und wickelte den .44er Colt aus.

Es kam ihm seltsam vor, unwirklich, wie er die alte Waffe in der Hand hielt. Er drehte die Trommel und sah alle sechs Patronen. Er inspizierte die Waffe gründlich, dachte an die Schießstände der Army in West Point, die in massiven grauen Steingebäuden auf einem Hügel über dem Footballplatz, dem Mitchie Stadium, versteckt waren. Er dachte an einen schäbigen Schießstand in einem dampfigen Gebäude mit Blechdach im Viertel Cholon von Saigon.

Peter hob langsam den langläufigen Colt. Zielte auf das gesprenkelte Blatt einer Bananenstaude. Zielte auf einen winzigen, zwitschernden gelben Vogel. Zielte auf eine kleine grüne Kokosnuß. Schließlich auf eine kleine schwarze Schlange, die einen Baumstamm hinaufglitt.

Der Baum war mindestens fünfunddreißig Schritte weit weg. Rund fünfunddreißig Meter. Eine Distanz, die Waffennarren nur Kunstschützen zutrauen.

Mit der Miene eines altmodischen Duellanten, sorgfältig zielend, zog Peter behutsam den Abzug durch.

Der ferne Kopf der schwarzen Schlange barst, als wäre er innen verrottet. Der Rest der Schlange fiel vom Baumstamm wie eine lose Ranke.

In gewisser Weise freute und überraschte ihn der saubere Schuß. Er hatte im Grunde nicht damit gerechnet, daß dieser Sonntagsrevolver so gut ausbalanciert sein würde. Was den Schützen anlangte – na ja, über den zweiten Schützen wußte er alles.

»Hu, Junge!« rief Peter über die *gefäääährlichen* Hügel im Westen. »Was jetzt, du As?«

15. Kapitel

Die John Simpson Roses. Eine seltsame Geldadelsfamilie. Damians vierzehnjähriger Bruder wurde in der Horace Mann School bei einer Scheißprüfung beim Mogeln erwischt. Der Teenager schluckte einen halben Becher Schwefelsäure. Starb nicht, weil die Dosis so hoch war, daß er das ganze Zeug wieder auskotzte. Trotzdem blieb er vom Hals abwärts ein Krüppel. Lebt seither in einer Anstalt. Auch Damians Mutter lebt rund um die Uhr in einer Anstalt. Der Vater fährt in Manhattan und London in einer großen Mietlimousine herum, die ihm von einer multinationalen Bank zur Verfügung gestellt wird. Damian plant, seinen Vater eines Tages in der Limousine umzubringen …

DAS ROSE-TAGEBUCH

Mercury Landing, San Dominica

Samstag nachmittag

Die Küste von Mercury Landing war hübsch und sehr abgelegen.

Auf beiden Seiten des silbrig schimmernden weißen Sandes ragten hohe schwarze Klippen auf. Es gab einen Hain aus Königspalmen. Gelbe Vögel. Ganze Schwärme von Papageien wie in einer Freiluft-Tierhandlung. Eine große rote Sonne über dem Meer wie das zornige Auge Gottes.

Über dem Meer gab es außerdem ein großes weißes Haus. Und auf einer Seite des Hauses stand versteckt im Schatten der Känguruhbäume eine dunkelgrüne Limousine.

An einer Sache ließ sich nicht zweifeln: San Dominica war ein Paradies auf Erden.

Unten an der Mercury Landing gingen ein Mann und eine Frau nackt am Strand spazieren. Ohne Kleider wirkten Carrie Roses Beine eine Spur zu lang, ein wenig krumm. Ihre Füße waren ein bißchen zu groß, ein bißchen zu platt.

Das waren jedoch kleinliche Anmerkungen, denn die schlanke junge Frau war auch ohne Kleider wunderschön.

Damian, der neben ihr herging, war fast genauso eindrucksvoll. Der große Blonde hatte nichts an, trug aber über dem Arm einen teuren Jogginganzug aus Frottee. Er hatte breite Schultern und muskulöse Beine. Einen harten flachen Bauch. Hübsches blondes Haar.

Ein langer, sonnengebräunter Schwanz ragte aus den hellen, lockigen Haaren zwischen Damians Beinen.

«Mit dem ganzen Morden sollte längst Schluß sein», sagte Carrie zu ihm, mit dem leichten Akzent des Mittelwestens, der immer in ihrer Stimme mitschwang. »Es dauert zu lange, Damian. Eine Woche ist zu lange.«

Damian lächelte sie nur an. Er sah hinaus auf ein Schiff, das um ein fernes Riff herumfuhr. Ein grauer Fleck auf einer wackligen schwarzen Linie. »Du willst nur, daß die Spannung nachläßt, unter der du stehst«, sagte er mit leiser, distanzierter Stimme. »Es dauert überhaupt nicht zu lange. Bis jetzt ist alles perfekt. Diese Insel ist so wahnsinnig und paranoid wie ein Irrenhaus ... Außerdem kannst du in etwa zwei Tagen abreisen. Du kannst sogar damit anfangen, unser ganzes Geld auszugeben. Kauf dir ein paar Autos oder sonst was, Carrie.«

Carrie Rose legte den Arm um die straffe Hüfte ihres Mannes. »Ich will, daß du mit mir abreist. Ich glaube, es wäre besser so. Machst du das, Damian? Reist du gemeinsam mit mir ab?«

»Falls ich abreise« – Damian wurde lauter –, »dann werden Campbell und Harold Hill nach uns suchen. Früher oder später werden sie uns finden. Plötzlich wird ein großes schwarzes Auto vor unserer Villa vorfahren, ganz gleich an welchem Ort. Ihre Killer mit den kurz geschorenen Haaren werden sich auf uns stürzen wie kleine Nazis. Uns umbringen. Zu Helden werden. Sie werden Bücher schreiben und Filme drehen wie *French Connection*.

Schau nur, wie er wächst.« Unvermittelt schlug Damians Stimmung um, und er lächelte unerwartet. »Despektierliches kleines Biest. *Großes* Biest.«

Während er redete, hatte sich sein Penis nach vorn und nach links ausgedehnt. Blut war in die Spitze geströmt – die ganz leicht Carries nackten Schenkel berührte.

Sie schob den Penis weg. »Falls ich denn deutlicher werden muß, dieses Mal habe ich Angst. Dies Mal spielst du zu viele Spiele auf einmal. Ich will nicht, daß wir so enden . . . Vorhin hast du von kleinen Nazis gesprochen. Schön, sie werden nach uns suchen wie nach kleinen Nazis.«

Damian warf pathetisch wie ein Franzose die Arme in die Luft. »Laß sie doch suchen. Laß sie suchen. Sie haben zwanzig Jahre gebraucht, bis sie Eichmann gefunden haben. Die sind blöd, Carrie. Denk dran. Die sind allesamt bescheuerte Vollidioten.«

Carrie senkte nur den Kopf. Sie ließ das lange Haar hin und her schaukeln, über ihre Brüste streifen.

Die nächsten paar Minuten gingen sie schweigend am Rand der Bucht entlang.

»Soll ich mich dort ins Wasser legen . . .?« fragte sie schließlich.

Die beiden schönen Menschen gingen dorthin, wo der weiße Sand von der Brandung naßgeleckt war. Damian legte den teuren Frotteeanzug auf den Boden, und Carrie streckte sich darauf aus. Damian ging über ihr in die Knie, ließ sich langsam auf sie herunter. Einen flüchtigen Moment lang kamen ihr seine hellblauen Augen fast liebevoll vor.

»Dann erzähl mal, Carrie«, sagte er, »wie war denn dein attraktiver Börsenmakler?«

Samstag abend

Der große Theatercoup wurde an diesem Abend inszeniert, am Samstag, dem 5. Mai.

Um elf Uhr abends näherten sich Autoscheinwerfer dem hohen, silbern gestrichenen Tor von Mercury Landing. Der Kubaner tauchte hinter dem finsteren Tor auf und winkte das erste Auto durch.

Damian Rose, der am anderen Ende der Einfahrt stand, konnte das Knirschen von Kies unter schweren Autoreifen hören.

Eine Stunde zu spät, aber sie kamen trotzdem.

Der große Blonde überprüfte einen Smith & Wesson-Revolver unter seinem Anzugjackett. Eine kleine .38er mit extrem kurzem Lauf. Genau die richtige Waffe für die Vorstellung von heute abend, dachte Rose . . . Heute abend würde er den Einheimischen eine Szene wie aus einem Roman von Hammett vorspielen.

Während er weiter bergabwärts sah, bogen ein zweites und ein drittes Paar Scheinwerfer auf die pechschwarze Einfahrt ein. Ein Scheinwerferpaar schielte extrem. Es beleuchtete auf einer Seite des Autos hohes Bermudagras, auf der anderen Palmen und einen lila Himmel.

Einen Moment lang verschwanden alle drei Autos völlig aus dem Blickfeld. Sie fuhren hinter Lorbeerbäumen und Büschen vorbei, die flammender Wald genannt wurden. Dort hatten sechs schwerbewaffnete Einheimische den Auftrag abzuwarten. Nur abzuwarten.

Dann erfaßten grelle Scheinwerfer die überrankten Wände und Fenster des weißgetünchten Hauptgebäudes. Die Autos parkten in einer Gruppe von Känguruhbäumen vor der Villa.

Bereit oder nicht, dachte Damian bei sich, jetzt ist es soweit. Der Vorhang geht auf.

Er ging vor seinem Auftritt noch ein letztes Mal seinen Text durch.

Auf einer großen, mit Steinplatten ausgelegten Terrasse hinter der Villa war Kingfish Toone zu hören, der Pidgin-Englisch mit einem Akzent aus dem französischen Kongo sprach.

»Wir könnnen Ihnen nur Bargeld anbieten«, erklärte der breitschultrige Söldner den vier Guerillaführern, die eben eingetroffen waren. »Hundertfünfundzwanzigtausend Dollar. Mit dem Geld können Sie kaufen, was Sie wollen. Gewehre. Was immer Sie wollen. Das ist mein letztes Angebot, Oberst.«

Dassie »Monkey« Dred ließ sein hübsches schokoladenbraunes Gesicht zwischen die langen Beine fallen. Seine langen Zöpfe sackten nach unten. Er lachte laut und derb auf.

Dann begann er draußen auf der Terrasse im Inselslang zu reden. Es klang wie das Zirpen eines Vogels.

»Ayee! Erlöst mich von diesem Affenmenschen«, sagte Dred zu niemandem im besonderen. »Dieser Afrikaner stinkt wie ein Friseur aus Amerika.«

Kingfish Toone lächelte gemeinsam mit Dreds Leuten. Der Afrikaner begegnete diesem Typ eines Irren nicht zum ersten Mal, war mit solchen Leuten schon früher fertiggeworden.

Auf der anderen Seite der Terrasse saß der Kubaner in einem kleinen Korbschaukelstuhl und sagte überhaupt nichts.

»Was Sie da riechen, nennt man Seife. Sie haben noch nie Seife zu riechen bekommen, stimmt's?«

Ein großer Weißer sprach von der Schwelle der Tür aus, die ins Haus führte. Sein blondes Haar war klatschnaß, an die Kopfhaut geklebt, wie in einer Anzeige aus *Esquire* oder *Gentlemen's Quarterly*. Er trug einen teuren maßgeschneiderten Anzug aus cremefarbener Gabardine. Die passende Aufmachung, perfekt abgestimmt. Eine Uhr mit Elfenbeinintarsien. Einen Elfenbeinring. Einen schwarzen Gürtel von Gucci und Mokkassins von Gucci.

Damian Rose fuhr sich noch einmal mit der Hand über das nasse Haar. Dann ging er über den Patio auf den jungen, bärtigen Revolutionär zu. Im Gehen flog sein Jackett auf, zeigte eine elegante Gürtelhalfter und die Smith & Wesson.

»Oberst Dred.« Damian lächelte wie Clint Eastwood in einer Filmrolle. »Ihre Arbeit wird fern von dieser Insel bewundert. Ich spreche von Europa. Und vom schwarzen Amerika.«

Den Bruchteil einer Sekunde lang, der Rose nicht entging, wurde die Miene des Guerillakämpfers weicher. Dann tat Dred das Kompliment mit einer Handbewegung ab. Er spuckte auf die Terrasse.

»Ihr gut dressierter Affe da drüben« – er zeigte auf Kingfish Toone, der auf der anderen Seite der Terrasse saß – »hat mir was angeboten. Was war's gleich noch? Bargeld. Das brauche ich nicht. Ich hab jede Menge Bargeld aus dem Handel mit Marihuana.«

Roses Blick aus den sanften blauen Augen ließ die viel dunkleren Augen des Mannes aus San Dominica keinen Moment lang los. »Erstens könnte mein ›gut dressierter Affe‹ Ihnen in etwa fünf Sekunden die Eier abreißen, Oberst. Zweitens, wo immer Ihr Problem auch liegen mag, wir können eine Lösung finden.«

»Er will die Gewehre, die bei diesem Aufstand benützt worden sind.« Der Kubaner sprach von seinem Platz auf der anderen Seite der Terrasse aus spanisch. »Es ist schwierig für ihn, Waffen zu kaufen.«

»Aus naheliegenden Gründen.« Damian wandte sich wieder Dred zu. »Allzugut will ich Sie nun auch wieder nicht bewaffnen, Oberst ... Die Gewehre können Sie jedoch bekommen. Wir geben Ihnen zweihundertfünfzig M-16er. Dazu Handfeuerwaffen.«

»Fünfzigtausend Schuß Munition. Mindestens fünfzig Maschinengewehre«, rief Dred. Seine drei Offiziere lächelten und klatschten wie Schimpansen im Zirkus.

Die Lippen des großen Blonden teilten sich zu einem leichten Lächeln. Er strich sich wieder über das nasse Haar. Er nahm ein Päckchen englische Zigaretten aus der Tasche.

»Die Maschinengewehre kann ich Ihnen nicht geben«, sagte Damian kategorisch.

Plötzlich war Monkey Dred auf den Beinen und schrie sich die Seele aus dem Leib. Seine Zöpfe bebten wie hundert tanzende schwarze Schlangen. Ein Munitionsgurt der US-Army um seine Hüfte schaukelte und schepperte.

»Dann vierzig Maschinengewehre! Lieferung spätestens einen Tag vor dem Massaker.«

Damian Rose nahm eine Kampferkerze von einem Patiotisch. Er zündete sich damit die Zigarette an. Er ließ sich das Wort »Massaker« auf der Zunge zergehen. *Massaker.*

»Ein Maschinengewehr Kaliber .50. Weil Sie's sind!« Rose ließ die Zigarette baumeln. »Aber die anderen Waffen bekommen Sie sofort. Dazu fünfundzwanzigtausend Schuß Munition ... Wenn ich Ihnen mehr anbieten könnte, würde ich's tun. Es ist nicht mein Geld, Oberst ... Unsere Freunde in Kuba wissen, was Sie brauchen und was nicht.«

Tief aus der Brust des Schwarzen stieg ein lautes Gelächter auf. »Also gut, in Ordnung!« rief er.

Damian Rose lächelte. Freunde in Kuba, das war stark. Er hatte gewonnen. Massaker!

Er schleuderte das rote Windlicht mit der Kampferkerze weit den Hügel hinunter, Richtung Karibik. Das Windlicht prallte gegen einen fernen, unsichtbaren Stein. Es barst mit dem Knall einer Glühbirne.

Gleich nach dem Aufprall gingen Lichter auf dem Wasser an und aus. Ein kleines Motorboot näherte sich dem Ufer.

Carrie.

»Ihre Waffen, Oberst«, kündigte Damian Rose an. »Genug Gewehre und Munition, um die Macht auf der ganzen Insel zu übernehmen . . . falls Sie ein paar Ratschläge beherzigen.«

Am sechsten Tag kam es schon um sechs Uhr morgens zu dreisten, entnervenden Machetemorden in den beiden teuersten Hotels in den beiden größten Städten auf San Dominica.

In Coastown wurde ein junger Modefotograf aus Greenwich, Connecticut, in einem hübschen Swimmingpool im Hof des Princess Hotel gefunden. Er trieb mit dem Gesicht nach unten im Wasser. Eine Zuckerrohrmachete mit schwarzem Griff ragte aus dem Rücken des Mannes wie ein Ausrufezeichen hinter dem Verbrechen.

In Port Gerry wurde die Frau eines englischen Anwalts in Stücke gehackt, während sie im Garten des exklusiven Spice Point Inn Hibiskus pflückte. Die Frau wurde dann in Hotelhandtücher gewickelt und von fliehenden, halbnackten Schwarzen auf die Speiseveranda des Inn geworfen.

Ebenfalls zeitig an jenem Morgen erhielten der *Gleaner* und der *Evening Star* Todesbriefe. In ihnen übernahm Oberst Dred die Verantwortung für die Hotelmorde dieses Morgens.

Dred warnte außerdem, die Zahl der Rassenmorde werde sich täglich um tausend Prozent steigern, wenn das Volk von

San Dominica keinen Anteil an den Einnahmen aller Hotels, Restaurants und anderer Geschäftsunternehmen erhalte.

Jemand beim *Gleaner* rechnete aus, da am fünften Mai vier Menschen gestorben seien, müßten am sechsten mindestens vierzig Menschen sterben.

Dann vierhundert ... dann viertausend ...

6. Mai 1979, Sonntag
Princess, Spice Point;
Rückblende

16. Kapitel

Wir sind darauf geprägt, Ereignisse in einer bestimmten Reihenfolge zu erwarten. In einem bestimmten Rhythmus. Auf San Dominica haben wir diesen Rhythmus völlig zerstört.

Das Rose-Tagebuch

6. Mai 1979, Coastown, San Dominica

Sonntag morgen. Der sechste Tag der Machete

Um 7.15 Uhr des sechsten Tages kam Peter Macdonald durch die Küchentür von Brooks Campbells teurer Villa in Coastown, rief: »Rühreier!« und schlug den gutaussehenden CIA-Mann mit einer harten Rechten auf die griechisch-römische Nase zu Boden.

»Bleiben Sie lieber unten«, rief Peter, als Campbell versuchte, auf die Beine zu kommen. Er zog den .44er Colt und richtete den Lauf auf ein imaginäres Ziel, ein Zentimeter im Durchmesser, genau zwischen Campbells haselnußbraunen Augen.

»Was zum Teufel wollen Sie?«

»Nur die Wahrheit«, sagte Peter ruhig. »Ich werde mich nicht darüber äußern, was mir passiert ist, seit Sie mich beim letzten Mal verarscht haben – wie es dazu kam, daß ich gestern in Ihrer Garage übernachtet habe –, aber ich will alles hören, was Sie über die Machetemorde wissen. Ich will Ihre ganzen sogenannten Staatsgeheimnisse wissen.«

Sehr langsam, vorsichtig, kam Campbell auf die Beine. »Was Sie da sagen, hat nur einen Haken«, sagte er zu Peter. »Ich glaube einfach nicht, daß Sie mich erschießen würden. Ich weiß, daß Sie es nicht tun würden.«

Als nächstes sah Brooks Campbell den großen Stahlknauf des .44er Colts. Er traf ihn seitlich am Wangenknochen, und er brach erneut auf dem gelben Fliesenboden zusammen.

»Sie *werden* gleich glauben, daß ich Sie erschieße«, hörte er schwach. Ein brauner Arbeitsstiefel stampfte auf seine Brust, dann wurde er grob am Haar hochgezerrt. Plötzlich spürte er Hitze an der rechten Gesichtshälfte.

»So, verdammt noch mal, jetzt sollten Sie lieber mit mir reden, Mister. Ich weiß, wie man solche Dreckarbeit erledigt. Wie man Menschen foltert. Das können Sie mir glauben.«

Campbell bekam den Brenner seines Küchenherds in den Blick. Die Kochplatte glühte – ein leuchtendes Orange –, und sein Haar begann zu rauchen. Speck, der auf einer anderen Platte schmorte, spritzte heißes Fett über seine andere Gesichtshälfte.

»Ich schwöre bei Gott, daß ich Ihr gottverfluchtes Ohr brate!« schrie Macdonald ihn im Ton eines Drillfeldwebels bei der Army an.

»Wir wissen, daß die Mafia dahintersteckt!« rief Campbell schließlich. »Lassen Sie mich los. Ich verbrenne, Macdonald!«

Peter lockerte den Würgegriff, aber nicht so weit, daß Campbell aufstehen konnte. »Ich weiß nicht, was das heißen soll. Die Mafia ... die Mafia tut was?«

»Sie versucht seit Jahren, die hiesige Regierung dazu zu bewegen, daß sie Spielcasinos legalisiert ... Jetzt versuchen sie, ihren Willen durchzusetzen – sonst zerstören sie die Insel, behaupten sie. Jagen San Dominica in die Luft und schreiben den Verlust von der Steuer ab ... Das ist alles, was wir wissen. Ich schwöre es. Macdonald, ich stehe in Flammen!«

Schließlich ließ Peter Campbell los. Was er gehört hatte, machte ein wenig Sinn. Es erklärte einen Teil der Ereignisse.

»Was hat Oberst Dred damit zu tun? Mit der Mafia? Mit Spielcasinos?«

Der CIA-Mann hielt sich das Ohr, als wäre er gebissen worden. Er trug einen Kimono in Rot und Gold mit einem Drachenmotiv, und zum ersten Mal in seinem Leben sah Brooks Campbell lächerlich aus.

»Wir wissen nicht, wie sie zu Dred Kontakt aufgenommen haben, wissen nicht, ob sie es überhaupt getan haben.« Er erzählte weiter Halbwahrheiten, einigermaßen überzeugend. »Offenbar ist eine große Sache geplant. Die in den Zeitungen abgedruckten Briefe sind in Wirklichkeit Warnungen an die Regierung. Eine große Horrorshow steht bevor. Sie begreifen nicht, daß wir alle wie wahnsinnig daran arbeiten, sie zu verhindern.«

»Ich hab so ein Gefühl, daß Sie mich wieder anlügen«, sagte Peter. Er machte den Kühlschrank auf und schaute hinein. Er warf Campbell ein paar Eiswürfel für den Bluterguß in seinem Gesicht zu. Dann nahm er einen langen Schluck aus einem Krug mit Orangensaft.

»Na gut.« Er schwenkte den Cowboyrevolver Richtung Campbell. »Das hier war wohl ein bißchen besser als unser erstes Gespräch. Ich komme wieder, wenn ich noch etwas von Ihnen wissen muß. Machen Sie ja nie wieder den Fehler zu glauben, ich würde Sie nicht erschießen. Ich würde es tun. Ich kann Sie nicht mal leiden.«

Peter ging rückwärts zur Küchentür hinaus und rannte dann zu der BMW.

»Was für eine Art von Horrorshow könnte bevorstehen?« fragte er sich, als er auf dem Motorrad langsam durch palmengesäumte Nebenstraßen fuhr, zurück in den Regenwald. Würde sich die Mafia tatsächlich an so etwas beteiligen? Und wie paßte der Blonde ins Bild? Ein Söldner? Mit welchem Auftrag?

Aber Herrgott noch mal, das hier war besser, als für einen geisteskranken deutschen SA-Typen den Barkellner zu spielen ... Vielleicht sollte er Polizist werden oder ein Privatdetektiv im Stil von Philip Marlowe oder sonst was in der Richtung. Und zwar bald ...

Nach seinem Erfolg bei Campbell hatte Peter wenigstens wieder das Gefühl, am Leben zu sein. Das war ein Anfang.

Coastown, San Dominica

Eine Möwe flatterte über die Parmenter Street. Stieß herunter und musterte Einheimische, die einen bunten Obstmarkt aufbauten. Legte sich schief, zuerst mit dem Flügel und glitt wie ein Modellflugzeug über das exklusive Coastown Princess Hotel mit dem scharlachroten Dach.

Carrie Rose saß bequem auf ihrer Loggia im Princess, versehen mit einem Vorrat an dampfendem Kaffee, Bücklingen und Eiern, frischen Brötchen und Süßrahmbutter.

Sie fing eben damit an, einen langen, persönlichen Eintrag in das Millionendollar-Tagebuch zu verfassen. Sie schrieb über einen bestimmten Spätsommernachmittag in Paris. Einen Nachmittag, der zum Schlüssel dieser ganzen Sache geworden war.

10. August 1978, Paris

Das Lokal hieß Atlantic City und war ein schickes kleines Bistro, kürzlich in der Avenue Marceau als Zufluchtsort für Amerikaner eröffnet.

Das Lokal war schon berühmt wegen seiner zwölf Hamburger-Varianten. Und, wenn auch in geringerem Maß, für die großen Holztafeln mit Illustrationen, die Banalitäten über einen heruntergekommenen Ferienort im Südosten von New Jersey verkündeten.

HABEN SIE DAS GEWUSST?
DIE ERSTE OSTERPARADE IN AMERIKA FAND IN ATLANTIC CITY STATT ...
DAS ERSTE RIESENRAD WURDE IN ATLANTIC CITY BETRIEBEN ... DER ERSTE FILM WURDE IN ATLANTIC CITY GEDREHT ...
DIE ERSTEN ANSICHTSKARTEN KAMEN AUS ATLANTIC CITY ...

Mit einem breitkrempigen weißen Hut, der ihr halbes Gesicht verbarg, ging Carrie Rose langsam in die dunkle Bar. Sie hörte, daß die Musicbox »Lady Marmalade« spielte. »*Voulez-vous coucher avec moi? ...*«

Weiße Seidenstrümpfe rieben sich leise knisternd aneinander, als sie weiterging, bis sie den Rollstuhl sah. Dann wurde Carrie bewußt, daß sie zum ersten Mal seit langer Zeit Angst hatte.

»Die unvergleichliche, berüchtigte Mrs. Rose«, sagte Nikkie Handy aus der Ecke einer kerzenbeleuchteten Nische zu ihr. »Womit könnte ich dir an diesem zauberhaften, beschissenen Nachmittag wohl eine Freude machen?«

Als Carrie in die Eichennische rutschte, gab sie Nickie einen Kuß auf die Stirn. Ihrem Expartner. Dann, als sie sich ihrem alten Freund gegenübersetzte, starrte sie unwillkürlich das Gesicht des verkrüppelten Mannes an.

Nickie Handy, noch keine dreißig, hatte jetzt keine linke Wange mehr. Keine linke Gesichtshälfte. Nur schlaffes Fleisch, das an einem Wangenknochen hing.

»Ich sollte mich öfter mit dir treffen«, sagte sie leise. »Aber Damian und ich sind beide Ratten, Nickie. Wir sind wirklich schlimm.«

Eine Kellnerin kam, und Carrie bestellte eine Flasche Pouilly-fuissé. Nickie machte eine Bemerkung über die Brüste der Französin. »Zitzen wie eine Sau«, sagte er mit einem schiefen kleinen Lächeln.

»Kommen wir zur Sache. Zur Sache.« Er wandte sich wieder Carrie zu. »Komm mir nicht mit diesem Scheißdreck, daß du einen alten Freund besuchen willst. Ihm was beschissen Nobles spendierst und so weiter ...«

»In Ordnung. Ich bin gekommen, um über die Schießerei zu reden. In Saigon.«

Nickie Handys trauriges Quasimodogesicht zeigte Überraschung. »Lassen wir das«, sagte er. Dann verzerrte sich sein Gesicht plötzlich wie eine Brezel, und er hob die Stimme.

»Du siehst mich an wie eine Scheißkatze, Carrie. Mit diesem verächtlichen Blick, den Siamkatzen haben können. Wunderschön! Ich bin begeistert, du Fotze.«

»Du bist paranoid.« Carrie sprach weiter leise, fast liebevoll. »Damian und ich drehen ein Ding mit Harold Hill. Mit Harry the Hack und deinem guten alten Freund Brooks Campbell. Mit wem sollten wir deiner Meinung nach reden?«

Der Krüppel griff nach seinem Bierkrug und leerte ihn langsam auf dem Fußboden aus Kiefernholz und Sägemehl aus. »Wunderschön!«

»Hey, hey, hey!« rief ein französischer Barkellner mit dunklem Bart. »Benehmen Sie sich, Nickie!«

Handys Gesicht verzerrte sich wieder. Offenbar irgendein schrecklicher Tick.

»Brooks Campbell sollte mich auf dieser Hintergasse in Saigon bezahlen. Statt dessen hat er mir den Kopf weggepustet. Hallo, Nick. *Peng! Peng! Peng!* ... Er hat mich in der Gosse liegengelassen, als wär' ich 'ne Scheißleiche, Carrie.

Eine tote Maus ist an meiner Nase vorbeigeschwommen. Ich hab geglaubt, ich wär' schon in der Hölle. Verkrüppelt in der Gosse. Das Gesicht so zugerichtet. Das sind eure neuen Partner, sagst du?«

»Du hast sie nicht dazu provoziert, Nickie? Ein bißchen auf eigene Rechnung gearbeitet? ... Sie haben schlicht und einfach ein falsches Spiel mit dir getrieben?«

»Und ob sie ein falsches Spiel mit mir getrieben haben! Mit mir und einem armen schlitzäugigen Schwein. Ich glaube, er hat sogar mein Geld für sich behalten. Brooks Campbell. Mit dem beschissenen Filmstargesicht.«

»Was für Schweine, Nickie.«

»Eure Partner«, sagte Nickie wieder. »Ich bin begeistert! Total begeistert!«

Carrie und der Krüppel saßen bis kurz nach fünf in der Bar im amerikanischen Stil und tranken. Zu diesem Zeitpunkt begannen amerikanische Geschäftsleute hereinzukommen. Touristen und Hippies mit Rucksäcken vom nahen Etoile. Um halb sechs war es nicht mehr möglich, in dem geschmacklosen Bistro ein normales Gespräch zu führen.

Carrie murmelte etwas über Zigaretten und griff in ihre Umhängetasche. Dann beugte sie sich in der dunklen Nische weit hinüber und erschoß Nickie Handy. Zwei leise, pfeifende Geräusche, die über den Lärm hinweg nicht zu hören waren. Herzschüsse. Schnell, weil sie ihn nicht leiden lassen wollte.

Nickie sackte auf den zerkratzten Holztisch wie ein braver kleiner Betrunkener.

In Carries Kopf überschlugen sich die Gedanken, als sie sich den Weg hinaus auf die Avenue bahnte. Es gab zwei sehr gute Gründe für den Mord.

Erstens gehörte Nickie zu den wenigen Menschen, die sie und Damian noch identifizieren konnten. Zweitens hatte sie Nickie zu gern gehabt, um ihn so weiterleben zu lassen. Zu erlauben, daß er ganz offensichtlich vor die Hunde ging.

Noch leicht benommen von der Szene in der Bar, überquerte sie durch ein Dickicht aus Renaults und Simcas und Männern, die ihr nachpfiffen, die Avenue Marceau. Bog in eine Nebenstraße ein. Mit klackenden Pfennigabsätzen, leise raschelnden weißen Seidenstrümpfen.

Sie nahm den weißen Schlapphut ab. Warf ihn über einen Lattenzaun in jemandes Hinterhof. Sie zog die unbequemen hochhackigen Pumps aus und schlüpfte in schwarze flache Schuhe, die in ihrer Umhängetasche steckten.

In der Avenue Montaigne traf sie sich mit Damian. Die beiden umarmten sich für einen langen Augenblick. Dann ging das hübsche junge Paar Arm in Arm an der trüben, träg dahinströmenden Seine entlang.

Fast sofort bereiteten sie sich darauf vor, ein falsches Spiel mit sich treiben zu lassen.

17. Kapitel

Die Wirkung, auf die wir auf San Dominica vor allem aus waren, war hilflose Verwirrung. Das Gefühl, daß wir Finsternis und Licht nach Belieben ein- und ausschalten konnten. Daß Dinge plötzlich gefährlich wurden, die bislang nicht als gefährlich gegolten hatten . . . Noch wichtiger war, daß es keine Möglichkeit geben durfte, irgend etwas vorherzusehen. Kein erkennbares Muster.

Das Rose-Tagebuch

Wylde's Falls, San Dominica

Am Sonntag tat sich zwischen sieben Uhr morgens und dem späten Nachmittag auf San Dominica nichts, was nicht schon die letzten tausend Jahre so gewesen wäre. Die über hundertfünfzig Strände waren perlweiß, hinreißend, perfekt; der königsblaue Himmel war klar und rein – tausend Prozent besser als der Himmel über jeder Großstadt; die Sonne schien pausenlos.

Und während sich nichts Furchterregendes ereignete, hatten die Amerikaner und Europäer, die noch auf der Insel waren, Zeit dazu, sich zurückzulehnen und über die Ereignisse nachzudenken. Und nicht zuletzt hatten auch die einundsechzig Mitglieder des Inselparlaments Zeit, über ihre unseligen Alternativen für die Zukunft nachzusinnen.

Um vier Uhr nachmittags stand Oberst Dassie Dred kurz vor dem Weltruhm.

Er schaute hinunter vom zweithöchsten und schönsten Wasserfall der Karibik – Wylde's Falls – und sah einen barfüßigen schwarzen Jungen und ein weißes Paar auf der beliebten Tour zu den Wasserfällen mit den vielen Ebenen.

Die drei Menschen wateten durch wunderschöne schwarze Quellwasserteiche. Sie planschten gemeinsam in Kaskaden, die aus drei oder sechs Meter Höhe niederstürzten, riefen sich gelegentlich etwas über das tosende blaue Wasser hinweg zu, blieben einmal stehen, um ein dunstverhangenes Foto zu machen.

Als der junge Fremdenführer schließlich um die Felsenecke unter seinem Versteck bog, streckte Dred durch die Büsche die Hand aus. Der kleine Junge ließ sich hochziehen, ließ das weiße Paar zurück, das nach oben in das höhnisch grinsende Gesicht des Revolutionärs schaute. »Du gehst jetzt nach Hause«, sagte Dred zu dem Jungen. »Und schau dich ja nicht um.«

Während er sprach, sprangen zwei seiner Männer durch Bananenblätter in den sprudelnden Teich unter ihnen. Ein Mann schwenkte eine Zuckerrohrmachete; ein Rückhandschlag wie mit einem Baseballschläger.

Das lange Messer traf eine schreiende Frau, dem Aussehen nach in den Dreißigern, quer über der Brust ihrer Sommerbluse von *Town & Country*. Der heftige Schlag warf sie um; sie stürzte linkisch.

Der zweite, kräftigere Soldat schlug senkrecht von oben zu. Der blonde Mann der Frau, der wie ein Bankier aussah, stand einen Augenblick lang reglos da, dann barst er von den Schultern abwärts auseinander und stürzte die Wylde's Falls hinunter.

Unten, am Eingangstor zum Park, beobachteten inzwischen eine Handvoll Touristen und herumlungernde Fremdenführer, wie die letzten Bergsteiger des Tages von den tückischen Wasserfällen herunterkamen. Während sie beobachteten, wie zwei Paare und ihre Führer langsam herabstiegen, schoß ein Körper – er sah wie der einer Schwimmerin aus – mit dem Kopf voraus um einen hohen Bogen im tosenden Wasser herum. Die Schwimmerin verschwand wieder; dann stürzte sie über einen glatten Vorsprung im schwarzen Felsen und verfing sich schließlich auf der Seite liegend an einem Felsblock, von dem sprudelnde Weiße Gischt hoch in die Luft spritze.

Als nächstes folgte ein Mann, der durchtrennt war wie eine zerbrochene Schere. Die Leiche trieb an dem Felsbrocken vorbei, kullerte mehrere kleine Wasserfälle hinunter, schwamm an den entsetzten Zuschauern am Tor vorbei und verschwand lautlos im Meer.

Oberst Dred hatte seine erste offizielle Machetenattacke verübt, und genau, wie es der sorgfältigen Planung entsprach, war es bis jetzt die beste.

Dred war bereit.

Trelawney, San Dominica
Sonntag abend

Eine schmierige Schüssel mit klebrigem braunem Reis stand vor ihm. Graues Ziegenhackfleisch. Irgendein Krustentier, weder Hummer noch Krebs noch Garnele, im Grunde nicht eßbar.

Peter Macdonald war, als sähe er in dem Eintopf eine kleine schwarze Kralle auftauchen und schwimmen. Er verschlang ihn trotzdem.

Das Essen und ein grüner Tee kosteten zusammen sechzig Cent – spottbillig.

Nach seinem sonntäglichen Abendessen setzte sich Macdonald in eine dunkle Ecke ganz hinten in dem Einheimischen-Restaurant. Er rauchte langsam zwei Zigaretten. Nervös fuhr er sich in nicht einmal fünf Minuten zwanzig- bis dreißigmal durch das Haar.

Während er ganz allein dort saß, erinnerte sich Peter an einen blöden Film, den er einmal gesehen hatte. Irgendein gutaussehender blonder Schauspieler hatte einen Mann gespielt, der einfach zur *New York Times* gegangen war, um seine Schwierigkeiten loszuwerden. War zur *Times* gegangen wie andere Leute zur Polizei – und gleich darauf war alles in Butter. Der Mann in dem Film war in Sicherheit und unversehrt.

Der Abspann lief über das Gesicht des Mannes mit dem eingefrorenen Lächeln. »America the Beautiful« wurde gespielt. Jedermann im Kino ging total glücklich nach Hause.

Müßige Spekulationen eines Mannes, dem das Wasser bis zum Hals stand.

Denn was genau hätte *er* der *New York Times* erzählen können, überlegte Peter jetzt. Was hatte er denn *irgend jemanden* überhaupt zu erzählen? Daß er diesen großen blonden Engländer – vielleicht ein Engländer – in der Nähe *eines* Machetemords auf San Dominica gesehen hatte? Daß er das Gesicht eines Mannes vom amerikanischen Außenministerium an die Platte eines Elektroherdes gehalten hatte und der Mann daraufhin etwas über die Mafia zu schreien begann?

Plötzlich stand die Kellnerin vor ihm, die hier auch kochte. Sie war eine kleine Schwarze mit einem Mondgesicht, die den ganzen Abend lang durch den Raum geflattert war wie eine eingesperrte Motte. Tisch ... Tisch ... Fenster ... Herd ... Tisch ... Fenster.

Aber niemand ließ die Motte frei ... Tisch.

»Hat der Hummer geschmeckt, Mann?« Frei übersetzt: Sie haben einen Knall, hier zu essen. Laßt mich bitte raus. Ich bin eine Motte.

Peter lächelte bei dem Gedanken an die Motte über etwas im Blick des jungen Mädchens. »Gutes Essen«, sagte er leise. »Besser als in den großen Hotels.«

Die Kellnerin erinnerte sich später gegenüber der Polizei von Dominica an die Worte. Sie sagte, der junge Amerikaner habe das Restaurant gegen neun verlassen. Draußen sei er auf ein Motorrad gestiegen.

Die Polizei erzählte ihr, der Amerikaner sei wegen der vielen Morde etwas durchgedreht. Sie sagten, sie wollten ihn nur verhören. Nichts Ernstes.

Coastown, San Dominica

Fast gleichzeitig mit dem Polizeiverhör in dem Restaurant in Trelawney setzten sich vier Männer in teuren Rohseidenanzügen – dem Aussehen nach Bankiers aus der Park Avenue – auf einer hübschen, eingezäunten Veranda auf einem großen Anwesen in der besten Gegend von Coastown zu Tisch.

Die vier waren der Ministerpräsident von San Dominica, Joe Walthey; Brooks Campbell von Great Western Air Transport; Isadore Goldman als Vertreter der Familie Forlenza und Goldmans Mann auf San Dominica, ein Typ namens Duane Nicholson, der aussah wie ein Surfer.

Das Mahl, das den vier Männern serviert wurde, wurde mit einem Aperitif eröffnet; danach kam ein Montrachet; gefüllte Lammkeule, Sellerie in Butter, Mais. Eine grandiose Insel bildete die Kulisse.

Alles in allem ein köstlicher, kultivierter Festschmaus.

Immer wieder beobachteten die Männer die langbeinige Geliebte von Ministerpräsident Walthey, die im blaugrundigen Pool, der sich direkt vor der Veranda erstreckte, Bahnen schwamm.

Immer wieder versuchte Izzie Goldman, den drei anderen die Tatsachen des Lebens und des Todes zu erklären. Eine magere, altersfleckige Hand wedelte vor dem Gangster herum, während er sprach.

»Ich bin vierundsiebzig Jahre alt«, sagte er leise, damit sich alle auf seine Worte konzentrieren mußten. »Ich begreife nicht, warum Sie alle mir solche Schuljungenfragen nach den Roses stellen.« Goldman seufzte. »Warum lassen Sie sie nicht einfach ihre Arbeit tun? Zahlen Sie ihnen das Geld, und vergessen Sie das Ganze.«

»Weil sie ein Risiko sind«, sagte Brooks Campbell. »Weil ich Befehle von ganz, ganz weit oben habe.«

Der alte Mann nahm einen winzigen Bissen vom Lamm. »Sie sind zu schlau, als daß sie es herumerzählen würden.« Er sprach und kaute. »Ich verstehe nicht, warum alle so darauf versessen sind, das hier zu einer Katastrophe wie damals in der Schweinebucht aufzubauschen.«

»Es geht hier kaum um die Befreiung Kubas.« Campbell zeigte mit dem Finger auf den alten Mann. »Und außerdem glaube ich, daß Rose den Verstand verloren hat. Davon war in seinen Plänen nicht die Rede. Ein paar Morde, ja. Massaker, nein.«

Der Ministerpräsident von San Dominica wedelte eine Fliege von seinem Wein.

Joseph Walthey, »Joe«, war ein kleiner, untersetzter Schwarzer. Einundvierzig Jahre alt. Ein Demagoge, potentiell ein Diktator. Der Schwarze hatte einen gepflegten, bleistiftdünnen Schnurrbart, eine dicke Knollennase, einen pockennarbigen Teint.

»Einfach ... der Konversation halber« – er sprach in einem leisen, diplomatischen Tonfall – »könnten Sie doch ein paar unserer Fragen beantworten? Was könnte es der Welt beispielsweise schaden, wenn sie von diesen beiden Mördern befreit würde?«

Der alte Mann sank noch tiefer in den großen Rattansessel.

Sein grauer Anzug warf schreckliche Falten um die Seidenkrawatte in Rosa und Braun. Über die ganze Krawatte waren rosa Flamingos verteilt.

Die Freundin des Ministerpräsidenten sprang wieder in den Pool, und Izzie Goldman hörte, wie sich in seinem Kopf ein schwachsinniges altes Lied abspielte.

Hubba, hubba, nichts wie ran!
Baby, an dir ist alles dran, tolles Gesicht, klasse Figur!
Wärst du bloß keine Neg'rin nur!

Vaudeville. Laß die Zeiten wiederkehren. Bitte! Schnell!

»Mal abgesehen von allem anderen, was hier schiefgelaufen ist« – er warf über den Tisch hinweg Brooks Campbell einen Blick zu –, »glaube ich nicht, daß Sie die beiden fassen werden. Lassen Sie sie nach Frankreich zurückkehren, Mr. Campbell. Herr Ministerpräsident. Lassen Sie zu, daß morgen alles vorbei ist. Vertrauen Sie mir in diesem Punkt.«

Links neben ihm schnippte Duane Nicholson Zigarettenasche auf seinen leeren Teller.

»Nein. Wir wollen die Roses tot sehen,« wiederholte Brooks Campell. »Das ist unser Standpunkt«.

Isadore sah den surfermäßigen Nicholson an, ehe er sich wieder zum Thema äußerte.

»Leute, die ihre Zigaretten auf dem Teller ausdrücken«, sagte der alte Mann schließlich, »sollte man zwingen, aus ihren Aschenbechern zu essen.«

Und das waren Isadore Goldmans absolute letzte Worte über das Fiasko.

Trelawney, San Dominica

Kurz nach neun versteckte Peter Macdonald die BMW im Dickicht, dann ging er zum Busbahnhof von Trelawney.

Der Bahnhof war ein einziger kleiner, trüb beleuchteter Raum, der roch, als hätte hier eine Armee zum Urinieren und Entlausen Station gemacht.

Peter musterte den Busfahrplan Richtung Port Gerry auf der anderen Seite der Insel. Er glaubte, von dort aus biete sich ihm eine Möglichkeit, San Dominica in Sicherheit zu verlassen. Eine Möglichkeit, Hilfe zu rufen. Vielleicht. Die Frage war, ob er anonym mit dem Bus reisen oder schnell mit dem Motorrad dorthin fahren sollte.

Keiner der im Bahnhofsgebäude herumlungernden Penner schien Notiz von ihm zu nehmen. Wenigstens das war gut.

Er setzte sich auf eine der langen grauen Bänke. Sah unter einer anderen Bank die Schlagzeile einer zusammengeknüllten Zeitung. DOPPELMORD! DRED AUF DEM MARSCH.

Inzwischen war es fast Viertel nach neun ... Jane begann ihm höllisch zu fehlen. Allmählich wußte er wieder, was Einsamkeit war.

Er las einen zwei auf drei Meter großen Anschlag am Schwarzen Brett. Er sah nach einer Kinderhandschrift aus.

> NACHDEM ALLE WAHLERGEBNISSE IN DER KARIBIK EINEN SIEG DER SOZIALISTEN ERGEBEN HABEN UND <u>JOE SCHWERKRANK IST</u>, GLAUBE ICH, DASS WIR UNS ERNSTHAFT MIT DEN KOMMENDEN WAHLEN BESCHÄFTIGEN SOLLTEN.
> JOES PLAYBOY-ALLÜREN SIND UNVEREINBAR MIT EINEM HOHEN REGIERUNGSAMT. PROFESSOR SAM HAT NUR VIER SCHULJAHRE HINTER

SICH (ÜBERPRPÜFEN SIE DIE UNTERLAGEN DER BAINTY SCHOOL IN COASTOWN). DAGEGEN BIN ICH, WIE SIE WISSEN, ABSOLVENT DER WESTINDISCHEN UNIVERSITÄT.

DIEJENIGEN UNTER IHNEN, DIE FÜR JOE STIMMEN, STIMMEN FÜR FOLGENDES: MEHR KONTROLLE DURCH AUSLÄNDER, DIE CIA, HOHE PREISE, NIEDRIGE LÖHNE, UNRUHE AUF DEN STRASSEN DURCH OBERST DRED, KEINERLEI PREISKONTROLLEN, UNHYGIENISCHE VERHÄLTNISSE – ESSEN AUF DEN STRASSEN AUSGEBREITET, AUF DENEN WIR GEHEN, SPUCKEN ETC., UND DAS ALLES WIRD DANN SCHLIESSLICH DEN VERBRAUCHERN VERKAUFT. MEHR KONTROLLE DURCH AUSLÄNDER. SOGAR DRED WÄRE BESSER ALS DER ALTE SCHWARZE JOE.

THOMMY (THOMAS WYASS)

Macdonald, der die Schrift an der Wand las. Auf der Suche nach Anleitung? Nach Anhaltspunkten? Mehr Kontrolle durch Ausländer. Ministerpräsident Joe Walthey. Dred auf dem Marsch.

Peter las: IM BAHNHOFSGEBÄUDE VERBOTEN: RAUCHEN, SCHREIEN, OBSZÖNE AUSDRUCKSWEISE, ERDNUSSSCHÄLEN, DER VERZEHR VON KAUGUMMI. DANKE. TOMMY

Peter kaute Gummi, rauchte und hatte obszöne Ausdrücke im Kopf, die er am liebsten hinausgeschrien hätte. Er ging in eine dunkle Telefonzelle aus Holz, wo er in Frieden Gummi kauen und sich um den Verstand rauchen konnte.

Er dachte darüber nach, wo er die Nacht verbringen sollte. Port Gerry? Wieder im Dschungel? . . . In Amerika bringt einem niemand bei, wie man überlebt. Nicht einmal die Army. Sie bringen nur der Army das Überleben bei.

Schließlich, allen vorher gefaßten Entschlüssen zum Trotz, allen Überlegungen zum Trotz, sie herauszuhalten, beschloß Peter, er müsse Jane anrufen.

Erst rief er bei ihren Freunden in Coastown an. Sie sei fort, sagten sie ihm. Jane sei wieder im Inn. Scheiße. Scheiße. Scheiße. Scheiße.

Peter rief in Turtle Bay an. Nummer neunzig. Im Plantation Inn. Der Telefonist. »Bitte Bungalow Nummer vierzehn ... Jane, ich bin's, Peter. Ich habe den ganzen Tag lang versucht, dich in Coastown anzurufen.«

»Oh, Peter! Wo bist du?«

An seinem Ende der Leitung entstand eine kurze Pause.

»Ich will, daß du in die Staaten zurückkehrst«, sagte Peter schließlich. »Krieg raus, was Westerhuis tun kann, um dir ein Ticket zu besorgen ... Janie?«

»Das soll doch alles der Teufel holen, Macdonald! Sag mir, wo du bist. Immer mit der Ruhe, Peter.«

Peter lächelte sekundenlang. So war Jane. Er ließ die Melodramatik sein und berichtete, wo er den letzten Tag verbracht hatte. Dann sagte er ihr, was sie seiner Meinung jetzt tun sollten. Was sie nicht tun sollten. Erst, als er mit allem fertig war – mit dem Reden über sich –, erwähnte Jane den blonden Engländer.

»Er war hier, Peter.«

Eine knappe, schockierende Feststellung. *Er war hier.*

»Ich habe ihn heute nachmittag gesehen. Ich glaube er muß es gewesen sein. Er war blond, etwa eins achtundachtzig ...«

Peter unterbrach sie. Plötzlich war es, als wäre er wieder ein Mann im Kampfeinsatz, der Befehle gab, die befolgt werden mußten. »Ich will, daß du sofort alle Türen und Fenster abschließt und verriegelst, Jane.«

»Alles *ist* verschlossen und verriegelt. Komm einfach her und hol mich ab.«

Er versuchte, sich das Zimmer vor Augen zu führen. Den Bungalow. Fool's Hot Toast. Er versuchte sich vorzustellen, wie er vorgehen würde, wenn er den Bungalow angriff. Ihn verteidigte.

»In Ordnung, das ist gut. Schaltest du bitte alle Lichter aus? Sofort, okay?«

»Okay! Okay!«

Er hörte, wie sie den Telefonhörer hinlegte.

Er hatte von Anfang an recht gehabt, dachte Peter wieder. Der Mann war ins Inn gekommen, als verfügte er über diplomatische Immunität. Allermindestens hatte er Mumm, hart wie Stahl.

Mit einem Mal hatt er kurz das Bild des blonden Mannes vor Augen, wie er vor vier Tagen über der Turtle Bay gestanden hatte. Mit einem Ausdruck im Gesicht, als gehörte ihm die Gegend. Mit einem Ausdruck, als gehörte ihm die ganze Welt.

Dann war Jane wieder am Telefon. Urplötzlich flüsternd.

»Hier drin ist es pechschwarz«, sagte sie zu ihm. »Ich kann ein Paar sehen, das am Strand entlanggeht. Oh, Peter, das ist so unheimlich, daß ich es gar nicht fassen kann.«

»Was auch immer das nützen mag«, sagte Peter, »ich bin schon unterwegs.«

Turtle Bay, San Dominica

Das Geräusch außerhalb von Bungalow Nummer vierzehn klang ähnlich wie *bumm*.

Bumm, bumm ... bumm, bumm, bumm.

Plötzlich hörte der Lärm auf, und Jane Cooke stand reglos da, still und verängstigt in dem dunklen Schlafzimmer. Erst hielt sie den Atem an, dann versuchte sie, die Geräuschquelle zu ergründen.

Äpfel – so löste sie schließlich das kleine Rätsel. Äpfel, die auf das Bungalowdach fielen.

Jane merkte, daß sie allmählich ein bißchen durchdrehte. Schluß damit. Reiß dich zusammen.

Sie fuhr mit einer Hand an der kühlen Kalksteinwand entlang. Drückte die Wange leicht gegen die Wand. Langes blondes Haar streifte den Stein. Ihre Finger tasteten über die schlampig verklebte Tapete. Falten. Blasen. Dann war die Wand zu Ende ... Türrahmen ... rauhe Badezimmerfliesen.

Sie hielt den Kopf unter den Wasserhahn, bis ihre Haare klatschnaß waren. Trank ein bißchen nach Rost schmeckendes Wasser. Dann klappte sie den Klodeckel herunter und setzte sich. Nahm Zigaretten aus der Tasche ihres T-Shirts. Schaute nach unten und sah den dunklen Umriß eines Buchs auf dem Boden. *Die Unbestechlichen.* Ihr Buch für die Lektüre auf dem Klo.

Sie rauchte drei Zigaretten, während sie über ihre Lage und die Peters nachdachte. Sie hörte wieder ein leises Geräusch ... Insekten, die gegen das Fenster flogen. *Wuff!* Wie ein Schlag in den Magen. Sie beschloß, es sei besser, ins Wohnzimmer zu gehen, wo sie wenigstens aus dem Vorderfenster hinausschauen konnte.

Das große Vorderfenster des Bungalows zeigte einen kristallklaren Schwarzweißfilm.

Kein Paar mehr, das am Strand entlangging ... dünne, rauchige, leicht lilafarbene Wolken trieben über den Vollmond. Alte, verschrumpelte Nachtwolken. Schaumige weiße

Brandung strömte um die Bucht herum, dekorierte sie wie Schlagsahne.

Sie war ganz in Ordnung gewesen, bis Peter angerufen hatte, ging Jane durch den Kopf . . .

Im Inn hatten sie schon viele Männer mit den Augen ausgezogen. Auch große Blonde. Auch große Blonde, die *vielleicht* ein bißchen englisch aussahen . . .

Ein nettes Mädchen aus der Hauptstadt von South Dakota, dachte sie . . . Ein Freund, der zufällig Zeuge eines Mordes geworden ist. Nur mit einem Blick. Nicht länger als zehn Sekunden! Das mußte ein Film von Alfred Hitchcock sein . . . durch und durch makaber, schaurig wie *Frenzy*, aber mit einem Happy-End. Ingrid Bergman und Cary Grant stoßen mit Champagnergläsern an und küssen sich dann.

Sie dachte wieder an den großen blonden Engländer. *Der große blonde Engländer*. Konnte ihre Hände jetzt nicht mehr am Zittern hindern. Komisch – vielmehr seltsam. Er hatte allein auf der Pineapple Terrace getrunken. Ein sehr gutaussehender, ernsthafter Mann. Hübsch gebräunt. Mit einer überdimensionalen schwarzen Sonnenbrille, die Jane an das Mittelmeer erinnerte. Sie hatte das Gefühl, er habe sie beobachtet, während sie einem kleinen Mädchen beibrachte, wie es das Wasser aus dem Ohr bekam. »Erst mußt du auf dem Fuß auf der anderen Seite des verstopften Ohrs hüpfen. So – ja, genauso, Dummerchen. Und jetzt schlag dir gegen die Schläfe. Schlag kräftig dagegen . . .«

Danach war sie sich *sicher* gewesen, daß der Blonde ihr folgte. Sie jedenfalls nicht aus den Augen ließ. Na ja, es war ihr jedenfalls so vorgekommen . . .

Jane sah auf ihre Uhr. Rote Leuchtzahlen im dunklen Zimmer: 22.43. Seit Peters Anruf waren eine Stunde und zehn Minuten verstrichen. Normalerweise dauerte die Fahrt von

Coastown aus etwas länger als eine Stunde. Von Trelawney aus mußte man fünf Minuten zugeben.

Während sie neben dem dunklen Vorderfenster stand, hörte sie wieder den Aufprall von Äpfeln auf das Dach. Noch mehr verfluchte Äpfel.

Dann Schritte.

Dann war eine junge Frau draußen, rief an der Vordertür ihren Namen . . .

Und dann wurde eines der mit Läden verschlossenen Fenster mit einem Gegenstand eingeschlagen, der so scharf und stark war wie eine Axt.

7. Mai 1979, Montag
Massaker bei Elizabeth's Fancy

18. Kapitel

Die Planung ist gewöhnlich interessant. Es ist interessant, sich dem Abschluß zu nähern. Aber die Klimax, das große Blutbad, war meistens eine Art Antiklimax ... natürlich nicht für die Opfer.

DAS ROSE-TAGEBUCH

7. Mai 1979; Mandeville, San Dominica

Montag morgen. Der siebte Tag der Machete

Um vier Uhr morgens am siebten Tag riß Jane die Augen weit auf.

Erst sah sie gar nichts. Dann den langen Schatten eines Mannes, der neben ihrem Bett saß. Dann grelle Nachbilder von rennenden Männern und Macheten. Und eine große Frau, die ganz liebevoll sprach, als wäre sie Janes beste Freundin.

Als sie anfing zu schreien, ging klickend eine Lampe an. Eine an die Wand genagelte helle Aluminiumlampe. Der Mann, der unter dem Licht saß, war der Polizeichef. In seinem Mund steckte eine kleine schwarze Pfeife. Über dem kurzärmeligen weißen Hemd hatte er sich ein Halfter mit Waffe umgeschnallt.

»Schsch ... Sie sind im Mandeville Hospital«, flüsterte er der blonden jungen Frau zu. »Sie sind in Ordnung. Jetzt ist alles in Ordnung.«

Der Schwarze lächelte sie an und zwinkerte ihr zu, dann schaltete er das Licht wieder aus.

Jane lag im Dunkeln, zitterte übel. Ihre Zähne klapperten, und sie begann zu weinen. Dachte an Peter. Wollte nur fest im Arm gehalten werden. Ganz fest.

»*Was ist denn los?*«

Sie war sich nicht sicher, ob sie die Worte laut ausgesprochen oder nur laut gedacht hatte. Sie zitterte wieder und begann erneut zu weinen, dann schlang sie die Arme um sich, weil alles so verdammt scheußlich war.

Dann schlief sie wieder ein.

In ihren Träumen drangen sie ins Krankenhaus ein und gingen auf sie los. Sie gingen irgendwo auf sie los. Die beiden Schwarzen. Der große Blonde mit der riesigen Sonnenbrille. Die junge Frau ... Sie schrien sie immer wieder an, sie solle ihnen sagen, wo Peter sei ... »*Ich weiß es nicht! Ich weiß es nicht! Bitte, tun Sie mir nicht weh.*«

Der stämmige Polizeichef lächelte ihr zu. Er legte den Zeigefinger an die Lippen. Zündelte im Kopf der schwarzen Pfeife herum.

»*Sch, sch.* Jetzt kann Ihnen niemand weh tun«, sagte Dr. Johnson.

Obwohl der schlimmste Tag in der Zeit der Machete angefangen hatte.

Cape John, San Dominica

Montag nachmittag

Wie ein weißer Drachen im Wind schaukelte eine Möwe hoch über seinem Kopf hin und her.

Aaaaa! Aaaaaa! Aaaaa!

Während er in der buttergelben Mittagssonne lag, überkam Damian ein wunderbares Gefühl der Ruhe. Er und Carrie näherten sich jetzt dem Ziel. Dem letzten Terrorakt auf der Insel.

Ah – es gab nichts Besseres, als in der Sonne zu liegen, wenn man seine Aussichten überdenken wollte.

Er spürte, wie das Salzwasser auf seinem Gesicht und seinen Beinen trocknete. Er schmorte derart in der heißen Sonne, daß er es genoß.

Zum vielleicht fünfhundertsten Mal ging Damian im Kopf die letzten Einzelheiten durch.

Das *Massaker*.

Carries Flucht, dann seine.

Dieses Mal würde es kein falsches Spiel wie im Fall von Nickie Handy geben. Kein Treffen mit Brooks Campbell oder Harold Hill in finsteren, verlassenen Hintergassen. Jetzt mußte er nur noch einen letzten leckeren Köder für Great Western Air Transport auslegen. Etwas, woran der Rattenkönig Brooks Campbell zu knabbern hatte.

Dann mußte er den letzten Stein im Spiel matt setzen – einen trickreichen, kräftigen Killer namens Clive Lawson.

Und dann ab nach Hause, hipp, hipp, hurra.

Mandeville, San Dominica

Um 13.00 Uhr holte ein Mann in einem sommerlichen Sportjackett und mit einem weißen Hut tief Luft und näherte sich dann einer alten Frau, die im Erdgeschoß des Mandeville Hospital am Empfangstresen saß und eine Rotkreuzmütze trug.

»Ich heiße Maximilian Westerhuis«, erklärte der Mann mit ungeduldiger, wichtigtuerischer Stimme. »Man hat mir gesagt, ich muß an diesen Tresen kommen, wenn ich einen Passierschein will, um Miss Cooke zu besuchen.«

Die ältliche Schwester griff in ihre Schreibtischschublade. Sie holte ein schlichtes braunes Klemmbrett heraus. Sie überprüfte eine Liste, auf der stand, wer Besuchserlaubnis für welchen Patienten hatte. Für Miss J. Cooke in Zimmer 206 stand nur ein Name auf der Liste.

Die Schwester stellte einen Passierschein für Maximilian Westerhuis aus, Geschäftsführer des Plantation Inn.

Als ihm der vor Zimmer 206 postierte Polizist die Tür aufmachte, legte der Mann mit dem weißen Hut einen Finger an die Lippen. »Miss Cooke«, sagte er in dem gleichen offiziellen Ton, in dem er am Empfangstresen gesprochen hatte.

»Peter«, flüsterte Jane, sobald er die Tür hinter sich zugemacht hatte.

Sie kam ihm sehr bleich und erschüttert vor. Um ihren Hals und ihre Arme waren dicke Gazebandagen gewickelt; über dem Bett hing ein Tropf.

Peter ging zu ihr, und sie schlossen sich fest in die Arme, sagten sich Dinge, die sie sich schon lange hätten sagen sollen, drückten Gefühle aus, vor denen sie beide Angst gehabt hatten.

Als sie sich schließlich voneinander lösten, erzählte ihm Jane von den drei Leuten, die zu ihrem Bungalow beim Plantation Inn gekommen waren. Die wissen wollten, wo er sich versteckte. Was sie alles getan hatten, um sie zum Reden zu bringen . . . Peter seinerseits berichtete Jane von seinem Überraschungsbesuch bei Brooks Campbell, von der Verbindung zur Mafia und dem großen Knall, der offenbar unmittelbar bevorstand.

»Und was machen wir jetzt?«

»Als erstes will ich dich aus diesem Krankenhaus herausholen. Wir müssen es hier mit einer schwarzen Version der Keystone Cops zu tun haben, mit einer völlig unfähigen Polizeitruppe. Überleg nur, wie mühelos ich hereingekommen bin.«

»Peter, falls sie es auf mich abgesehen hätten – sie *hatten* mich gestern nacht in ihrer Gewalt. Sie wollten nur wissen, wo *du* bist.«

»Das ist nicht ganz schlüssig. Wenn du ihn gestern gesehen hast, sind sie auch hinter dir her. Oder nicht? Ach, zum Teufel, ich habe keine Ahnung, was hier gespielt wird.«

Der junge Mann setzte sich auf das Krankenhausbett. Seine Schultern sackten durch. Seine Nackenmuskeln fühlten sich unglaublich angespannt und verkrampft an.

»Peter, hast du an jenem Tag *noch* irgendetwas gesehen außer dem Blonden?«

»Ich weiß es nicht. Ich glaube nicht . . . Die beste Lösung, die mir einfällt«, sagte Peter schließlich, »besteht darin, daß wir beide San Dominica verlassen müssen. Ich will versuchen, nach Washington zu kommen.« Er sah Jane an. »Triffst du dich dort mit mir? Morgen – in ein paar Tagen. In Washington gibt es ein Hotel namens Hay-Adams. Direkt gegenüber vom Weißen Haus.«

Zum ersten Mal an diesem Nachmittag lächelte Jane. »Gut. Dann können wir die Geschichte denen ganz oben erzählen. Schlimmer als in der amerikanischen Botschaft kann es ja nicht werden, oder?« Sie küßte ihn heftig, legte dann ihren Kopf an seine Schulter. »Max, mein Liebling.«

»Jemand wird uns anhören. Es kann nicht überall so unglaublich beschissen zugehen.«

Jane lächelte wieder. »Maximilian Westerhuis! Lieber Gott, Peter.«

Sie mußten beide lachen, brachten sich gegenseitig zum Schweigen, damit der Wächter nicht hereinkam. Dann umarmten sie sich wieder, besiegelten ihren Pakt, sich am Mittwoch in Washington zu treffen.

Peter verließ das Krankenhaus genauso, wie er hereingekommen war.

Viel, viel zu einfach.

Coastown, San Dominica

Zur gleichen Zeit saß Carrie im Princess Hotel. Die leuchtendweißen Türen zu ihrer Loggia standen weit offen. Strahlender Sonnenschein und eine wohltuende Brise kamen herein. Aus einem hübschen kleinen Tal zwei Stockwerke tiefer wehte der Duft frischer Blumen herauf.

Carrie musterte gründlich das knallig geschminkte Gesicht, das sie im Spiegel des Frisiertischs vor sich sah. Sie war im Grunde, wenn auch widerwillig, damit zufrieden, daß ihr Gesicht so aussah, wie es für ihr Vorhaben auszusehen hatte. Leicht überkandidelt. Künstliche Wimpern aus echtem Haar. Sie hatte sorgfältig auf jede Einzelheit geachtet, bis hin zu den silbernen Slippern.

Carrie schaute auf ihre Armbanduhr. Wenn alles gutging, war sie in rund sechs Stunden in Washington. Sie mußte lediglich unauffällig an der Polizei vorbeischlüpfen, an der CIA und an der halben Armee von San Dominica.

Punkt 13.30 Uhr fuhr Carrie Rose zum Robert Kennedy Airport, angespannt, nervös, das Beste hoffend. Und als sie das Flughafenterminal betrat, stellte sie fest, daß sie sich wirklich gut vorbereitet hatte. Sie hätte sich keine Sorgen zu machen brauchen.

Sie sah praktisch genauso aus wie jede andere Frau auf dem Flughafen.

Um 14.30 Uhr saß Carrie Rose in einem Pan-Am-Flugzeug, das die Karibik verließ.

Als das blecherne Kofferradio in der Nähe die Drei-Uhr-

Nachrichten aus Puerto Rico brachte, sammelte Damian Rose seine Sachen ein. Der große Blonde setzte eine dunkle Sonnenbrille auf, eine weiße Segelmütze, zog ein weißes Hemd aus Madrasbaumwolle an.

Um 15.10 Uhr ging er in ein schäbiges Freiluftcafé. Das Lokal zog sich am Strand von Cape John entlang, gestützt auf dünne, morsche graue Pfeiler.

Aus der Telefonzelle im Café rief Rose die amerikanische Botschaft an.

Empfang.

Sekretär.

Bitte warten.

Siebzehn Minuten nach drei.

Einundzwanzig Minuten nach drei. Langsam wurde es komisch.

Schließlich meldete sich Brooks Campbell. »Hallo, hier Campbell.«

Damian sagte: »Hören Sie gut zu und sagen Sie kein Wort, bis ich fertig bin ... In vierundfünfzig Minuten, um Viertel nach Vier, verübt Oberst Dred seinen ersten großen Gewaltakt. Das wird der Schlußakt sein, den wir für Sie geplant haben ...«

»Rose!«

»Halten Sie die Klappe, Sie Arschloch. Wir rechnen damit, daß Sie versuchen werden, uns danach daran zu hindern, San Dominica zu verlassen. Aber falls Sie das tun, bringe ich Sie um. Das verspreche ich Ihnen, Campbell. Zum Gedächtnis an den armen Nickie Handy, Kumpel.«

»Rose.«

Klick.

»Gottverflucht noch mal, Schluß mit den Spielchen!« schrie Brooks Campbell in das laute Tuten des Telefons.

Kurz nach Roses Anruf meldete sich Campbell bei Harold Hill in Washington.

»Hier bricht gleich die Hölle los. Jetzt brauche ich jede Menge Hilfe. Aber ich kriege die beiden, Harry.«

»Ich glaube, das werden Sie. Wirklich«, sagte Harry the Hack.

Klick.

Um 17.30 Uhr rief Peter Macdonald, verzweifelt und verwirrt, Campbell in der amerikanischen Botschaft an. Er erfuhr von einem äußerst offiziell klingenden Amerikaner, Mr. Campbell sei nicht mehr im Büro. Und dann wurde Peter mitgeteilt, alle Amerikaner seien aufgefordert, sich von den Straßen fernzuhalten.

Es sei zu einem Massaker gekommen.

Klick.

Elizabeth's Fancy, San Dominica

Tyndall's Goat Highway führt nirgendwohin, bis auf eine restaurierte Zuckerrohrplantage aus dem neunzehnten Jahrhundert namens Elizabeth's Fancy – und wenn Elizabeth's Fancy jeden Nachmittag um vier schließt, ist der Goat Highway eine Sackgasse.

Der letzte Bus von der Plantage aus fuhr die letzte Touristengruppe zu ihren Hotels zurück. Er brachte außerdem eine Kartenabreißerin zurück, einen zweiundvierzigjährigen Bargeschäftsführer aus Liverpool und drei Wachmänner.

Der Bus war ein knallroter und schwarzer Doppeldecker, 1953 von Rolls-Royce hergestellt. Sein Spitzname war Grashüpfer.

Grashüpfer hatte eine Spitzengeschwindigkeit von siebzig Stundenkilometern und eine defekte Federung, durch die er wirkte, als hüpfe er den holprigen Goat Highway hinunter.

Weil das Oberdeck soviel höher war als das Dschungelgestrüpp, war Grashüpfer aus acht Kilometer Entfernung zu sehen.

In diesem Fall wurde die rote obere Hälfte des Busses allerdings aus nur drei Kilometer Entfernung beobachtet.

Die drei Schwarzen, die am Rand des Goat Highway standen, hielten alle Hochleistungsgewehre Typ M-16 in den Händen, hergestellt in Detroit, Michigan. Direkt hinter ihnen stand eine Reihe von Teenagern. Jeder Junge hielt eine scharfe Machete in der Hand.

»Wie ist dieses M-16 im Vergleich zu einem alten M-14?« fragte Oberst Dred den Afrikaner.

Kingfish Toones Blick wich nicht von dem Feldweg. Rechts neben ihm scharrte der Kubaner Staub auf wie ein bockiges oder wütendes Pferd. Inzwischen freute er sich sehr darauf, Dred zu erschießen.

»Da gibt es keinen Vergleich«, sagte der Afrikaner mit der tiefen Stimme schließlich. »Das M-16 trifft jedes Ziel mit dreimal mehr Wucht als ein herkömmliches Gewehr. Es könnte fünf Männer hintereinander durchschlagen.« Der Söldner nahm ein silbriges Geschoß aus der Hemdtasche. Er hielt es der Länge nach zwischen dicken, kohlenschwarzen Fingern.

»Noch ein Kriegsspielzeug. Von den Amerikanern erfunden, nehme ich an. Die Kugel ist mit Plastik überzogen. Sie hinterläßt keine Spuren. Es ist nicht möglich, sie bei einer Röntgenaufnahme zu entdecken. Wirklich diabolisch. Denken Sie mal darüber nach, Oberst Dred.«

»Kostet wieviel?« fragte der Guerilla. »Die Gewehre, nein, ich meine die Kugel. Diese diabolische Kugel da.«

»Ich verfolge die Preise nicht so genau.« Toone zuckte die Achseln. »Vielleicht fünfhundert Dollar pro Stück für die Gewehre.«

»Hyiuuu.« Der Guerillaführer kreischte und lachte. Dann ging Dred weg, um ein letztes Mal seine Soldaten zu inspizieren.

Im Hinterkopf hatte er den wunderbaren Gedanken, daß er innerhalb weniger Stunden bedeutender sein würde als Che, vielleicht sogar bedeutender als Fidel Castro. So etwas wie ein schwarzer Arafat – mit der Sonne anstelle von Öl als Faustpfand.

Der Fahrer des roten Busses, der neunundvierzigjährige Franklin James, fühlte sich verschwitzt, gereizt und vor allem unzufrieden an diesem besonders schweißtreibenden Nachmittag. Während der altertümliche Doppeldecker voranholperte, konnte James den ganzen Goat Highway in der Handfläche spüren. Im bebenden schwarzen Knauf der Gangschaltung.

Was hast du denn für ein Problem? sprach James mit sich. Hast es satt, diesen blöden Bus zu fahren. Verdienst dein Geld wohl zu leicht, hey, Mann? Mußt du dir etwa den Arsch aufreißen wie die anderen Nigger? Gib's zu, Mann, du hast es leicht. Gib's zu, Franklin, es ist die Wahrheit . . .

Um die alltägliche Monotonie zu durchbrechen, hatte der Fahrer jedoch vor, heute etwas Revolutionäres zu unternehmen: an der Gabelung etwa vierhundert Meter weiter nach links statt nach rechts abzubiegen. Heute würde er die landschaftlich spektakuläre Strecke fahren, nicht den Goat Highway. Durch die alten Zuckerrohrfelder.

Franklin James schaute in den Rückspiegel und sah Strandhüte aus Stroh und hummerrote Gesichter. Ein hübsches blondes Weibsstück spielte mit den Spaghettiträgern ihres Bikinioberteils. Ausnahmsweise waren ein paar Sitze leer.

An der Weggabelung bog der Busfahrer links ab, statt wie üblich auf dem Goat Highway zu bleiben. Als er falsch abbog, sprang der rotgesichtige Geschäftsführer von Elizabeth's Fancy von seinem Sitz in der dritten Reihe auf.

»Das ist die falsche Straße, du Vollidiot. Stoß zurück, Junge. Fahr auf die Goat-Straße.«

Und das tat Franklin James mit einem unterwürfigen Lächeln und ohne ein Wort des Protests. Gib's zu, Mann, du hast es leicht.

Die meisten von Dreds Männern lagen zwanzig bis vierzig Meter von dem Feldweg entfernt auf dem Bauch. Ein paar halbnackte Jungen waren auf Kokospalmen geklettert.

Oberst Dred achtete nicht auf seine Leute. Statt dessen beobachtete der Siebenundzwanzigjährige den kräftigen Afrikaner und den Kubaner.

Ein Mann, der eine Zigarette rauchte und eine gestreifte Wollmütze trug, rief Dred von einem Baum herunter zu: »Sie müssen gleich kommen.« Der Soldat warf die Zigarettenkippe vom Baum.

Monkey Dred drehte sich um und gab den restlichen Guerillas ein Handzeichen. Das Klicken der Gewehre hallte auf beiden Seiten des Goat Highway wider.

Dann legte Dred selbst das schnittige M-16 an. Er zielte sehr sorgfältig.

Drückte ab.

Drückte noch einmal ab.

Dem Kubaner riß es die obere Kopfhälfte weg. Blut spritzte zehn Meter weit auf hohe Grashalme. Kingfish Toone wurde nach vorn geschleudert, mit weit ausgebreiteten riesigen schwarzen Armen und einem großen, dunklen Loch in der Rückseite seines Khakihemds.

»Üble Art von Niggern«, rief Monkey Dred dem Soldaten auf dem Baum zu. »Fahren Cadillac, Mann. Benützen Parfum, weißte.«

Außerdem hatte Damian Rose für die Hinrichtungen gut

bezahlt. Sie hatten Dred zwei weitere kostbare Maschinengewehre eingebracht.

Rote Flecken blitzten durch den grünen Dschungel. Dann konnte Oberst Dred das Oberdeck des Busses wieder sehen. Sonnenstrahlen brachen sich am abblätternden roten Lack des Daches. Ein paar Bananenfresser flogen vorbei. Alle Busfenster standen weit offen. Amerikaner, Deutsche, Engländer und Südamerikaner schauten hinaus auf hübsche Mahagonibäume, blühende wilde Lilien, Sittiche.

Dschungel, Mann, Dschungel.

»Wunderschön!« rief Dred den Vögeln auf den Bäumen zu. Jakamare. Papageien. Sein Adrenalin strömte wie das Gewimmel auf den Straßen von Trenchtown. Der Ausstoß gab ihm das Gefühl, er sei ein Rasta-Superman. *Jah*. So widersprüchlich das klang.

Der schaukelnde Doppeldeckerbus war auf eine schmale Gerade eingebogen, keine hundert Meter entfernt. Er kam direkt auf sie zu, durch einen Tunnel aus Kokospalmen und Tannen.

Dreds Männer begannen aufeinander einzureden. Stießen begeisterte Rufe aus. Plapperten überdreht.

Der rote Bus sah in den schimmernden Hitzewellen verschwommen und eine Spur unwirklich aus. Hohe Gräser wehten von ihm weg wie fliegendes Haar. Palmen und Farne kratzten laut gegen das Dach und die Fenster.

Dred starrte ihn so heftig an, war vor Vorfreude so außer sich, daß der Bus anzuhalten schien. Auf der Geraden zu erstarren.

»Ro-bert!« schrie er. »Ro-bert!«

Ein winziger Schütze mit kranken gelben Augen und einem gelben Barett wie Che rannte neben ihn. Mit dem großen M-16-Gewehr wirkte der Mann wie ein Kind.

»Bleib bei mir, Robert. Und jetzt schau genau hin. Ich will, daß du ihn abschießt.«

Als wäre der rote Bus ein angreifender Elefant.

Ein Stück vor sich sah Franklin James eine junge Frau und einen Jungen, die auf den Goat Highway traten. Barfuß, in von der Sonne ausgebleichte Lumpen gekleidet, standen sie mitten auf der Straße und winkten beide aufgeregt dem Bus zu.

James fluchte vor sich hin, aber er trat auf die Bremse. Er schaltete herunter, und noch ehe der Bus ganz stand, ließ er die Falttür aufgehen. »Hey, was gibt's, Frau?« rief der dicke Schwarze wütend.

»Können Sie uns bis zur Hauptstraße mitnehmen?« schrie die Frau durch die offene Bustür. »Mein Junge ist übel krank, Mann.«

Das Gesicht des Busfahrers nahm einen gequälten Ausdruck an. »Oh, Lay-dy! Ich darf nur Leute von der Plantage mitnehmen, wissen Sie.«

»Mein Junge ist krank!« schrie die Frau.

Plötzlich krachte ein Gewehrschuß durch die obere rechte Ecke der Windschutzscheibe. Die Hälfte der Scheibe fiel in den Bus.

Franklin James trat aufs Gaspedal, und der Grashüpfer ruckte an und machte einen Satz nach vorn.

Das flache Knallen der M-16-Gewehre schien von überall zugleich zu kommen.

Keine dreißig Meter von Dreds Männern entfernt schien der schwerfällige Bus in ein riesiges Schlagloch zu geraten. Der Bus glitt ruhig auf die Straßenmitte. Eine Weile schien er auf den rechten Reifen zu fahren. Dann scherte er scharf nach links aus.

Franklin James war schon tot, wurde auf dem Lenkrad hin und her geschleudert. Menschen im Bus fielen von den Sitzen.

Wie ein riesiger Rasenmäher fuhr der Doppeldecker über

mannshohe Farne, über dichtes Gestrüpp und kleine Bäume. Er prallte gegen eine Königspalme, und die Palme riß die Motorhaube und das Führerhaus auf. Der Baumstamm drang anderthalb Meter weit in das Businnere vor, zerquetschte die Menschen auf den Vordersitzen, und dann blieb der Grashüpfer schließlich stehen.

Klaffende Löcher begannen die Seite des Busses zu sprenkeln, die dem Exekutionskommando zugewandt war.

Vom Oberdeck aus erwiderten die Wachmänner das Gewehrfeuer mit ein paar Pistolenschüssen. Mit etwas Glück trafen die Wachmänner jemanden auf den Bäumen, während Dreds Männer systematisch den Bus zerstörten. Ihn in Stücke schossen.

In etlichen offenen Fenstern waren noch die reglosen Köpfe toter Fahrgäste zu sehen. Der kaputte Motor spuckte dicken schwarzen Rauch aus. Ein paar Fahrgäste kletterten aus Fenstern auf der anderen Seite, wollten weglaufen und wurden niedergeschossen. Ein kleiner blonder Junge in roten Shorts lag tot im Gras neben dem Bus. Ein älterer Mann lag neben einem großen, schwarzen Vorderreifen. Ein zwölfjähriges Mädchen rannte wie die Pferde auf der Farm seines Vaters – ein hübsches kleines Mädchen aus Surrey in England – und sollte überleben.

Etwa zehn Minuten lang kamen Rufe und Schreie, bei denen einem das Blut in den Adern hätte gefrieren können, von den rund vierzig Menschen, die im Bus in der Falle saßen. Dann war das einzige Geräusch das träge Knallen der M-16-Gewehre.

Oberst Dred und sein Scharfschütze, Robert, gingen in einer verrauchten, verheerenden Stille zum Bus. Als sie nahe herankamen, krächzten die Jakamare und Papageien auf den Bäumen wieder. Der winzige Schütze zog eine stumpfschwarze Liberator-Pistole.

Die beiden verschwanden im Bus, und weitere Schüsse wurden abgefeuert. Ein Mann im Bus schrie. Aus dem Businneren hallte ein weiterer, gedämpfter Schuß.

Als sie wieder herauskamen, winkte Dred die vier Jungen heran, die am Goat Highway standen. Alle vier hatten lange, verfilzte Rastafrisuren. Jeder trug eine glänzende Feldmachete mit einem um den Griff gebundenen roten Halstuch.

Gleichzeitig kamen die anderen Rebellen aus dem Gestrüpp, stiegen von den Bäumen. Die Guerillas zündeten sich Joints an, normale Zigaretten, billige Zigarren. Nur wenige kamen näher und musterten den Bus.

Es war Dred, der den Schatten sah, beige und grün, der sich durch das dichte Gestrüpp hinter dem roten Bus bewegte. Er erkannte das Gesicht von Damian Rose, ein rosa Fleck zwischen den Bäumen und leuchtendgrünen Büschen. Ein glänzendweißes Lächeln.

»*Aaagh*, Rose. Herr im Himmel, Mann!« schrie der junge Guerilla, als er begriff, was ihm bevorstand. Er wollte weglaufen.

Der erste Gewehrschuß traf ihn im Hinterkopf; er trat dort aus, wo die Nase und der Mund des Schwarzen gewesen waren. Die Wunde war sehr heiß, und einen Sekundenbruchteil lang schienen Dreds Augen und seine Nase in Flammen zu stehen. Der Boden kam ihm rasend schnell entgegen, und dann war alles verschwunden.

Er fiel in ein pechschwarzes Loch, in dem seine Schreie widerhallten – *R . . . O . . . S . . . E . . .*

Um 18.00 Uhr an jenem Abend wußte der Präsident der Vereinigten Staaten darüber Bescheid.

Fünf Mitglieder des Kabinettsauschusses zur Terroristenbekämpfung – der Stabschef, der Assistent des Präsidenten in Fragen der nationalen Sicherheit, der Pressesprecher des Präsidenten, der Verteidigungsminister und der Direktor der CIA – saßen mit ihm im Oval Office des Weißen Hauses.

Der Direktor der CIA informierte den Staatschef über ausgewählte Fakten, was Lathrop Wells, Nevada, betraf; über die Forlenzas; Isadore Goldman; Damian und Carrie Rose; San Dominica. Im Augenblick lautete seine wichtigste Empfehlung, die Vertragsagenten Damian und Carrie Rose sofort zu eliminieren. Sie aufzuspüren und sie umzubringen.

»Sie verarschen mich«, sagte der Präsident der Vereinigten Staaten, nachdem er die ganze Geschichte gehört hatte. Er sah sich in seinem Oval Office um. Sah den Stabschef an. Seinen Pressesprecher. Seinen Assistenten für die nationale Sicherheit. »Irgend jemand soll mir sagen, daß dieser Mann mich verarscht. Das ist ein Befehl.«

Ab 18.30 Uhr unterbrachen die Fernseh- und Rundfunksender auf der ganzen Welt ihr normales Programm und teilten mit, der linksradikale Rebell auf San Dominica, Oberst Dassie Dred, sei bei einem Anschlag auf einen Bus etwa vierzig Kilometer von der Hauptstadt Coastown ums Leben gekommen.

Um 20.00 Uhr traf Carrie in Washington, D. C., ein.

Jetzt fing der schwierige Teil der Geschichte an.

ZWEITER TEIL

DIE PERFEKTE FLUCHT

Dienstag, 8. Mai 1979
Schweinebucht II

19. Kapitel

Damian und ich stritten uns heftig über die Flucht. Mein Standpunkt: die Karibik sofort verlassen. Seiner: die Operation zu Ende bringen, wie sie zu Ende gebracht werden muß. Sich sofort um Campbell und Harold Hill kümmern. Sie daran hindern, daß sie uns verfolgen ... Deshalb wurde Macdonald so wichtig. Und außerdem kam Damian dadurch auf die Idee, was sich in Washington tat.

DAS ROSE-TAGEBUCH

---

8. Mai 1979; Fairfax Station, Virginia
Dienstag morgen. Der achte Tag der Machete

Am Morgen nach dem Massaker in der Nähe von Elizabeth's Fancy ging Mark Hill kurz unter die Dusche, dann zog er ein frisch gewaschenes Sweatshirt der Washington Redskins und adrette Jeans mit ausgestellten Beinen an.

Der gutaussehende Teenager sah in den Spiegel über seiner Kommode und bedachte sich mit einem Handzeichen für »okay« und einem kräftigen, komischen Zwinkern.

Von unten konnte er hören, wie seine Mutter mit dem Frühstück beschäftigt war. Der Geruch von frisch gebratenem Speck trieb nach oben. Nach Speck und außerdem nach frisch gebrühtem Kaffee, den Mark von ganzem Herzen verabscheute.

Der Vierzehnjährige putzte sich schnell die Zähne und benützte die elektrische Munddusche für die ganze Familie. Dann sprang er mit drei weiten Sätzen die Vordertreppe hinunter. Er schlenderte lässig in die Küche, ahmte dabei unbewußt einen Football-Quarterback namens Bill Kilmer nach.

Heller Sonnenschein strömte durch die offene Hintertür und durch das Fenster mit den safranfarbenen Vorhängen über dem Spülbecken herein. Ein Mann und eine Frau mit weißen Terroristenmasken standen vor dem Spülbecken, links und rechts neben seiner Mutter. Beide hielten langläufige schwarze Revolver in den Händen.

»Du hörst auf das, was diese Leute sagen.« Carole Hills Stimme war so ruhig, daß der Junge sich fragte, wie seine Mutter so schnell so tapfer geworden war.

Carrie Rose musterte den Jungen durch schmale Sehschlitze in ihrer Maske. »Genau, Mark. Wir wollen weder dir noch deiner Mutter etwas tun. Setz dich an den Tisch. Deine Mutter macht dir ein Frühstück.«

Der Teenager ließ die Eindringlinge keinen Moment lang aus den Augen und setzte sich langsam.

Carole Hill ging langsam und vorsichtig zum Herd. Ihre Hände zitterten, als sie den Speck mit einem Pfannenwender umdrehte.

Kleine Fettspritzer trafen ihre Schürze und ihr Gesicht. »Mein Mann kommt bald nach Hause«, sagte sie sachlich. »Er ist nur – «

Carrie lächelte unter der Maske. »Carole Ann, Ihr Mann ist im Augenblick nicht einmal im Land. Entspannen Sie sich. Machen Sie für uns alle ein schönes Frühstück, okay? Es sieht alles danach aus, als ob wir den ganzen Tag miteinander verbringen müßten.«

Der Mann, den sie dabeihatte, ein Lohnkiller aus New York namens Kruger, setzte sich Mark gegenüber an den

Frühstückstisch. »Mach dir nichts draus«, sagte der Mann. »Dich betrifft das nicht, Mark.«

»Woher wissen Sie meinen Namen?« lautete die erste Frage des Jungen.

»Oh, wir sind Freunde deines Vaters.« Carrie lächelte.

20. Kapitel

1975 hat meine Wenigkeit die karibischen Aktivitäten der CIA folgendermaßen eingeschätzt: Schlichte Unfähigkeit als geheiligtes Grundprinzip. Unangemessene Paranoia, was Fidel Castro und/oder Moskau anlangte. Paranoia wegen möglicher Unruhen in Puerto Rico. Paranoia wegen kubanischer Truppen in Afrika. Eine krasse Überschätzung von Dassie Dred. Eine korrekte Einschätzung von Joseph Walthey als potentieller starker Mann und Bundesgenosse . . . Überwiegend Fehlinformationen in allen Punkten. Schlechte Geheimdienstarbeit . . .

DAS ROSE-TAGEBUCH

Coastown, San Dominica

Am selben Morgen in Coastown gähnte der vierundvierzigjährige Harold Hill so heftig, daß sein Kiefer knackte.

Er streckte die Arme und machte mit den Lippen, Zähnen und der klebrigen, belegten Zunge Schmatzgeräusche. Er nahm die Hornbrille ab und massierte sich den Nasenrücken.

Dann verlagerte Harold Hill in einem ächzenden Ohrensessel in der amerikanischen Botschaft sein Gewicht.

Er überflog eine Armeeakte über Peter Macdonald: »Peter Stillwell Macdonald. Geboren in Grand Rapids, Michigan, 1950. Sohn eines Colonel der US-Army und einer Mathematiklehrerin an der High School. Jüngster von sechs Söhnen. Dienst bei der US-Army von 1969–71. Ehrenvolle Entlassung. Überdurchschnittlich intelligent. Minderwertigkeitskomplex aufgrund der Erfolge seiner älteren Brüder . . . Kann sich gut anpassen, ist aber lieber allein. Keine engen Freunde . . . Auf Homosexualität überprüft: negativ . . . Kampfstark, aber mit ambivalenter Einstellung gegenüber dem gegenwärtigen Krieg. Mustergültiger Sergeant . . .«

Hill schob die Akte beiseite und sah wieder den gelben Notizblock an, auf dem er seine Gedanken über die Roses festgehalten hatte. Er sah einen schwarzen Aktendeckel mit der Aufschrift »Geheime Verschlußsache« an. Dann wieder den Notizblock. Es war fünf Uhr morgens, und Hill hatte seit sechs am Morgen davor nicht mehr geschlafen.

Oben auf dem gelben, blau linierten Blatt stand »Carrie & Damian Rose«, rot unterstrichen. Der Rest der Seite war in einer sauberen schwarzen Handschrift beschrieben, in ordentlichen Spalten. Ideen, Sätze, Namen, Gedächtnisstützen . . . vierzehn Punkte.

1. Groß. Blond. Englisches Aussehen. Hat bei Harrods eingekauft.

2. St. Louis Hotel in Paris . . . Nickie Handy von Frau in nahem Bistro erschossen. Carrie? . . . Handy von Campbell als Agent benützt (1972). Zufall?

3. Carrie: rotblond, soll umwerfend aussehen; groß – Vorsicht! Sei kein Chauvinist, Spatzenhirn! Carrie ist so gefährlich wie Damian.

4. Ehekräche . . . eindeutig. Na und?

5. Dr. Meral Johnson. Clever. Nützlich? Wie am besten einzusetzen?

6. Peter Macdonald sollte heute gefunden werden. Überredet. Nützlich!!!

7. Marineinfanteristen aus Südamerika. Colonel Fescoe. Hindernis!

8. Propellerflugzeuge, starten nachts. Marihuana nach New Orleans. Abschießen? Abschießen.

9. Küstenwache kann Insel effektiv blockieren ... Vor allem Privatschiffe durchsuchen ... Würde Goldman den Roses zur Flucht verhelfen? Vermutlich ...

10. Kann nicht zulassen, daß Joseph Walthey aus dem Ruder läuft und Dreds Leute hinrichtet. Das ist wichtig.*****

11. Warum hat Damian Rose bei Campbell angerufen? Wichtig!

12. Außerdem Anhaltspunkte für Desorganisation innerhalb ihrer Organisation. Wichtig! Stu Leedman kommt aus L. A ... Tschechen: Killerteam von Roses Kaliber, ausgeliehen von der Interpol. Hindernis!!

13. Glückszahl dreizehn! Damian vermutlich Psychopath.

14. Muster deutet darauf hin, daß größere Aktionen bevorstehen. Zweites Muster deutet darauf hin, daß keinerlei Aktionen folgen werden. Das Schlüsselwort ist »Aktion«. Muß dringend agieren, sonst werde ich im großen Stil verlieren. ******

Harold Hill stand auf und ging in dem großen Botschaftsbüro aus Eiche und Messing auf und ab. VIP-Büro: wie die Präsidentensuite in berühmten Hotels. Eigenes Bad, Frühstücksecke. Diese Spinner!

Es war ausgeschlossen, daß die Roses San Dominica verlassen konnten, überlegte er.

Doch, es gab Möglichkeiten, jede Menge Möglichkeiten – aber Hill versuchte sich einzureden, Damian Rose werde einen Fehler machen, ehe er eine dieser Möglichkeiten nutzen konnte ... Die Anrufe bei Brooks Campbell. Sie waren der Schlüssel. Anrufe eines Geisteskranken!

Harold Hill hatte nicht viel in der Hand, aber ein paar Anhaltspunkte hatte er: Damian Rose war ein großer, blonder, englisch aussehender Größenwahnsinniger. Mit Glück war er zu fassen.

Schließlich nahm Hill sein cremefarbenes Anzugjackett über den Arm und verließ die große, kühle Botschaftsvilla. Er glaubte, er habe wenigstens einen Anfang gemacht. Eine Nacht lang gute Arbeit geleistet.

Eine große rote Sonne ging eben über den grünen Hügeln auf, die hoch über der perfekten kleinen Stadt und dem Meer aufragten.

Es war eine starke Sonne, von der Hill an jenem Tag noch Kopfschmerzen bekommen sollte.

Zwei schlecht ausgebildete Soldaten standen am Eingangstor, lachten und stießen sich gegenseitig in die Rippen. Sie erinnerten Hill daran, wie wenig die Menschen in solchen Ländern je von der Realität ihrer Lage mitbekamen.

Als er an den Soldaten vorbeiging, tippte sich Hill gegen den Panamahut und lächelte. Dabei mußte er automatisch an das berühmte Poster denken, das Richard Nixon verspottete. *Warum lächelt dieser Mann?* stand auf dem Plakat. Ja, warum eigentlich?

21. Kapitel

Falls alles so lief, wie es Damian erwartete, wollten wir uns am 12. Mai oder ein paar Tage später im Hilton Hotel in Marokko treffen. Falls es nicht so lief, dann nicht.

DAS ROSE-TAGEBUCH

Cap Foyle, San Dominica

Um Viertel nach fünf am 8. Mai dröhnte ein alter Song von James Taylor in Peters Kopf – »Sweet Baby James«. Außerdem hypnotisierte ihn der Anblick von zwanzig schwarzen Soldaten, die die Reste des Busses aus Elizabeth's Fancy bewachten.

Der junge Amerikaner beobachtete die ruhige, grauenhafte Szene zehn bis fünfzehn Minuten lang, nahm sie für alle Zeit in seine persönliche Akte von Kriegsgreueln auf, dann fuhr er los, um etwas zu essen aufzutreiben.

Aus zusammenhanglosen Gründen gingen ihm die Supersechs durch den Kopf: Neddy, Huey, Deli Bob, Bernie, Tailspin Tommy. Und der kleine Pete – Little Mac. Als er von dem überfallenen Bus wegfuhr, wurde Peter den Gedanken nicht los, daß er jetzt, seiner bescheidenen Meinung nach, in einer Liga spielte, die himmelweit über seiner Klasse lag. Nicht einmal bei den Special Forces wurde man auf diese Form von elendem Scheißdreck vorbereitet.

Etwa um dieselbe Zeit zerquetschte Damian Rose eine blaue Stechfliege auf dem Ärmel seines sandfarbenen Hemds.

Um 5.30 Uhr stand er hellwach in einer Telefonzelle im steinzeitlichen Bauerndorf Cap Foyle. Rose verlangte Nummer sechsundzwanzig und wartete, bis er verbunden wurde.

Zwei schläfrige Einwohner von Cap Foyle, ein alter Mann und eine junges Mädchen, schoben schon klapprige Fahrräder die staubige Dorfstraße entlang. Zwei Kreuzungen von ihnen entfernt lag die dunkelgrüne Karibik.

»Hallo – na sowas –»

Damian schnitt Brooks Campbell das Wort ab, indem er den schläfrig klingenden Mann anschrie – sich am Telefon die Seele aus dem Leib schrie. *»Sie haben nur noch acht Stunden Zeit, Sie Arschloch!* Acht Stunden Zeit für die Entscheidung, die Jagd auf uns abzublasen. Ihren Teil des Vertrags einzuhalten ...

Falls Sie heute um Mitternacht noch nach uns suchen sollten, garantiere ich Ihnen, daß Sie und Hill es stärker bereuen werden, als Sie sich je hätten träumen lassen. Das garantiere ich Ihnen! Sie haben bis Mitternacht Zeit, sich einmal in Ihrem jämmerlichen, dreckigen Leben intelligent zu verhalten.«

Dann legte Damian den Hörer auf. Der große Blonde ging zu seinem Auto zurück, summte seine Lieblingsmelodie – »Lili Marleen.« Allmählich fand er Spaß an seinem Fluchtplan.

Inzwischen waren zwölf einigermaßen umwerfend aussehende Männer auf unterschiedlichen Wegen nach San Dominica unterwegs. Sie kamen aus Miami und New York. Aus Acapulco, Caracas, San Juan. Alle zwölf waren teure männliche Models. Von der Ford Agency. Von Wilhelmina Men. Von Steward and Zoli.

Sie alle waren in der Woche davor von Carrie engagiert worden. Um für Prospekte des neuen Hotels Le Pirat und der Eigentumswohnungen im Komplex Dragon Reef zu posieren. Sie waren eigens aus Agenturalben und Fotokarteien ausgewählt worden, für Honorare von 500 Dollar pro Tag plus Spesen.

Das Besondere am ihnen war, daß alle zwölf zwischen eins achtundachtzig und eins neunzig groß waren.

Alle waren auffallend blond.

Alle sahen durch und durch englisch aus.

Der zweite Teil des seltsamen Abenteuers hatte begonnen. Die perfekte Flucht.

22. Kapitel

Alle großen Motels bauen jetzt Casinos. Die Insel wird eine schlechte Saison erleben. Vielleicht zwei. Vielleicht sogar drei. Aber danach wird es zu einem Boom kommen, den sie sich nie hätten träumen lassen. Die Insel ist viermal so groß wie Nassau und New Providence. Sie ist doppelt so schön wie Jamaica. Sie wird bestimmt das Monte Carlo der westlichen Hemisphäre.

DAS ROSE-TAGEBUCH

Heutzutage ist es Mode, gegen die Amerikaner zu sein. Ich hoffe, zur Vorhut einer Gegenbewegung zu gehören, von der ich meine, daß sie eines Tages genauso modisch sein könnte. Nämlich für die Amerikaner zu sein.

JOSEPH WALTHEY

Coastown, San Dominica
Dienstag nachmittag

Während das alles sich abspielte, beugte sich Brooks Campbell über einen dampfenden Becher sehr starken, sehr guten Kaffee aus Jamaica. Am Morgen und am frühen Nachmittag des 8. Mai war der junge CIA-Mann mit Telefongesprächen beschäftigt, die er von Ohr zu Ohr und von Herz zu Herz mit einigen der besten Mordexperten der Welt führte.

Im großen Büro nebenan tat Harold Hill ungefähr das gleiche, wenn auch in einem etwas größeren Rahmen.

Gespräche wurden geführt mit Mr. Alexander Somerset, dem Leiter vom Scotland Yard; mit Edward Mahoney im Büro für Innere Sicherheit in Washington; mit dem Bureau d'Assassination in Paris. Anrufe gingen an die ranghöchsten Verbrechensbekämpfer in Westdeutschland, Italien, Spanien, Kanada ...

Das Thema hatte die höchste Prioritätsstufe und war streng geheim; das machten die Anrufe deutlich.

»Eine gewaltige, streng geheime Menschenjagd wird jetzt in der Karibik und Südamerika durchgeführt. Die Ziele der Jagd sind zwei schlüpfrige weiße Söldner, die einer zusammengewürfelten Guerillatruppe beigebracht haben, so zu kämpfen und zu denken wie die Mau-Mau, die PLO und die japanische Armee. Unter anderem haben diese Söldner das Massaker an neunundvierzig Zivilisten an Bord eines Busses auf dem Gewissen. Die beiden heißen Damian und Carrie Rose.«

Verräterisch daran war, daß die Vereinigten Staaten die Suche als geheime Verschlußsache behandelten, eine Frage der nationalen Sicherheit. Daraus ging eines klar hervor: irgend jemand hatte in der Karibik mal wieder Mist gebaut.

Worin genau der Fehler bestand, blieb geheim. Streng geheim.

Ehe es vorbei war, hatte ein Witzbold bei Interpol die Operation »Schweinebucht II« getauft. Am Sonntag tauchte dieser Spitzname als Schlagzeile im Londoner *Observer* auf.

Inoffiziell ab sechs Uhr abends am 8. Mai, offiziell ab neun Uhr morgens am 9. Mai wurde der aufrichtige, äußerst ernsthafte Versuch unternommen, die hundertdreißig Kilometer lange, fünfzig Kilometer breite Insel San Dominica von oben nach unten zu kehren und sie zu schütteln wie das Sparschwein eines Kindes.

Die vage Hoffnung war, daß dabei die beiden Roses und Peter Macdonald herausfallen und in die wartenden Arme von Brooks Campbell und Harold Hill stürzen würden.

Ab neun fuhren Lautsprecherwagen der Regierung durch die größeren Städte und das Land um sie herum. So höflich und beschwingt wie möglich wurden die Beschreibungen eines großen, blonden, englisch aussehenden Mannes und eines jungen Amerikaners, Peter Macdonald, über die Lautsprecher bekanntgegeben.

Inzwischen suchten Inselsoldaten und amerikanische Marineinfanteristen aus Georgia und Florida die Strände ab, die Grassteppen, sogar den riesigen, dunstigen Regenwald auf den Hügeln im Westen. In den Städten Coastown, Port Gerry und Cape John begann man systematisch Haus für Haus, Hotel für Hotel zu durchsuchen.

Außerdem schickte jedes Land, das in dem Bus von Elizabeth's Fancy vertreten gewesen war, besondere Hilfe: Deutschland, die Vereinigten Staaten, England, Kanada, Frankreich, Israel, Trinidad, Jamaica, Argentinien, Texas. Experten für Ballistik, Aufstände und Verhöre wurden in aller Eile aus New York und Washington angefordert. Weitere Marshals der Bundespolizei wurden eingeflogen, um dabei zu helfen, die Ordnung in den Städten zu wahren. Kopfgeldjäger, darunter ein besonderes Einsatzteam, die »Tschechen« genannt, kamen sogar aus Osteuropa. Belohnungen von insgesamt über 150 000 Dollar wurden ausgesetzt.

Als bekannt wurde, ein »englisch aussehender Mann« werde gesucht, wurde im Sekretariat der Interpol in St. Cloud, Frankreich, eine kleine Einsatzgruppe gebildet. Informationen über bekannte Waffenhändler und Söldner wurden gesammelt und vom Archiv der Interpol verschickt. Die beiden Toten, Kingfish Toone und der Kubaner, Blinkie Tomas, wurden gründlich überprüft.

Während dieser ganzen Zeit kam niemals zur Sprache, daß Campbell und Harold Hill die Roses überhaupt erst ins Spiel gebracht hatten. Nicht einmal die bittersten Zyniker in der Polizeiwelt stellten Spekulationen an und kamen dahinter, was sich in der Karibik tatsächlich abgespielt hatte.

Bis zum frühen Abend des ersten Tages waren bei der Jagd acht große blonde Männer aufgespürt worden. Zwei Drittel der Zwölf.

Als US Marshal Stuart Leedman aus Los Angeles die acht Männer musterte – alle blond, alle höllisch gutaussehend, alle zwischen einsachtundachtzig und einsneunzig –, bekam er das Gefühl, jemand sage ihm nicht alles, was er über diesen grausigen Fall wissen mußte. Hier war irgend etwas oberfaul, dachte Stu Leedman.

»Und womit verdienen Sie Ihren Lebensunterhalt?« fragte er Antoine Coffey, einen zarten Blonden, der als Adresse »die Welt der Freigeister« angegeben hatte.

Der blonde Dressman wirkte verwirrt angesichts der Frage. »Lebensunterhalt?«

»Ja«, sagte Stu Leedman. »Womit verdienen Sie Ihr Geld, Antoine? Womit bezahlen Sie die Miete? Woher kriegen Sie das Geld, ins Kino zu gehen?«

Plötzlich lächelte Coffey. »Ach, *das*«, flüsterte er. »Sie meinen, ich treib's mit Männern ...«

Marshal Stuart Leedman stand in dem ruhigen Verhörzimmer auf und brüllte durch die offene Tür.

»Wer hat diese ganzen blonden Schwulen herbestellt?« Seine Stimme dröhnte lautstark durch den stillen, würdevollen Flur der amerikanischen Botschaft. »Herrgottsakrament noch mal, was für ein verdammter Scheiß wird denn eigentlich in diesem Pißpott gespielt?«

Es war zum Verrücktwerden, genauso verwirrend wie die Machetemorde ... Noch schlimmer, weil es sie jetzt selbst betraf ... und genau das hatte Damian gewollt.

Port Gerry, San Dominica
Dienstag abend

Peter drückte die Nase gegen das kühle grüne Glas des Busfensters der Linie 9 und beobachtete eine Reihe von geblümten Hemden, die auf der Station Street entlanggingen. Ein Fremder im Paradies, dachte er.

Er sah Hemden in Rosa und Lila, wie sie die Spanier in großen Städten immer trugen. Ledermützen und winzige Filzhüte. Riesige schwarze Sonnenbrillen. Landjungen aus San Dominica, die versuchten, wie Tonton-Macoutes auszusehen.

Peter war aufgefallen, daß die Menschen auf ganz San Dominica ständig auf Busse zu warten schienen. Das Massaker in dem Bus aus Elizabeth's Fancy war irrwitzig, wenn man darüber nachdachte. Es war, als wäre ein Interstate Highway in den Vereinigten Staaten angegriffen worden. Das Durchtrennen einer lebenswichtigen Arterie.

Schwarze Frauen in selbstgeschneiderten Kleidern und

Sandalen drückten sich näher an die Haltestelle heran. Eine Gruppe selbstbewußter junger Frauen. »Bienenköniginnen« wurden sie in Coastown genannt.

Als der Bus der Linie 9 bremste, legte Macdonald die Hand auf den .44er Colt unter seinem Hemd. Er bekam heftiges Herzklopfen ... Peter stellte sich inzwischen vor, daß der große Blonde hinter jeder Ecke wartete, hinter jeder Palme. Wie ein aalglattes, attraktives Schreckgespenst. Ganz allein auf ihn wartete ...

Der Busbahnhof war ein Holzschuppen, vollgenagelt mit alten Reklameschildern für Bier und Cola, die mehr wert waren als das Gebäude. Der Bus hielt davor, bockte und bebte wie eine alte Bauchtänzerin. Sämtliche Menschen und Tiere, die er transportierte, erwachten mit einem Mal zum Leben. Hühner gackerten und schlugen mit roten und weißen Flügeln. Eine Ziege begann gegen die Sitze zu treten, und ein alter Mann trat nach der Ziege.

»Ay, was für 'ne Braut in dem blauen Kleid!« schrie ein Draufgängertyp durch ein Busfenster.

Es gab ein lautes Zischen von dampfendheißer Luft, und der Fahrer sagte etwas, das Macdonald nicht verstand. Aber die Leute fingen an auszusteigen, und Peter nahm an, er sei am Ziel.

Dieses Kaff mußte die Sommermetropole von Port Gerry sein.

Peter ging eine steile dunkle Seitenstraße ohne Trottoirs entlang und aß dabei ein Stück Fleischpastete für dreißig Cent aus dem Bahnhofsimbiß. Auf beiden Seiten ragten triste zwei- und dreistöckige Kalksteingebäude auf.

Die Pastete stank wie schlechter Mundgeruch, die Straße stank nach Menschenschweiß. Peters Körper fühlte sich an, als werde er bald zusammenbrechen ... Soweit er sich erinnern konnte, hatte er sich zum letzten Mal so schlecht gefühlt, als er in Thailand die Ruhr gehabt hatte.

Außerdem fühlte er sich höllisch einsam. Dachte ständig an Jane.

Als er sie zum ersten Mal im Plantation Inn gesehen hatte, war sie ihm als der Typ erschienen, mit dem man bloß Ärger bekommt. Gelassen, wenn auch mit einer üblen Dosis von New Yorker Selbstgefälligkeit, gab sich als schlagfertige Klugscheißerin. Ließ jeden Kerl abblitzen, der ihr im Inn auch nur guten Tag sagte. In Peters Kopf war sie eine blonde Version von Ali MacGraw. Nichts als Ärger ... Eines Wochenendes hatte er sie trotzdem gefragt, ob sie mit ihm eine Fahrt über die Insel machen wolle. Zum Dschungel in den westlichen Hügeln. Zu den Stränden auf der anderen Seite. Und was für eine Überraschung! Klar, hatte sie gesagt ... Vierundzwanzig Stunden später hatten die beiden immer noch nicht aufgehört, miteinander zu reden. Ein erstaunlicher Tag, an dem sie ganz offen über sich gesprochen hatten. Wie wahnsinnig Akkorde beim anderen angeschlagen hatten. Sie hatten zusammen geweint, ehe der erste Tag vorbei war. Dabei waren sie im Grunde Fremde. Zusammengeschmiegt an einem dunklen, verlassenen Strand namens Runaway ... weil sie beide so verflucht einsam gewesen waren. Weil es so vieles gab, was sie jemandem hatten sagen wollen ...

Auf halber Höhe des Hügels sah Peter ein Schild: PENSION. Noch ein Schild: ZIMMER ZU VERMIETEN; es zeigte einen kleinen schwarzen Engel, der mit gefalteten Händen schlief.

An einer Tür oben am Hügel stand WILLKOMMEN, und das machte auf Peter den richtigen Eindruck.

Im Foyer saßen ein großer Mann mit einem Ziegenbart, und ein Junge an einem schiefen Tisch voller Dominosteine.

»Ja, Mann?« Der Ältere sprach. Eine leise, ernste Stimme, viel geschäftsmäßiger, als Peter es nach dem äußeren Anschein erwartet hatte.

»Ich brauche ein Zimmer. Bitte. Ich bin sehr müde.«

Der Schwarze sah Peter merkwürdig an. Zuckte die Achseln. Dann ging er zu einem kleinen Schülerpult und kritzelte etwas in ein rotes Ringbuch. Er nahm sechs Dollar im voraus für das Zimmer.

»Der Junge hier bringt Sie nach oben. Morgen früh wird Ihnen Frühstück serviert, Mann.«

Der Junge zeigte auf eine finstere Treppe. Dann ging er Macdonald voraus, mit einer Kerze auf einem Suppenteller.

Der Junge sprach flüsternd mit Peter, während sie die Treppe hinaufstiegen. Die kleine Kerze ließ das Innere des Hotels nur nach und nach erkennen, wie in einem Kriminalfilm.

»Morgen fahren Sie mit mir im Boot von meinem Vater zum Fischen, Mann. Wir fangen Barsche. Und jede Menge große Seebarben.«

Peter mußte plötzlich lachen, als sie oben auf der Treppe angekommen waren. »Tut mir leid.« Er wandte sich dem Jungen zu. »Ich lach' dich nicht aus. Es ist nur so, daß ich morgen nicht zum Fischen fahren kann.«

»Jammerschade, Mann. Da entgeht Ihnen was Tolles.«

Peter und der schwarze Junge bogen auf einen abfallenden, schiefen Flur mit ungestrichenen Türen auf beiden Seiten eines langen, lumpigen Läufers ein. Am Ende des Flurs brannte eine trübe Lampe. Unter der Lampe stand ein schwarzes Telefon auf dem Boden. Plötzlich begriff Peter, daß das ein Hotel nur für Schwarze war. Willkommen.

In seinem Zimmer versteckte er seine Brieftasche zwischen den rostigen Rohren des Waschbeckens. Er schlug sich an den Rohren heftig den Kopf an und kam sich auf merkwürdige, groteske Weise aufgeheitert vor. Einen Augenblick lang vergaß er sogar den großen Blonden. Den Schlächter.

Dann setzte er sich auf das Bett, den Kopf so gestützt, daß er die Tür im Auge hatte. Mit dem Colt über seinen Boxershorts. Lauschte den Reggaerhythmen draußen auf den Straßen; hörte die Schweine, die auf dem Hinterhof des Hotels nach Futter suchten.

Ehe er schlafen konnte, überkam ihn der Drang, auf den modrigen Flur hinauszugehen. Er hob das schwarze Telefon auf und verlangte Nummer 107. Er erreichte eine Telefonistin mit einer hübschen, fröhlichen Stimme. Ein Nachtvogel. Dann eine erschöpfte Frau, deren Stimme sehr weit weg zu sein schien. Dann Jane.

»Hi, Laurel.« Peters Miene hellte sich zu einem schläfrigen Lächeln auf. »Hier ist Oliver Hardy. Ich glaub', ich verlier den Verstand, Babe . . .«

23. Kapitel

Unsere Strategie für Brooks Campbell war einfach: Wir versuchten, ihm zu viele Möglichkeiten offenzulassen und ihn dadurch unter Entscheidungsdruck zu bringen. Harold Hill war ein ganz anderes Problem. Ihm sind wir direkt an die Eier gegangen.

Das Rose-Tagebuch

Fairfax Station, Virginia

Um 2.30 Uhr morgens stapften zwei Polizisten aus Virginia, James Walsh und Dominick Niccolo, über den taufeuchten

Rasen hinter einem großen weißen Haus in der tiefsten Provinz.

Ein Nachbar hatte gemeldet, in dem Haus tue sich etwas Seltsames. Es habe nach Hilfeschreien geklungen.

Auf der Rückseite des Hauses stellten die Polizisten fest, daß die Küchentür nicht abgeschlossen war. Nicht ganz unüblich in der ländlichen Gemeinde von Fairfax Station. Aber auch nicht gerade üblich.

In der Küche begrüßte sie das laute Ticken einer elektrischen Uhr. Das Summen eines Kühlschranks. Die unauffälligen Geräusche in einem leeren oder schlafenden Haus.

Die Küche war mit einer orangefarbenen Lampe über dem Spülbecken beleuchtet. Auf dem Küchentisch standen mehrere Kaffeetassen und eine halbvolle Schachtel Doughnuts. Die Reste von einem halben Dutzend Sandwiches.

Dom Niccolo schaltete das Flurlicht ein und rief mit einer hohen Tenorstimme: »Hallo. Ist jemand zu Hause? Hier ist die Staatspolizei von Virginia.«

Keine Antwort.

Die beiden Männer gingen weiter durch das dunkle Haus, schalteten Lampen an. Riefen: »Ist jemand zu Hause?«

Eine Stehlampe im Wohnzimmer war schon eingeschaltet. Als sie den behaglich möblierten Raum betraten, erschreckte sie das laute Knacken der Eismaschine im Kühlschrank.

»Verdammtes Scheißding.« James Walsh knirschte mit den Zähnen.

Die Polizisten hörten ein weiteres Geräusch. Ein junger schwarzer Retriever kam die Treppe heruntergerannt, wedelte mit dem Schwanz und sprang die beiden Männer an, leckte ihnen das Gesicht.

»Das Hündchen hat mir auch eine Scheißangst eingejagt.« Walsh grinste.

»Herrgottsakrament, Jimmy.« Dom Niccolo ging in die Knie, um sich den Hund aus der Nähe anzusehen. »Das Fell ist auf der einen Seite ja ganz blutig. Schau dir das an, Jimmy.«

Beide Männer zogen ihre Waffen.

»Hier ist die Staatspolizei von Virginia!« rief Niccolo am Fuß der Treppe.

»Wir sollten besser Verstärkung anfordern«, flüsterte Walsh.

Niccolo winkte ihm, er solle den Mund halten. »Komm mit.«

Dom Niccolo, dann James Walsh gingen die mit Flokatiteppichen belegte Treppe hinauf. Beide Männer richteten ihre Waffen auf den dunklen Flur oben.

Oben an der Treppe fanden sie eine Frau.

Carole Hill war barfuß, trug eine geblümte Bluse und weiße Laufshorts. Auf ihrem Gesicht und ihrer Brust war verkrustetes Blut. Auf dem Teppich neben ihr war eine Blutlache.

Zwei Zimmer weiter den Flur entlang fand James Walsh einen Teenager.

Mark Hill war in seinem Kleiderschrank. Der Junge war geknebelt und mit einem Telefonkabel gefesselt. Aber wenigstens war er am Leben.

Im Elternschlafzimmer rief Dominick Niccolo die Polizeikaserne in Alexandria an. »Das Haus ist in der Shad Stream Road«, sprach er in ein rosa Telefon. »Gehört Mr. und Mrs. Harold Hill. Der Ehemann scheint nicht zu Hause zu sein ... Johnny, du wirst's nicht glauben, aber im Herz der armen Frau steckt eine einen Meter lange Machete. Jimmy Walsh ist hier oben und kotzt den Flur voll. Beeilt euch, ja? ...«

Die Machetemorde waren nach Amerika gekommen. Fast bis nach Langley. Nur zweiundzwanzig Kilometer vom Weißen Haus entfernt.

Die Warnung hätte nicht deutlicher sein können.

9. Mai 1979, Mittwoch
Jagd auf einen großen Blonden

24. Kapitel

Aus dem Rose-Tagebuch

Im Dezember 1978 hatte ich unserem letzten wichtigen Akteur erst ein Telegramm geschickt, dann mit ihm telefoniert – mit einem teuren englischen Schützen namens Clive Lawson. Damals kaufte und verkaufte Lawson in North Miami Beach in Florida Kokain und harte Pornographie.

Als wir uns schließlich am Telefon unterhielten, sagte ich Lawson, Señor Miguel Alvarez aus Caracas (Pietra Forte) und Anthony Patriarca aus Miami (Cosa Nostra) seien meine Geldgeber; ich sei interessiert daran, eine große Menge von 16-Millimeter-Filmen zu kaufen, von denen ich gehört hätte, er habe sie oder könne sie besorgen.

»Haben Sie irgendwas, was ältere Herren anregen könnte?« fragte ich ihn am Telefon. »Einen größeren privaten Kreis älterer Herren?«

Lawson sagte, vielleicht habe er etwas in der Art. Er wisse es nicht genau. Er mache keine Geschäfte am Telefon.

Am fünfzehnten Dezember trafen wir uns in der geradezu unglaublichen Poodle Bar im Hotel Fontainebleau.

Zu unserem Treffen erschien der englische Killer in einem zerknitterten weißen Hemd. In einem knalligen karierten Sportjackett. Mit dicken Brillengläsern in einem schwarzen Gestell, das so bieder wirkte, daß ich es kaum fassen konnte ... Denn Sie müssen wissen, daß Clive Lawson ein außergewöhnlich attraktiver Mann war. Aus der Entfernung ein bißchen wie Michael Caine. Damian sehr ähnlich.

Er bestellte Tanqueray mit Zitrone, und ich trank irgend etwas Schickes wie Campari. Wir spielten eine Zeitlang beide unsere Rollen, dann teilte ich ihm schlicht und einfach mit, ich sei Carrie Rose.

Nach diesem Eingeständnis sprachen wir über den Kongo und über Südostasien – Orte, an den wir beide gearbeitet und vage voneinander gehört hatten. Wir sprachen darüber, wie Clive durch die Pietra Forte – die sogenannte lateinamerikanische Connection – in das Pornographiegeschäft hineingeraten war. Wir sprachen über Damian und mich.

Dann, so sachlich und doch so vage wie möglich, erklärte ich dem englischen Killer die Sache mit San Dominica.

»Als weitere Einführung«, sagte ich nach meinem Eröffnungszug, »muß ich Ihnen sagen, daß wir niemandem Einblick in das Gesamtbild gewähren dürfen. Zum Beispiel, wer die Auftraggeber sind. Das ist die Regel Nummer eins ... Andererseits haben wir sehr großzügige Honorare für Arbeit am Rand zu bieten, die nicht allzu schwierig sein dürfte.«

Die grünen Augen hinter Lawsons schwarz gerahmten Brillengläsern funkelten wie Smaragde. Er hatte eine entspannte, selbstbewußte Art, die mir allmählich gefiel. »Diese Art Arbeit ist mir am liebsten«, sagte er. »Sprechen Sie weiter.«

»Eine Woche lang im Mai«, fuhr ich fort, »besteht Ihre Aufgabe darin, die Polizei von San Dominica auf eine Schnitzeljagd über die ganze Insel zu schicken. Das ist der Punkt, wo Ihre Zeit im Kongo bestens in unser Konzept paßt. Außerdem verdienen Sie damit Ihr Geld.«

Lawson zog leicht die Augenbrauen hoch. »Soll ich auf Menschen schießen? Oder wird auf mich geschossen werden?«

»Wenn Sie leichtsinnig sind, wird auf Sie geschossen werden, da bin ich mir sicher. Es gelten die üblichen Grundregeln, Clive. Sie müssen mindestens zwei Opfer abschießen. Vermutlich militärische Ziele. Arschlöcher aus den niederen Rängen.«

Der große Blonde lächelte. Er verstand bestens. Jedenfalls glaubte er das: Er war als Tarnung für unsere Flucht gedacht.

»Wieviel?« fragte er als nächstes.

»Fünfzigtausend Dollar.«

Lawson fing an zu lachen. »Keine Feilscherei, eh? Ich hab' nicht mal die Chance, mehr von Ihnen zu verlangen. Doch, ich glaube schon ... Wie wär's mit sechzig? Ich geh' davon aus, daß ich selber sehen muß, wie ich von dort wegkomme ...«

»Sechzig sind in Ordnung.«

»Das Geld selbstverständlich im voraus.«

»Selbstverständlich.«

Ich legte es dem englischen Killer auf der Stelle hin. In einem dicken braunen Umschlag auf den Tresen der Bar im Fontainebleau.

Damian und ich hatten soeben einen der teuersten Lockvögel in der Verbrechensgeschichte gekauft. Er spielte eine Schlüsselrolle bei unserem Versuch, ungestraft morden zu können.

Am Morgen des 8. Mai 1979 – Dienstag – ließen wir unseren Lockvogel fliegen. Wir brachten Clive Lawson dazu, einen Mord zu begehen, während er Damians Rolle spielte.

25. Kapitel

Hinter jeder erfolgreichen Frau steckt ein dicker Pimmel.

DAS ROSE-TAGEBUCH

9. Mai 1979; Coastown, San Dominica

Mittwoch morgen. Der neunte Tag der Machete

Harold Hill hatte in der Nacht zum neunten Mai nicht gut geschlafen.

Um halb sechs Uhr morgens rief er Brooks Campbell zu Hause in Coastown an. Ein weiterer bizarrer Anruf für den armen Campbell.

»Wir müssen diesen Macdonald fassen«, brach es ohne jede Begrüßung aus Hill heraus – als hätten er und Campbell dieses Gespräch die ganze Nacht lang geführt. »Nach allem, was wir jetzt wissen, könnten wir Damian Rose bereits hinter Schloß und Riegel haben. Wir können ihn bloß alleine nicht identifizieren.«

Brooks Campbell versuchte, schnell wach zu werden. Hill sagte etwas, was wichtig klang. Hill sagte etwas ...

»Wir, äh ... wir brauchen jemanden, der weiß, wie Rose aussieht«, brachte Campbell schließlich heraus.

»Genau«, sagte Harold Hill. »Konzentrieren wir uns heute also soweit wie möglich auf Macdonald.«

Um acht Uhr morgens änderte sich etwas an den Prioritäten. Um acht erreichte Hill ein Anruf aus Langley mit der Nachricht über seine Frau.

Langley begriff jedoch nichts. Der Mord an Carole Hill ergab keinen Sinn.

Harry the Hack begriff. Entweder erwischte er Damian Rose, oder Damian Rose erwischte ihn.

Port Gerry, San Dominica

An jenem Morgen wachte Peter auf, als die grelle Karibiksonne durch zwei Fenster hereindrang, sich in dem über das Waschbecken genagelten Spiegel brach.

Ein Specht stand auf einem der Fenstersimse, hackte auf Holzsplitter ein ... Der samtige Kopf beäugte den Mann mit dem schläfrigen Gesicht kalt, nieste, setze dann seine lärmende Holzhackerei fort.

»Hey. Sei ein bißchen freundlicher oder hau ab«, sagte Peter zu dem Vogel. Er fühlte sich besser – okay, immerhin menschlich. Etwas an dem Hotelzimmer, vermutlich der Sonnenschein und das nahe Wasser, erinnerte ihn an das Haus seiner Eltern am Lake Michigan.

Bei Tageslicht war das Hotel gleichermaßen angenehm wie auf angenehme Weise grotesk. An drei der vier Wände klebten schäbige Tapeten, deren Muster nicht zusammenpaßten, aber er konnte auch einen Streifen tiefblaues Meer sehen, ohne das Bett zu verlassen.

»Gott, wirf mir einen Krümel zu«, flüsterte Peter durch das offene Fenster.

Während er mit untergeschlagenen Beinen auf den zerwühlten grauen Laken saß, arbeitete der ehemalige West-Point-Kadett in ihm auf der Rückseite einer Postkarte, die er im Nachttisch gefunden hatte, einen Schlachtplan aus.

Rockefeller-Domizil (Caneel Bay)
Flug nach Martinique? St. Thomas?
New York City ... Transfer nach Washington
Senator Pflanzer. Außenministerium? Washington Post?
Janie ausfliegen
Fish'n Fool

Die große Flucht – jedenfalls eine ganz gut geplante Flucht.

Es klopfte laut an der Hotelzimmertür, und Peters Magen sackte dramatisch nach unten wie in einen Aufzugschacht. Er griff nach dem .44er Colt unter den Bettlaken.

Ein hübsches braunes Mädchen mit einem vollen Frühstückstablett warf einen Blick in das Zimmer. »Frühstück, Sir.«

»O Mann«, ächzte Peter. »Ich bin doch eben erst aufgewacht.«

Er versuchte zu lächeln. »Schon okay. Kommen Sie rein.«

Die junge Frau hatte weißen Toast ohne Kruste gebracht. Genug Marmelade und Guavengelee für mehrere Brotlaibe. Dampfenden Kaffee in einer Kinderthermoskanne, auf der Schweinchen und ein heimtückisch grinsender Wolf abgebildet waren.

Peter konnte die Brustwarzen der jungen Frau sehen, als sie das Frühstück abstellte. Hübsche, schaukelnde Brüste. Hübsche braune Beine. Ein niedlicher, mädchenhafter Hintern.

Die schmalen braunen Hände der jungen Frau glitten flink über das Plastikgeschirr.

Während er ihr bei der Arbeit zuschaute, wurde Peter bewußt, daß er seit anderthalb Tagen mit niemandem mehr richtig gesprochen hatte – jedenfalls nicht von Angesicht zu Angesicht. *Hallo*, hörte er mehrmals in seinem Kopf. *Ich fühle mich im Augenblick ein bißchen durchgedreht. Setzen Sie sich. Trinken Sie einen Schluck von Ihrem guten Kaffee mit mir ...*

Peter sagte jedoch nichts. Er sah der jungen Frau nach, als sie hinausging. Wirklich ein bezaubernder kleiner Hintern, ein herzzerreißendes Lächeln – ein Motiv für ein Reiseplakat.

»Ihr Frühstück wird kalt.« Sie lächelte an der Tür. Dann ging sie. Peter kaute den Toast und beobachtete den Specht. Er fühlte sich mit einem Mal sehr lüstern und sehr lebendig.

Und dadurch bekam er ein bißchen mehr Angst.

Kurz nach elf zog er ein gebraucht gekauftes Arbeitshemd aus Musselin an, braune Chinos, setzte einen blauen Schlapphut auf. Eine Tarnung als Arbeiter, von der hoffte, daß sie ihm ein letztes Mal helfen würde.

Um Viertel nach elf verließ er das winzige Hotel – das Welcome. Unterwegs auf der Suche nach einem Boot namens *Fish'n Fool.*

Peter wußte, daß das Boot regelmäßig Gäste zum teuren Rockefeller-Feriendomizil in Caneel Bay brachte und dort wieder abholte. Von Caneel Bay aus konnte er ein Propellerflugzeug nach einer anderen Insel mit sicheren Flugverbindungen nach New York und Washington nehmen. Sobald er in Washington war – gut, dann war er wenigstens nicht mehr auf San Dominica. Irgend jemand in Washington würde ihn und Jane anhören. Zum Beispiel hatte sein Vater dort einen alten Freund – Senator Pflanzer. Peter kannte seinerseits einen General der Army im Pentagon ...

Es würde gespenstisch werden, wenn die Geschichte in Amerika ruchbar wurde, dachte Peter jetzt. Es würde sogar verheerend werden.

Wer auch immer den blonden Söldner an der Turtle Bay angeheuert haben mochte, mußte sich auf eine Riesenüberraschung gefaßt machen.

Gegen 12.15 Uhr schwebte Peter in einem Adrenalinrausch dahin.

Es kam dem Gefühl nahe, das er bei Nachmittagspatrouillen in Asien immer empfunden hatte. Im Niemandsland Vietnam. Wo er neue Methoden erfunden hatte, den Scheißdreck abzublocken, so weit es nur ging, sich treiben zu lassen. Mit dem Strom zu schwimmen.

Er sah die Welt etwas grobkörnig, konzentrierte sich angestrengt auf einen attraktiven Schwarzen, der auf dem Heck der *Fish'n Fool* Zigarettenkippen auflas. Der Mann trug ein knallrosa T-Shirt, sehr kurze Shorts, eng anliegende Korallenarmbänder und eine Halskette. Er sah nicht so aus, als ob er Ärger machen würde, aber Peter wappnete sich trotzdem innerlich.

»*Parlez-vous français*?« Er grinste Peter an, bleckte Zähne wie Klaviertasten. »Nein. Sie sind Amerikaner, stimmt's?«

»Aus New York City, West Sixtythird Street.« Peter log so mechanisch, schauspielerte so gut, daß es ihm ein bißchen Angst machte. »Wir legen gegen halb eins ab?«

»Punkt halb eins.« Der junge Schwarze behielt das Lächeln bei wie eine saubere Bügelfalte. »Höchstens fünf Minuten oder eine halbe Stunde später, falls sich ein paar meiner *turista*-Freunde verlaufen sollten ... John Sampson aus Norfolk, Virginia.« Der Mann streckte die Hand aus. Sein Lächeln wurde breiter. »Zu Ihren Diensten, New York.«

Schließlich erwiderte Peter das Lächeln des Mannes. Ein Pseudoschwuler! Herrje. Er zog sich den Schlapphut tiefer ins Gesicht und ging hinauf auf das Hauptdeck.

Das Achterdeck der *Fish'n Fool* strotzte vor poliertem Messing und prächtigem Mahagoni. Es war vollgepackt mit bronzefarbenen Göttern und Göttinnen. Mit Designer-T-Shirts und Jeans aus Paris, schweinemäßig teuren Sonnenbrillen; dem Geruch nach Sonnenschutzmitteln, Kampfer, in der Hitze schmorendem Fleisch.

»Hi.« Langes schwarzes Haar, Jet-set-Bräune. Ein roter Bikini mit Spaghettiträgern.

»Wie geht's?« Peter lächelte. Fühlte sich wie ein Schiffskaplan.

»Hallo!« Krauses, kurzes blondes Haar. Verspiegelte Sonnenbrille. Ein Mann.

»Hallo.«

Peter gab sich schüchtern und so, als wäre er auf anrührende Weise nicht ganz auf der Höhe der Zeit. Er bahnte sich den Weg zu einer gepolsterten Bank, halb in der Sonne, halb im Schatten. Sein Haar machte ihn etwas befangen – für seine Verhältnisse war es zottig; und außerdem war ihm die unausweichliche Tatsache peinlich, daß er nach den Tagen auf der Straße stank.

Er legte die Füße in den Tennisschuhen auf die Messingreling. Zog sich den Schlapphut über die Augen. Lauschte dem schnellen Schlag seines guten, starken Herzens.

Morgen wird so irreal sein, dachte er. Washington. Im Grunde habe ich keine Ahnung, wo wir anfangen sollten.

Dann, ganz langsam, trieb Peter fort von allem. An einen hübschen Ort im Halbschlaf, ohne Waffen, ohne Macheten, ohne aalglatte blonde Killer. Nur Janie. Ruhe. Flucht.

Inzwischen war der Schwarze, John Sampson aus Norfolk, Virginia, oben am Strand und telefonierte.

Um 13.15 Uhr war der Himmel eine flammende Feuersbrunst. Flammenwerfer. Eine ganze südvietnamesische Stadt, die abbrannte.

Peter hatte den Hut noch immer über das Gesicht gezogen, aber seine Augen standen weit offen. Er versuchte, durch das lose Sommergeflecht etwas zu sehen.

Einen langen Augenblick lang war es fast, als wäre er in einem großen, gerammelt vollen amerikanischen Sportstadion. Um ihn herum hallte das Gemurmel einer Menge wider. Als säße er während einer kurzen Pause in einem dramatischen Spiel der World Series auf der Tribüne. Im Tiger

Stadium. Mickey Lolich am Wurfmal. Alles war da, bis auf die Hot-Dog-Verkäufer …

»Mr. Macdonald.«

Die Menge murmelte.

»Guten Tag, Peter.«

Die Menge murmelte wieder.

Klamm und mit trockener Zunge, mit einem ekelhaften säuerlichem Geschmack im Mund, schob Peter den Hut zurück. Er war nicht richtig vorbereitet auf das, was er im blendenden Sonnenschein sah. Er konnte kaum seinen Augen trauen.

Eine Menge, überwiegend aus Schwarzen, wurde von einheimischen Soldaten auf dem Dock zurückgehalten. Fünfzig Menschen, vielleicht hundert, verrenkten sich die Hälse, um die *Fish'n Fool* zu beobachten. Polizisten mit altmodischen Gewehren in den Händen rannten im Gänsemarsch auf die Jacht.

Macdonald versuchte, sich auf John Sampson aus Norfolk, Virginia zu konzentrieren. Dann auf den Polizeichef der Insel.

Auf einen grauhaarigen Amerikaner, den er nicht kannte. Schließlich auf Brooks Campbell. Weißer Leinenanzug. Eine Sonnenbrille mit Hornfassung, die zu groß für ihn war. Gutaussehend wie immer …

Plötzlich war Peter sehr müde, unglaublich erschöpft. In seinem Kopf verschwamm alles; sein Herz schlug so heftig und schnell, daß er eine Scheißangst bekam.

»Guten Tag«, wiederholte Campbell.

»Sie müssen mitkommen«, sagte der schwarze Polizeichef. »Kein Grund zur Sorge.«

Das war eine Pointe à la Bob Hope, die einen Lacher verdient gehabt hätte, dachte Peter. Statt dessen blinzelte er die vier Männer nur an. Sein Verstand drehte sich wie die Scheiben in einem Spielautomaten ... Blonder Engländer. Oberst Dred, Cosa Nostra. Keine Chance auf Washington, Senator Pflanzer ...

»Ich helfe Ihnen hoch, Macdonald.«

Schmuddelig, stoppelbärtig stand er mit eigener Kraft auf.

All die Jet-setter auf dem Deck standen jetzt herum und schauten zu. Flüsterten sich ins Ohr, sie hätten ja gleich gedacht, er sehe seltsam aus, als er an Bord kam.

Touristen zielten mit Nobelkameras auf Peters Gesicht. Blöde, grinsende Mistkerle. Grinsende Soldaten mit stumpfschwarzen Gewehren – Gewehrattrappen, die aussahen, als wären sie aus Seife geschnitzt worden.

Campbell und der zweite Amerikaner gingen neben ihm her. Der Marsch sah sehr offiziell aus. Sie führten ihn durch den Tunnel aus Katastrophengaffern. Der zweite Mann versuchte sich vorzustellen, sagte etwas über Hill und wollte Peter die Hand schütteln.

Dann, inmitten der aufgeregten Menge, inmitten des Ganzen, riß der Polizeichef Peter plötzlich herum. Der schwitzende, stämmige Schwarze schaute ihm direkt ins Gesicht, sah gequält und mitfühlend und selbst ein bißchen verrückt aus.

»Auf unserer Insel tun sich immer noch merkwürdige, unerklärliche Dinge«, sagte Meral Johnson zu Peter. Der Mann schien aus Verwirrung eine Pause zu machen, dann liefen ihm Tränen über die wulstigen Wangen.

»Jane Cooke ist heute morgen ermordet worden«, flüsterte er Peter zu. »Mein tiefempfundenes Beileid, Mister.«

Mandeville, San Dominica

Viertel vor zehn an jenem Morgen hatten zwei kurzhaarige Männer in konservativen grauen Anzügen Jane – in einem Rollstuhl – durch einen Hinterausgang des Mandeville Hospital gebracht.

Während der Rollstuhl einen blumengesäumten Weg entlangsurrte, an dem überall Königspalmen und Bleiwurzbüsche standen, fing die hübsche blonde junge Frau wieder an zu lächeln. Ihr kam es vor, als lache sie zum ersten Mal seit Jahren wieder.

»Erinnert mich ein bißchen an Bermuda«, sagte einer der Männer.

»Erinnert mich ein bißchen an *Ironside*«, murmelte Jane. Den Fernsehdetektiv im Rollstuhl. Ein kleiner Scherz.

Der Mann, der ihren Rollstuhl schob, lachte durch die Nase. Er hieß James McGuire, neunundfünfzig, war ein dikker, gutmütiger Geselle, der Jane an einen Nikolaus ohne weißen Bart erinnerte.

Der zweite Mann, James Dowd, war erst einunddreißig. James Dowd war ruhiger als McGuire, aber sehr nett. Auf eine altmodische, sehr irische Weise.

Als der Rollstuhl vom Mandeville Hospital aus nicht mehr zu sehen war, tief im üppigen grünen Busch, hörte James McGuire zu schieben auf.

»Okay, Janie.« Der rotgesichtige Mann grinste. »Wenn Sie lieber laufen möchten, hab' ich garantiert nichts dagegen. Sie wollen nicht gefahren werden. Und ich will nicht schieben, da können Sie Gift drauf nehmen.«

Als die drei Amerikaner zu Fuß weitergingen, sahen sie immer mehr bunte Vögel, Eidechsen, Baumfrösche, Einsiedlerkrebse. Ein hartnäckiger kleiner Mungo hielt im Gras Ausschau nach einer Schlange.

Dann endete der sich schlängelnde Pfad unvermittelt auf einer flachen, luftigen Wiese.

Jane und sogar die beiden FBI-Leute hielten vor Entzücken und Staunen die Luft an. Jenseits der Wiese war nichts außer glitzerndem, königsblauen Meer.

»Wissen Sie, ich glaube nicht, daß ich an einem so wunderschönen Ort wie diesem je etwas anderes als glücklich sein könnte.« Schließlich beteiligte sich James Dowd doch noch an dem Geplauder. »Ich weiß, das ist nicht ganz logisch.«

»Deshalb kommt man ja nie wieder los von diesem Ort.« Jane lächelte den schüchternen, sympathischen Mann an. »Sie schmeißen Ihren Job hin, und ... James!«

Ohne ein Geräusch der Vorwarnung kamen plötzlich drei Männer hinter dichtem Gestrüpp und Felsen hervor. Sie trugen grüne Windjacken und bis zum Hals zugeknöpfte Sporthemden.

»Keine Bewegung!« schrie einer von ihnen.

Gleichzeitig begann ein weiterer Mann, mit einer Uzi-Maschinenpistole zu feuern. Ein großer blonder Mann.

Dowd und McGuire fielen beide rückwärts in das hohe Gras.

Dann stürzten sich zwei der Männer auf Jane. Einer hielt ihre um sich schlagenden Arme fest; der zweite drückte ihr ein nasses Taschentuch auf die Nase, den Mund, auf Strähnen ihres langen, lockigen Haars.

Jane begriff, daß jetzt alles wieder von vorn anfing, hatte das Gefühl, sie stehe am Rand des Wahnsinns, und stieß verblüffend laute Schreie aus, die sie selbst nicht für möglich gehalten hätte.

Sie drückten ihr das tropfnasse Tuch über das ganze Gesicht, und sie versuchte, in die Hand zu beißen, die das Tuch hielt. Sie stießen ihren Kopf heftig zu Boden. Schließlich brach ihr Arm unter dem schweren Bein eines Mannes.

Dann gab es nur noch das erstickende weiße Tuch. Den ätzenden, beißenden Geruch. Als versuchte man, in einer Tube Klebstoff zu atmen.

Schließlich begann sie aufzugeben. Blauer Himmel, Sonne, zornige und verängstigte Gesichter blitzten vor ihr auf. Der blonde Engländer. Hier ... Sie dachte an Peter. Fing an zu weinen. Fühlte sich unter den Armen, Beinen, Bäuchen der Männer hilflos wie ein Kind ...

Dann biß Jane heftig in den häßlichen, knolligen Daumen eines Mannes.

»Wehr dich nicht, Herrgottsakrament noch mal«, brüllte einer der Männer sie an.

»Allmächtiger! Sie beißt mich in meine Scheißhand!« schrie der zweite Mann.

Leute aus dem Krankenhaus – Ärzte in weißen Kitteln, Schwestern – tauchten schließlich am Rand der Wiese auf.

Und in diesem Augenblick ging Clive Lawson in die Hocke und schoß der sich wehrenden jungen Frau in die rechte Schläfe.

Jane glaubte, es sei der große Blonde, der sich über sie beugte. Er sah nicht ganz so gut aus, wie sie gedacht hatte ...

Sie wollte Peter nur noch einmal in den Armen halten. Dann wirkte alles so dumm und scheußlich ... Dann war da überhaupt nichts mehr.

10. Mai 1979, Donnerstag

Ringfahndung läuft

Tausende überprüft

26. Kapitel

Die Rolle, die ich vom sechsten bis zum neunten Mai in Washington und in Europa spielen sollte, war im Grunde gar keine Rolle. Sie entsprach genau dem, was ich werden wollte ... Ich saß im Gralyn Hotel. Beobachtete einen Collegestudenten, wie er davor ein Sandwich aß. Dachte daran, daß Porte-Smithe fast vollkommen ist. Dachte an den Einzelgänger in Coastown. An Nickie Handy. Damian ... Bizarre Gedanken. Zum Beispiel daran, ob ich in einem Jahr von diesem Augenblick an noch am Leben sein werde ... Werde ich es sein?

DAS ROSE-TAGEBUCH

10. Mai 1979; Washington, D. C.

Donnerstag morgen. Der zehnte Tag der Machete

Um zehn Uhr morgens nach der Zeit auf San Dominica, neun Uhr morgens in Washington, saß Mrs. Susan Chaplin im bezaubernden Gartencafé des Hotels Gralyn in der N Street.

Mrs. Chaplin trug eine cremefarbene Bluse mit passendem Schal, einen marineblauen Rock, blau-weiße Schuhe und eine große, in ihr Haar zurückgeschobene Sonnenbrille.

Sie spielte mit warmen Backpulverkeksen, geräuchertem Schellfisch mit Sahne und einer Prostituierten aus London mit dem Künstlernamen Betsy Port-Smithe.

Mrs. Susan Chaplin war der Künstlername von Carrie Rose.

»Was ich im Sinn habe« erklärte Carrie, während sie einen Washingtoner Hippie dabei beobachtete, wie er auf der anderen Seite der wunderschön gestutzten Hecken ein viel zu dick belegtes Sandwich vertilgte, »ist ein bißchen, äh, ungewöhnlich ...«

»Ungewöhnlich?« Porte-Smith zuckte die Achseln. »Schön, warten wir's ab. Ich bin zu jung und zu gut, als daß ich mich vermöbeln lasse. Das heißt, für kein Geld der Welt, Mrs. Chaplin. Was ist denn ungewöhnlich?« Die große, rotblonde Frau fing an zu lachen. »Wollen Sie, daß ich bei einer Wohltätigkeitsgala aus einer Charlotte russe heraushüpfe?«

Carrie Rose fing auch an zu lachen.

Als Port-Smithe loskicherte, warfen etliche andere Gäste des Gartencafés verstohlene Blicke auf die beiden Frauen, hinter denen sich schlichte grüne Sonnenschirme und die Ausläufer von Georgetown abzeichneten. Beide sahen ganz danach aus, als gehörten sie zur teuren früheren Botschaftsklientel im Gralyn. Vom Anblick her hätten die beiden Frauen sogar Schwestern sein können. Die Ähnlichkeit war verblüffend.

Ein aufmerksamer Kellner räumte ihre Frühstücksteller ab (Fisch, Getreideflocken, Porridge). Er stellte dicke Trauben und glänzende Birnen in die Mitte des Tisches.

»Irgendwann in der nächsten Woche«, fuhr Carrie (Mrs. Chaplin) fort, als das Gelächter sich gelegt hatte, »trifft Damian, mein Mann, hier in Washington ein. Er kommt direkt von einer Reihe lästiger, hektischer, brutaler Geschäftsbesprechungen in der Karibik ... Damian verkauft Mode. Teure Damenmode.

Wie auch immer, aus persönlichen Gründen kann ich mich nicht hier mit ihm treffen. Jedenfalls kann ich nicht die ganze Woche lang auf ihn warten ...«

Port-Smithe wollte sich eben eine dicke Weintraube in den Schmollmund stecken. »Und? ...«

»Ich möchte, daß Sie sich an meiner Stelle mit Damian treffen ... Ich möchte, daß Sie sich im St. James mit ihm treffen und eine Nacht mit ihm verbringen, falls ich nicht da bin. Das ist alles.«

»Wissen Sie, was ich dafür berechnen könnte?« fragte Betsy Port-Smithe. »Für eine Woche Warterei?«

»Ich weiß es nicht. Aber ich zahle Ihnen zweihundert pro Tag. Außerdem Ihr Zimmer im St. James. Außerdem das Essen ... Sie sind zu nichts verpflichtet, bis Damian kommt. Wenn Sie Lust dazu haben, dürfen Sie sogar arbeiten, Betsy. Ich meine, mir ist klar, daß Sie sehr gut sind, Betsy. Das hat mich ja auf die Idee gebracht.«

Das Callgirl aus London lächelte. Sie glaubte, jetzt habe sie begriffen ... Diese zimperliche amerikanische Ehefrau wollte auf eine Art von Menage à trois hinaus. Ihr fehlte nur der Mut, das auszusprechen ... Na, schön und gut.

»Auf Damian.« Port-Smithe hob eine Tasse Kaffee mit Cognac.

»Auf Damian.« Carrie Rose lächelte gelassen. Allmählich hatte sie ein gutes Gefühl, was die Entwicklung der Dinge auf ihrer Seite der Partnerschaft anlangte.

Heute nachmittag mußte sie vom Flughafen Dulles International abfliegen.

Nach Zürich.

Zu Geld, Macht, zu den wunderbaren kleinen Heinzelmännchen, die dafür sorgen, daß sich die Welt so schnell und heftig dreht.

Carrie war bestens bewußt, daß ihr jetzt nur noch ein Tag Zeit blieb. Schätzungsweise dreißig Stunden, um mehrere selbsternannte Genies zu übertölpeln, allesamt männlich.

Coastown, San Dominica

Sie hatten Peter Macdonald sorgfältig in einer teuren Suite im luxuriösen Golf-und-Racquet-Club von Coastown versteckt.

Mindestens fünf CIA-Agenten – Spitzenleute in der Karibik-Sektion – aßen und schliefen bei ihm in der Suite aus sieben Zimmern, lasen *Penthouse* und Romane von Alistair MacLean.

Am ersten Tag waren insgesamt acht Agenten da. Dreimal so viele fuhren die ganze Nacht lang in Golfwägelchen mit rosa Baldachinen den gepflegten Rasen ab. Es war eine anerkannte Tatsache, daß eine Armee benötigt wurde, um Macdonald lebendig hier herauszubringen.

Peter saß bis zur Brust in einer dampfenden Wanne aus rosa Marmor in einem der drei Badezimmer der Suite. Er hatte ein seltsames Gefühl im Kopf. ... Am Mittwoch nachmittag hatte er tatsächlich gespürt, wie sein Verstand einen Knacks bekam.

Der schwarze Polizist, der neben der *Fish'n Fool* stand, ihn an beiden Schultern packte und laut flüsterte: »Jane ist heute morgen ermordet worden. Mein tiefempfundenes Beileid, Mister.«

Knack.

Wie ein Knochenbruch, wie ein Sehnenriß. Er hatte noch nie zuvor erlebt, wie zerbrechlich sein Kopf war.

Im Grunde ging es gar nicht darum, daß er ohne Janie nicht existieren konnte. Das konnte er. Hatte es über zwanzig Jahre lang getan, ehe er sie kennengelernt hatte ... Es ging mehr darum, daß er glaubte, er könne ohne sie nie wieder bei vollem Verstand sein ...

Das war ohnehin nie seine besondere Stärke gewesen. Bei vollem Verstand zu sein. Kompetent, zufrieden; nicht so einsam, daß es weh tat; sich nicht Knall auf Fall für West Point zu entscheiden, in der Hoffnung, daß sein Vater ihn dann liebte.

Auf seiner alten Timex war es Viertel nach sechs Uhr morgens. Zehn Tage, seit alles angefangen hatte.

Rote Sonnenstrahlen drangen durch das Jalousienfenster des Badezimmers. Draußen spielte schon jemand Tennis … *bumm* … *bumm* … *bumm* … zweifellos weitere Agenten …

Sie hatten sich ungeheure Mühe gegeben, nett zu sein. Die Polizei von San Dominica. Die CIA. Sie hatten ihn in der letzten Nacht im großen und ganzen in Ruhe gelassen. Ihn nicht mit allzu vielen Fragen belästigt …

Er hatte fast die ganze Nacht allein in einem dunklen Schlafzimmer der Suite gesessen. Auf einem Tablett stand unangerührt ein großes T-Bone-Steak. Spargelspitzen. Ein Becher mit Erdbeerparfait. Er hatte sich gefühlt wie ein kleines Kind, das ganz allein in einem großen Haus zurückgeblieben ist. Hatte bizarre Bilder von seinem ersten Zusammensein mit Janie vor sich gesehen, überscharf und leuchtend wie Farbdias. Eine dreitägige Tour über die Insel, als sie im Grunde noch Fremde gewesen waren. Großartiger, romantischer Schwachsinn, wie er sich nur an einem Urlaubsort abspielen konnte. Sie fehlte ihm so sehr, daß es ihn zum Weinen brachte.

Peter drehte sich in dem heißen Schaumbad um. Das heiße Wasser kam ihm im Rauschen der Klimaanlage irreal vor. Es war, als läge er im Winter bei offenem Fenster unter der Bettdecke … alles so unheimlich, irreal; nichts, wozu er einen Bezug hätte herstellen können.

Sein Verstand war angeknackst. Knack, Sprung, Knall.

Peter war es scheißegal. Einerseits nicht, andererseits doch.

Jetzt wollte er vor allem eines – daran dachte er seit gestern nacht: Rache nehmen. Ausnahmsweise war alles wunderbar einfach. Nur noch ein Ziel. Den blonden Söldner irgendwie zu erwischen. Ihm das Gehirn wegzupusten. Genau wie bei Jane, nur langsamer.

Während er in der Badewanne saß, wurde sich Peter über eine weitere wichtige Tatsache klar. Ihm wurde klar, daß er sich vermutlich keine Sorgen machen mußte, wie er den blonden Engländer finden konnte. Eines Tages würde er aufschauen – und der Blonde würde einfach da sein. Genau wie an der Turtle Bay.

Um neun Uhr morgens saß Damian in einer Kirche in Coastown und musterte den Raum sorgfältig.

Ein kleiner schwarzer Junge kam auf ihn zu, und Damian zog die furchterregendste Grimasse, die ihm einfiel. Der Junge lachte wie ein Irrer. Kirchenbesucher drehten sich um, wollten sich beschweren und lächelten dann.

Inzwischen beschleunigte der englische Lohnkiller die muntere Schnitzeljagd auf ganz San Dominica.

Es gelang ihm außerdem, Damians ausdrucksloses, bis jetzt ziemliches blutleeres Charakterbild auszufüllen. Clive Lawson sorgte dafür, daß Rose das Etikett eines Perversen der Spitzenklasse verpaßt wurde.

Lawson saß auf einer Steinterrasse des baufälligen Hotels Royal Caribbean und musterte ein aufgemotztes kleines Motorboot, das unter dichten Streifenwolken Richtung Coastown tuckerte.

Einen halben Meter von ihm entfernt saß eine nackte, schnurrende Siebzehnjährige in einem wackligen Korbsessel und gab Erleuchtungsschwachsinn à la Castaneda über organische Orgasmen zum Besten. Der Teenager mit den Brüsten einer Erwachsenen hatte graue Strähnen im langen schwarzen Haar. Auch ihr Gesicht war lang, hager und eindrucksvoll.

»Wie ... wie Safran- und Ockerfarben ... die sich hinter

meinen Lidern vermischen«, sagte sie mit einer Flüsterstimme, die der Offenbarung wenigstens Sex verlieh.

Gleichzeitig steckte sie zwei lange Finger tief in sich hinein.

Clive Lawson beobachtete, wie sich die Finger des Mädchens hin und her bewegten, hin und her, wie zwei lange Beine, die durch Strandgras gehen. Sehr langsam masturbierte er mit beiden Händen.

Die junge Frau hieß Stormy Lascher. Die Hälfte ihres Verstands hatte sie durch LSD und Meskalin eingebüßt; die zweite Hälfte war ihr abhanden gekommen, während sie in einem Massagesalon im heruntergekommenen New Yorker Hotel Commodore arbeitete.

Sie stellte fest, daß der blonde Engländer – wenn er auch ein Chauvi und ein alter Lustmolch von dreiunddreißig Jahren war – außerdem über einen interessanten (blaugeäderten, dicken, muskulösen) Steinbockpimmel verfügte. Seine Grundausstattung schnitt im Vergleich mit den dünneren, hübscheren Stoßstangen der meisten Collegeboys am nahen Sunshower Beach sogar ausgesprochen günstig ab.

»Jetzt komm' ich jeden Augenblick«, kreischte die Siebzehnjährige und warf die schmutzigen Füße mit den silbern gelackten Nägeln in die Luft wie eine Ballettänzerin. »Oh, Herrgott noch mal. Herrje.«

Stormy bebte, stöhnte und hielt sich ein langes Röhrchen Amylnitrit an die kleine Knollennase. Als sie das Röhrchen aufbrach, hörte sie den Blonden laut und deutlich sagen: »Ich bin derjenige, der gesucht wird. Der Engländer. Da hast du was für dein Buch der Rekorde, Storm.«

Die langhaarige junge Frau nickte einmal – dann sah sie nur noch knallige, sich vermischende Farben.

Um zehn Uhr morgens war der englische Killer unterwegs nach Coastown, auf dem Weg zu einer weiteren Zielperson.

Um zehn saß Denise »Stormy« Lascher auf der Terrasse von Zimmer 334 und schrie wie die unheilbare Irre, die sie eines Tages werden würde.

Kurz nach elf fielen die Polizei, die Armee und die CIA über das Royal Caribbean her wie Ameisen über ein Lebkuchenhaus. Harold Hill und Brooks Campbell marschierten gemeinsam durch die prunkvolle Halle, Campbell bewaffnet mit einem M-16-Gewehr. Die Polizei legte den gesamten Aufzugverkehr lahm und fing damit an, den uralten, weitläufigen Dinosaurier von einem Hotel vom Keller bis zu den Giebeldächern zu durchsuchen.

Hill, Campbell und Dr. Johnson gingen direkt ins Zimmer 334, wo Denise Lascher festgehalten wurde. Der hysterische Teenager erzählte ihnen, der Mann müsse gegangen sein, bevor die Polizei hereingestürmt sei. Genau wisse sie das nicht Ja, er sei groß. Blond. Wie Michael Caine, sagte sie. Nein, sie könne sich an nichts Bestimmtes erinnern, was er gesagt habe. Nur daß er derjenige, welcher sei ... der Machetekiller, nach dem alle suchten.

Harold Hill wühlte in den Abfallkörben im Schlafzimmer und im Bad der Suite. Der grauhaarige CIA-Direktor fand leere, zerknüllte Dunhill-Zigarettenschachteln, Marihuanakippen, eine leere Schachtel für Remington-Gewehrpatronen, eine Packung Kondome. Müll.

Inzwischen hatte Meral Johnson die Fahndung auf das Auto angesetzt, in dem der große Blonde gesehen worden war. Ein blauer Mustang, Zulassungsnummer 3984-A, laut Hoteleintrag.

Johnson schickte seine Männer und die amerikanischen Inspectors im ganzen Hotel herum, damit sie so viele Gäste und Mitglieder des Personals wie irgend möglich vernahmen. Gleichzeitig ordnete er Straßensperren außerhalb von Carolinsted und allen Dörfern in der Umgebung an.

Dr. Johnson hatte das Gefühl, daß sie den Killer allmählich einkreisten. Der Schwarze hatte jetzt seit zwei Tagen nicht mehr geschlafen; er war besessen davon, den blonden Söldner zu fassen. Besessener davon, glaubte er insgeheim, als alle anderen ...

Nur Johnson begriff, daß der große Blonde San Dominica zerstört hatte.

Vor dem Hotel lehnten Campbell und Harold Hill an einem Zaun aus Treibholz und rauchten beide Kette.

»Ich hab' nicht gewußt, was ich zu dem mit Carole sagen soll.« Campbell warf seine Zigarette in den Sand.

»Mein Beileid. Ich hoffe, Sie wissen, was ich empfinde, Harry.«

»Sie empfinden, daß Sie irgend etwas äußern müssen«, sagte Harold Hill und lächelte grausam. »Sonst empfinden Sie gar nichts, Brooks.«

Campbell ließ den Blick über die tröstliche, schöne Karibik schweifen. »Was ist mit Macdonald?«

»Falls wir Rose fassen, identifiziert ihn Macdonald. Mir ist nicht wohl dabei, das mit Hilfe eines Phantombilds zu tun ... Außerdem bin ich bereit, ihn als Köder für Rose auszulegen. Falls wir so clever sein können, das diskret zu erledigen.«

»Ich glaube, Rose könnte sowieso versuchen, Macdonald abzuknallen. Warum ist er sonst noch hier?«

Harold Hill breitete die Hände aus, mit den Handflächen nach oben. Er wußte es nicht.

Die beiden Männer gingen zurück über die welligen Rasenflächen des Hotels. Als sie sich einem wartenden Puma-Helikopter näherten, begannen Männer in blauen Overalls die Bremsklötze des Hubschraubers zu entfernen.

»Jetzt kommen wir ihm sehr nahe«, sagte Harold Hill, »oder vice versa.«

Um elf fing Peter mit der ersten von vier Tonbandaufnahmen für die über achteinhalb Milliarden Computeraufzeichnungen der CIA an.

Ganze anderthalb Stunden lang sprach er zur Erbauung zweier Vernehmungsbeamter aus Washington, die wirkten wie überaus lässige Akademiker, auf ein Tonbandgerät von Sony. Er berichtete ihnen von seiner Odyssee durch die West Hills, von allem, was er an der Turtle Bay gesehen hatte, von seinen Gefühlen gegenüber der amerikanischen Regierung nach Watergate; nach Kambodscha; nach – naja, Janes Ermordung.

Kurz gesagt, die beiden Vernehmungsbeamten wollten herausbekommen, ob Peter ihnen Ärger machen würde.

Um halb eins fing ein Polizeizeichner mit einem Phantombild von Damian Rose an, aufgrund dessen, woran Peter sich aus dem unglaublichen fünfzehnsekündigen Tableau auf der Küstenstraße erinnern konnte.

Um eins waren die Vernehmungsbeamten im Büro von Alcoa Aluminium und fertigten Farbkopien des Phantombildes an, das eine gewisse Ähnlichkeit mit dem großen Blonden aufwies.

Ebenfalls um eins bat Peter die CIA um eine Waffe zum Selbstschutz, die ihm aber verweigert wurde.

Um zwei brachte ihn eine Agentenschar aus dem Golf-und-Racquet-Club weg. Plötzlich entwickelte sich alles viel zu schnell. Alles war verschwommen und undeutlich.

Sie fuhren mit dem Aufzug zwei Stockwerke tiefer zur Halle. Dann gingen sie schnell durch einen Garten – zu einem grauen Ford mit amerikanischen Fähnchen auf den Kotflügeln. Stießen zwei Autos weiter zurück zu einem blauen Mercury Cougar mit dem glitzerndsten Kühlergrill auf Erden.

Die Türen klickten auf und zu, wie ein gutgeöltes Uhrwerk, dann ruckte der blaue Mercury vom Straßenrand weg. Zog blitzend an Palmen und stattlichen Känguruhbäumen vorbei. Bog mit quietschenden Reifen auf den Orange Boulevard ein, wo sorglose Schwarze auf den Trottoirs Bananen und Papayas verkauften.

Unterwegs zur Church of Angels. Unterwegs, um jede Menge Opfer anzuschauen, darunter auch Jane.

Auf dem Rücksitz – mit verschränkten Armen, mit eingeschränktem Verstand – fragte sich Peter, warum sie beschlossen hatten, am hellichten Tag zur Kirche zu fahren. Einen Moment lang vergaß er den Gedanken. Sah Jane vor sich aufblitzen und verlöschen wie Neonschilder. Sah den Blonden oberhalb der Turtle Bay. Sah sich auf dem leuchtendgrünen Peugeot-Fahrrad.

»Alles in Ordnung mit Ihnen, Peter?«

»Ja. Sicher. Ich war nur in Gedanken . . .«

In der nicht besonders großen katholischen Kirche warteten Harold Hill und Brooks Campbell in der Sakristei. Die beide Männer aus Washington trugen leichte Geschäftsanzüge; sie sahen angemessen respektvoll aus.

Sie besprachen mit einem rundlichen Priester, Pfarrer Kevin Brennan, wichtige logistische Einzelheiten. Sie wollten wissen, wo die Seiten- und Hinterausgänge waren. Wo die Presse Aufnahmen machen konnte, aber nicht im Weg war. Wo sich ein Attentäter – »falls ein Attentäter das im Sinn hätte, Herr Pfarrer« – innerhalb der Kirche verbergen könnte.

Gleichzeitig versammelte sich eine Menschenmenge auf der Straße und begann durch den Vordereingang der Kirche hereinzuströmen. In der Menge befanden sich sowohl Clive Lawson wie Damian Rose.

Als das Regierungsauto die Zufahrt zur Kirche umrundete, konnte Peter den Gedanken nicht unterdrücken, daß die winzige Kathedrale kein schlechter Ort für einen Heckenschützen sei. Eine chaotische Menschenmenge, belebte Straßen, jede Menge Durcheinander wie beim Karneval.

Als er aus der Staatskarosse stieg, hörte er die lauten Rufe der Menge.

»Vereinigte Staaten. Mörder!«

»Vereinigte Staaten. Mörder!«

»Haile Selassie!«

»Haile Selassie!«

Er beobachtete verschwommene schwarze Gesichter, sich verrenkende Hälse mit hervorquellenden Adern, die herausfinden wollten, was auf ihrer Insel vor sich ging.

Es war so gottverflucht gespenstisch. Ganz ähnlich wie Saigon 1973. Es gab Peter das Gefühl, er müsse in ein Megaphon sprechen – erklären, daß die meisten Menschen in den Vereinigten Staaten in Ordnung seien. Sie wollten nicht das ganze Bauxit der Insel – sie wollten niemanden verletzen. Punkt.

Fünf Männer in dunklen Anzügen und gestärkten weißen Hemden begrüßten ihn auf der knarrenden Kirchentreppe. Brooks Campbell. Dr. Johnson. Harold Hill. Der amerikanische Botschafter höchstpersönlich.

Ein junger katholischer Priester nahm Peter beim Arm. Kurze Beileidsbezeugungen und linkische Entschuldigungen wurden ausgetauscht. Dann ging die kleine Prozession schnell hinein.

Ein Kameramann von den Fernsehnachrichten war ihnen dicht auf den Fersen, stolzierte hinter ihnen her wie ein stolzer Onkel bei einer Hochzeit.

Den Abschluß bildeten zwei Marineinfanteristen mit Maschinenpistolen.

Inzwischen hatte Peter seine alte Baseballmütze aufgesetzt. Wie Green Berets, die bei Beerdigungen die Mützen aufbehalten. Scheiß auf eure blöden Regeln, eure Konventionen, scheiß auf euch alle!

»Nicht hier drin, Peter«, flüsterte der Priester. »Die Mütze. Bitte.«

Peter hörte nichts bis auf das Geräusch von zwei Reihen schlichter Holzsärge, die vor dem Hauptaltar der Kirche aufgestellt wurden. Die Kisten enthielten Leichen, die nach dem Massaker bei Elizabeth's Fancy noch nicht identifiziert worden waren. Sie enthielten die beiden toten Agenten aus dem Mandeville Hospital. Einer der provisorischen Särge vom Roten Kreuz enthielt Jane.

»Ich weiß, wie Ihnen zumute ist, Peter. Aber so erweisen Sie unserem Herrn Ihre Mißachtung.«

»Ich bezweifle, ob das unseren Herrn einen feuchten Kehricht interessiert. Falls ja, nehme ich ihm das auch nicht ab.«

Schließlich zeigte Pfarrer Brennan auf einen Sarg rechts neben dem strahlenden Altar in Gold und Rot.

Peter blieb vor dem Sarg stehen, der ein Namensschild trug: JANE FRANCES COOKE.

Er sah entlang an der Reihe aus amerikanischen Botschaftsangehörigen und Polizeibeamten. Beteten sie? Sagten sie den Eid auf die Verfassung her? . . . Die Szene erinnerte ihn an das Nachspiel einer gewaltigen Tragödie, das er in einem Nachrichtenfilm gesehen hatte. Hunderte von Leichen, aufgebahrt im Speisesaal einer Mittelschule. Trauernde, die nach Freunden und Verwandten suchten. Durch rücksichtslose Fernsehkameras in ihrem Leid bedrängt.

»Wollen Sie den Sarg nicht aufmachen?« sagte er schließlich zu dem Priester. »Ich möchte sie noch einmal sehen, bitte.«

»Das geht nicht«, flüsterte der Priester. »Es ist nicht gerade ein erfreulicher Anblick, Peter.«

»Ich möchte sie sehen. Ich glaube, wir alle können das ertragen.«

»Nehmen Sie die Mütze ab?« fragte der Priester wieder.

Peter nahm die Baseballmütze ab, und der rundliche Priester erklärte sich damit einverstanden, den Deckel kurz zu heben. Er hielt es nicht für das Beste – aber der Polizeichef sagte ja, der amerikanische Botschafter sagte ja, und der junge Amerikaner schien zu wissen, was er wollte ...

Mit einem lauten Knarren ging der Deckel auf.

Peter schaute hinunter und sah eine jung wirkende Frau, nur vage wiederzuerkennen, plötzlich überraschend klein ... Jane war hergerichtet worden mit etwas, was wie Puder und Rouge für eine alte Frau aussah. Ihre langen blonden Locken wirkten spröde und starr wie das Kunsthaar einer Puppe. Sie hatten ihr nicht einmal ein eigenes Kleid angezogen ...

Großer Gott, nein, sagte Peter immer wieder zu sich selbst. *O Gott. Herrgott noch mal. Gottverflucht noch mal. Gottverflucht noch mal.* Wenn ihn nicht diese ganzen Scheißkerle beobachtet hätten, dann hätte er sich Tränen gestattet.

Gleichzeitig beobachtete Damian den englischen Killer hoch oben auf der Chorempore der Kirche. Ihn trennten nur drei Bankreihen von Clive Lawson. Ganze dreieinhalb Meter.

Der teure Killer hatte seine Gelegenheit, aber er nahm sie nicht wahr. Im großen und ganzen eine gute Entscheidung, dachte Rose. Die Kirche hier war ein interessanter Ort für einen Schuß, spektakulär und unerwartet – für einen Nervenkitzelmord –, aber vielleicht nicht der beste Ort. Ich hätte es trotzdem hier erledigt, dachte Damian. Vielleicht beim Hinausgehen ...

Er musterte Peter Macdonald, der vor dem Sarg seiner Freundin stand; er beobachtete Brooks Campbell, Hill – Enten auf einem Teich.

Bald sah er jedoch, wie Clive Lawson ruhig die Chorempore verließ, dann die Kirche. Der englische Killer trug eine lange, modische Perücke, mit der er wie viele der Reporter aussah. Wie die Männer vom Secret Service, was das betraf. Keine schlechte Tarnung.

Es sah danach aus, als ließe das große Finale, der Gnadenschuß, noch ein kleines Weilchen auf sich warten.

Damian verließ die Church of Angels mit dem größten Teil der Menge. Er bot in seinen gelben Pumphosen, mit dem Sonnenschirm und der Narrenmütze, die er respektvoll in der Hand hielt, einen merkwürdigen Anblick.

Fast sofort umringte ihn eine Kinderschar, die mit Basil, dem Zauberer für Kinder, spielen wollten.

Donnerstag abend

Am ganzen Donnerstag wurde San Dominica so durchkämmt und abgesucht, wie es schon am Abend nach dem Massaker bei Elizabeth's Fancy hätte geschehen müssen.

Besitzern von Läden, Cafes, Kneipen und Häusern wurde das nach Peters Angaben angefertigte Phantombild gezeigt.

Jedes Motel, Hotel, jede Pension, jede Hacienda, jede Villa, Jagdhütte, jeder Campingplatz – egal, ob die Gäste schwarz oder weiß waren – erlebte Razzien durch Teams der einheimischen Polizei und amerikanische Bundesmarshals. Kriminelle wurden angeheuert, die in der Unterwelt der größeren Städte Informationen sammeln sollten; bei den Kokain- und Marihuanadealern. Ganz normale Menschen wurden zu Tausenden auf den Flughäfen und Schiffslandeplätzen festgehalten, außerdem an den Straßensperren, die überall auf der Insel errichtet worden waren.

Die Suche ergab jedoch keine Spur von Damian Rose oder Clive Lawson. Wie Martin Bormann oder Mengele gehörten sie schlicht und einfach nicht zu den Fischen, die sich in einem Schleppnetz der Polizei fangen ließen.

Aus der Schweinebucht II wurde schnell eine Bucht der Panik.

Um 19.00 Uhr an jenem Abend glaubte ein Kommunikationsfachmann namens Harvey Epstein, er sei auf den ersten Silberstreif bei der ganzen Menschenjagd gestoßen.

Als er die Entdeckung machte, legte Epstein gerade auf dem Boden eines VW-Busses eine Patience. Der Bus parkte etwa dreihundert Meter hinter einer großen Villa, die der Familie Charles Forlenza (Sunasta Hotels) auf San Dominica gehörte. Vom Bus aus zapfte Epstein illegal die Telefone der Forlenzas an.

Zwei ganze Tage lang hatte er nur gehört, wie die Köchin der Forlenzas kichernd Lebensmittel beim »Gourmetmarkt« in Coastown bestellte. Als um sieben das Telefon klingelte, überkam Harvey ein Heißhungeranfall.

Er hielt sich die Kopfhörer nur an ein Ohr und deckte ein Kreuz-As auf. Lauschte.

»Hallo.«

Die erste Stimme, die er mitschnitt, gehörte einem Gangster namens Duane Nicholson. Nicholson war der Mann, den Isadore Goldman am 6. Mai zu dem Essen im Government House mitgebracht hatte.

Epstein vermutete, die zweite Stimme sei die von Damian Rose.

»Jetzt brauche ich die abgesprochenen Gefälligkeiten«, sagte Rose. »Leiten Sie Ihren Anteil an dem Ganzen ein.«

»Morgen, stimmt's?« fragte Nicholson.

Klick. Das Freizeichen.

»Herrgott nochmal, Harvey! Herrgott«

Keine Stunde später hörten Campbell und Harold Hill in Coastown das Band ab.

»Interessant.« Campbell erkannte die seidenweiche Stimme. »Das war Rose.«

Peter, der immer noch im Golf- und Racquet-Club bewacht wurde, saß vor den unscharfen Abendnachrichten der Fernsehgesellschaft von San Dominica.

Zum ersten Mal seit zwei Tagen hatte er einen so klaren Kopf, daß er sich vorstellen konnte, was die Kugel eines Scharfschützen anrichtete. Der Alptraum jedes Präsidenten ... die splitternde Windschutzscheibe. Fünfzehn Gramm Stahl, die mit einer Geschwindigkeit von tausend Metern pro Sekunde die Stirn durchschlagen. Geisteskrank und ekelhaft.

Gegen 20.30 Uhr rief er seine Familie in Grand Rapids an.

Seine Mutter begriff nicht, warum ihn das Präsidentenflugzeug persönlich nicht längst nach Hause geflogen hatte. »Bring sie dazu, daß sie dich in das erste Flugzeug setzen, das die Insel verläßt«, sagte Betsy Macdonald zu Peter. »Mein Gott, sie haben dir doch schon genug zugemutet. Sie können hierherkommen, um dir weitere Fragen zu stellen, wenn es nötig ist. Sag ihnen das, Peter ...«

Peters Vater wollte wissen, was tatsächlich dahintersteckte.

Er hatte mit seinem Freund Senator Pflanzer gesprochen, und Pflanzer wollte es ebenfalls wissen. »Pete, geh für diese elenden Schweinehunde kein Risiko ein«, sagte Colonel Edward Macdonald – Big Mac.

»Für uns haben die keinen Furz mehr übrig – die ganze verdammte Regierung. Die haben nichts von uns verdient. Das ist mein Ernst.«

Während er zuhörte, hin und wieder etwas sagte, versuchte Peter, sich Big Mac und Little Betsy vorzustellen. Er sah sie um die zehn Jahre jünger vor sich, als sie inzwischen waren. Er sah die Supersechs posieren wie eine schlagkräftige Hockeymannschaft.

»Ich versuche, sobald wie möglich nach Hause zu kommen«, sagte er zu seinem Vater. »Sag das Mom. Und sag's auch meinen Brüdern. Verflucht noch mal, ihr fehlt mir alle. Wirklich.«

Nach dem Anruf saß er einfach im finsteren Schlafzimmer der pseudo-tropischen Suite. Dachte nach.

Er stellte sich in Zeitlupe einen Pistolenschuß in die Stirn eines Mannes vor. Wie auf dem berühmten Hinrichtungsfoto aus Vietnam. Wie sich der Kopf des großen Blonden auflöste.

Um 1.30 Uhr morgens kam einer der CIA-Agenten in das Schlafzimmer – ein kleiner Italiener, der ständig Peter Falk nachahmte.

»Wir verlegen Sie, Pete. Machen Sie sich fertig, ja?«

Während er sich anzog, wappnete sich Peter im Geiste. Es hatte jetzt keinen Sinn, es mit der Angst zu bekommen. Verängstigt oder blöd – vielleicht war er beides, aber scheiß drauf.

Drei Agenten mit Automatikgewehren brachten ihn zu einem Kombi, der mit laufendem Motor draußen wartete.

Ein schneller Atemzug frischer Luft. Der Fischgeruch des Meeres. Kein Gewehrknallen aus den dunklen Palmen.

Sie fuhren in einem gespenstischen Schweigen zum Hotel Dorcas in Coastown. Keine Fragen wurden gestellt; keinerlei Informationen wurden gegeben. Weder ihrerseits noch seinerseits verlogenes Gewäsch.

Der grauhaarige CIA-Mann – Harold Hill – wartete in der neuen Hotelsuite auf ihn. Es war ein recht angenehmer Laden – wie ein Holiday Inn.

»Meine Familie hat beim Außenministerium eine förmliche Beschwerde eingereicht«, log Peter schlicht und wirkungsvoll.

»Auf dem Weg über Senator Pflanzer«, erklärte er Harold Hill und Brooks Campbell, die im Wohnzimmer saßen. »Falls

Sie mir keine Chance geben, den geheimnisvollen Blonden zu erledigen, zwinge ich Sie, mich nach Hause zu schicken. Sie wissen, was dann gespielt wird – ›Kriegsheld Opfer von CIA-Machenschaften!‹«

»Schon gut, schon gut.« Der Grauhaarige nickte. Peter fiel auf, daß er ein knochentrockener Professorentyp war. »Setzen wir uns zusammen und besprechen das, Peter.«

Um 2.00 Uhr morgens war Peter Macdonald offiziell an der Menschenjagd nach Damian und Carrie Rose beteiligt.

Kurz danach traf der dicke schwarze Polizeichef im Dorcas ein. Ein merkwürdiger Mann! Dr. Johnson saß nur da und redete mit Peter. Über den ersten Fehler seines Wachtmeisters an der Turtle Bay, über seine eigenen Fehler während des schwierigen Falles, über die Nacht, die er bei Jane im Mandeville Hospital verbracht hatte.

»Ich konnte zu Hause nicht schlafen«, sagte der sympathische San-Dominicaner schließlich. »Ich glaube, vielleicht verstehen Sie das.«

»Ich verstehe es.« Peter lächelte. »Ich glaube, wir haben eine furchtbar lange Nacht vor uns. Ich bin froh, daß Sie hier sind, Dr. Johnson.«

27. Kapitel

Während der letzten Monate unserer Vorbereitungen auf San Dominica war Damian auf untypische Weise schmuddelig geworden – sein Blick war leer und geistesabwesend. Er kämmte sich so gut wie nie das Haar. Er verbrachte ganze Tage im Haus, lief in einem zerknitterten Seidenpyjama herum. Er war besessen von dem Gedanken an Meisterverbrecher ... Als ich eines Abends nach Hause kam, las er ein Buch mit dem Titel Aggression, *faselte von braunen Ratten und Harpyien. Ein anderes Mal las er* Aufstieg und Fall des Dritten Reichs. *Danach jede Menge Bücher über die Nazis. Er nannte sie die Rasse der Meisterverbrecher ...*

DAS ROSE-TAGEBUCH

Trelawney, San Dominica

In einem kleinen Nebenzimmer, erhellt von einem Schwarzweißfernseher, saß Damian und reinigte ein M-21-Scharfschützengewehr.

Als erstes löste er die Verriegelung und öffnete das Gewehr. Dann zog er das Verschlußstück mit dem Schlagbolzen heraus. Er löste die dünne Sicherungswalze. Entfernte die Schließfeder, den Schlagbolzen aus der Schlagbolzenfeder.

Hin und wieder warf er einen Blick auf Alfred Hitchcocks Film *Berüchtigt*, den das störungsanfällige Inselfernsehen gerade ausstrahlte. Im großen und ganzen, fand Damian, hätte er ein besserer Schauspieler sein können als der so überaus eindimensionale Cary Grant. Er war sich allerdings nicht sicher, ob er so gut wie Claude Rains oder Ingrid Bergman hätte werden können. Die beiden waren Perfektionisten. Sie wären als Basil, der Zauberer für Kinder, umwerfend gut gewesen.

Als das Gewehr gereinigt, als das M-21 wieder ganz zusammengesetzt war, ging er ins Bad und arbeitete eine weitere Stunde lang. Er färbte sein Haar in dem Ton, den das Pakkungsetikett »blauschwarz« nannte, mit grauen Strähnen. Damians echte Haarfarbe.

Jetzt gab es nur noch einen blonden Engländer: Clive Lawson.

Und er hatte nur noch einen Tag vor sich.

Ehe Damian Rose zu Bett ging, wickelte er eine neue Feldmachete aus ihrer Wachspapierverpackung. Er legte das Messer vorsichtig neben sein Gewehr.

Dann legte sich der große schwarzhaarige Amerikaner schlafen.

DRITTER TEIL

DAS PERFEKTE ENDE

Freitag, 11. Mai 1979
Feuergefecht!
Vier Tote

11. Mai 1979; Coastown, San Dominica

Freitag morgen. Der letzte Tag der Machete

Dr. Johnson brach ein Croissant auseinander, bestrich die eine Hälfte mit Guavengelee und beobachtete Peter aus dem Augenwinkel.

»Es hätte eine so verflucht schöne Zeit sein können.« Peter schüttelte den Kopf, während er mit dem dicken schwarzen Polizisten redete.

Der junge Amerikaner sah im hellen Morgenlicht ganz besonders amerikanisch aus. Er trug ein dschungelgrünes (löchriges, verdrecktes) T-Shirt mit dem Aufdruck SEE BEAR MOUNTAIN, zerknautschte Turnhosen, weder Schuhe noch Socken und seine zerlumpte alte Baseballmütze.

Er rieb die nackten Füße gegeneinander wie Hölzchen beim Versuch, Feuer zu machen.

»Schwimmen.« Er fuhr mit seinem Sermon fort. »Segeln. Basketball spielen, wenn man dafür so anfällig ist wie ich ... mit einer Basketballmütze herumlaufen, als wäre man wieder zehn Jahre alt und alles wäre einem egal ... lauter herrlicher Blödsinn, um die Zeit totzuschlagen. Nichts Ernsthaftes, wissen Sie. Urlaub von der Truppe.«

Der Polizeichef, selbst in den mittleren Jahren, fühlte sich allmählich sehr müde, deprimiert. Er dachte immer wieder an die Nacht, die er bei der blonden jungen Frau im Krankenhaus verbracht hatte.

Dazu kam noch, daß er allmählich väterliche Gefühle für den jungen Amerikaner entwickelte. Er mochte Peter. Manchmal war ihm, als stünden sie beide allein dem Rest der Welt gegenüber.

»Früher war die Insel so. Als ich ein Junge war. Ich weiß nicht, ob die Welt Ihnen je wieder gestatten wird, so zu sein. Sorglos.«

Peter nickte stumm.

Er und der Polizeichef saßen unter einem gelbgestreiften Sonnenschirm auf einem Balkon im sechzehnten Stock des Hotels Dorcas. Ihnen gegenüber standen zwei CIA-Männer am Geländer, ohne Jacken, mit altmodischen Schulterhalftern, die sie sich über die weißen Hemden geschnallt hatten. Hinter ihnen erstreckte sich Coastown wie ein riesiger, glitzernder Jahrmarkt. Ein Stockwerk über ihnen war das gelbe Dach des Hotels, von der Farbe von Goldzähnen. Das schräge Dach sei zu steil, als daß es jemand erklimmen könne, hatte jemand entschieden, der über solche Dinge Bescheid wußte.

Peter warf den Kopf zurück und blickte in den wolkenlosen, porzellanblauen Himmel. Er dachte an Helden, an Anführer, an Inspirationen ... Er erinnerte sich daran, daß er als Kadett einmal zu einem geisteswissenschaftlichen Symposium gegangen war. »Ist der Held in der westlichen Kultur ausgestorben?« Vier Geschichtsprofessoren antworteten – schrien es heraus: »Ja! Ja! Tot und begraben!«

Na und. Verdammt noch mal, die Menschen brauchten immer noch Helden. Jedenfalls er ... Odysseus, Churchill, Lincoln ... wer auch immer! Irgend jemand! Dieses unglaubliche Arschloch Nixon. Gerry Ford. Herrgott noch mal! Hatten die denn keine Ahnung davon, was ein Führer war? Ein Held? ... Wenn es Kissinger geschafft hatte, ein Sexualobjekt zu werden, hätte es Richard Nixon wenigstens gelingen können, menschliches Format zu erreichen.

»Mannomann, mannomann«, sagte er im Rhythmus seiner kreisenden Kopfbewegungen. »Verdammt noch mal, es ist einfach unglaublich, nicht wahr? Schlimmer als Vietnam, und das war wirklich beschissen. Es ist übel, Meral, übel ... Mir gehen ständig Phantasien durch den Kopf, daß Jane wieder zum Leben erwacht.«

Trelawney, San Dominica

Damian Rose verbrachte die ersten drei Morgenstunden mit der mühseligen Arbeit, eine übel ramponierte acht Meter lange Bertram Sportsman wieder seetüchtig zu machen.

Er war bis zur Taille nackt, trug nur gestreifte Baumwollhosen. Als erstes arbeitete er an den Rudern des Rennboots, dann ersetzte er alle Zündkerzen, schließlich tat er sein Bestes, um den Motor einzustellen.

Am frühen Morgen war die Karibik von einem hübschen Tiefblau. Die Bucht, in der er arbeitete, wirkte wie verschwommenes Technicolor. Dunstiges, leuchtendes Blau, Gold und Weiß. Wie ein Film, der mit einem vaselineüberzogenen Objektiv aufgenommen worden ist.

Außerdem war die Bucht vom Meer aus nicht einzusehen. Sie war eine kleine Biegung hinter einem dicht mit Zwergpalmen überwucherten Hügel.

Auf dem Hügel hinter der Bucht stand das Haus eines berühmten karibischen Landschaftsmalers, des alten Einsiedlers Eric Downes. Jetzt lag Downes tot in einem Schrank, versteckt zwischen leeren Leinwänden.

Während er den Bootsmotor tunte, wanderten Damians Gedanken hin und her zwischen der Karibik und Frankreich. Zwischen dem Anfang und dem Ende dieses Arbeitsjahres ... Er dachte an Spaziergänge mit Carrie durch den Jardin du Luxembourg, an ganze Nachmittage, die sie in den Tuilerien, an der Place des Vosges, in Cafés in St.-Germain-des-Prés vertrödelt hatten.

Als er mit der Arbeit an dem Motor fertig war, schaffte Rose einen Reservekanister Benzin und zwei M-21-Gewehre in die Kajüte. Die neue Feldmachete ließ er oben im Cockpit.

Als er schließlich auf die Uhr schaute, sah er überrascht, daß es fast neun war. Das hieß, daß Carrie jetzt auf dem Weg nach Marokko sein sollte.

Als er sich setzte und wartete, pfiff Damian »Lili Marleen«. Ein wahrhaft großartiges Lied. Eine Melodie, die ihn stets an Carrie erinnerte.

Zürich

Carrie trug ein blaugraues Hemdblusenkleid und einen grauen Turban von Valentino und saß im Schweizer Kreditverein in Zürich einem ihrer Heinzelmännchen gegenüber, einem sehr dicken Banker mit rotem Schnurrbart namens S. O. Rogin.

Auf dem schweren Marmortisch zwischen ihnen lag ein Diplomatenkoffer aus weichem Leder von Hermès. Über ihren Köpfen spendete ein Kristallkronleuchter trotz eines Schneegestöbers aus Staubpartikeln angemessenes Licht.

Rogin sprach Englisch mit einem starken schweizerdeutschen Akzent. Er zog neugierig eine buschige Augenbraue hoch. »Sie möchten die ganzen sechshundertneunundzwanzigtausend abheben?«

Carrie dachte einen Moment lang über die Frage nach. »Ja. Alles«, sagte sie dann. Ganz geschäftsmäßig.

»Na gut. In Ordnung. Wie wünschen Sie Ihr Geld?«

Die Amerikanerin nahm ein blaues Zigarettenpäckchen heraus – Gauloises. Der Banker zückte ein klobiges silbernes Feuerzeug.

Als Rogin ihr Feuer gab, stieg ein starker Benzingeruch auf.

Dann schloß sich das Feuerzeug mit einem lauten Klicken.

»Was schlagen Sie vor?« fragte Carrie.

Das dicke Heinzelmännchen grinste. »Was ich vorschlage? Zunächst schlage ich vor, daß wir das Geld direkt auf Ihre neue Bank überweisen. *Tout de suite*, Mrs. Chaplin. Ein Kinderspiel. Keine lästigen Koffer.«

»Nein. Leider brauche ich das Geld in bar, Herr Rogin.«

»Hmmm. Selbstverständlich.« Der Rothaarige nickte. »Wird Madame in diesem Fall einen Wachmann benötigen? Ich erkläre Ihnen gern, wie einfach –«

»Ich komme bestens zurecht.« Carrie lächelte und schnitt dem Mann wirkungsvoll das Wort ab. »Falls Sie in der *Neuen Zürcher* lesen sollten, daß in der Innenstadt jemand auf der Straße ermordet worden ist«, fuhr sie fort, »dann wissen Sie, daß jemand versucht hat, mein Geld zu stehlen.«

Der Banker – ein Fan amerikanischer und britischer Kriminalromane – lachte echt belustigt auf »In Zürich wird nie jemand ermordet, Madame. Jedenfalls nicht auf diese Weise.« Der Banker lachte wieder. Dann ging er, um die sechshundertneunundzwanzigtausend holen zu lassen – anderthalb Millionen in Schweizer Franken.

Während er durch die elegante Bank ging, fragte sich S. O. Rogin, ob die attraktive Dame wohl ihrem Mann davonlief. Er sah in Mrs. Chaplin einen Typ wie ... Faye Dunaway. Der Dicke erinnerte sich an Miss Dunaway in einer Szene aus *Thomas Crown ist nicht zu fassen.* Ein wundervoll eskapistischer Film. Er hatte von jemanden gehandelt, der sämtliche Banken von Boston ausraubte.

Vierzig Minuten später verließ Carrie Rose den Kreditverein, den Diplomatenkoffer von Hermès voller Schweizer Franken. Sie schwitzte jetzt; ihre Haut prickelte. Die Fremden auf den Straßen von Zürich machten sie paranoid.

Die große, langhaarige Amerikanerin ging jedoch auf der Stampfenbachstrasse nur eine Kreuzung weiter. Sie betrat die eindrucksvolle Schweizer Nationalbank und zahlte das Bargeld wieder ein.

Das alles gehörte zu dem meisterhaften Plan.

28. Kapitel

Wir waren uns sicher, daß sie uns Macdonald früher oder später ans Messer liefern würden. Harold Hill war ein Spitzenmanager, und gute Spitzenmanager sind Henker. Leicht durchschaubar, weil sie so logisch vorgehen wollen ... Damian beschäftigt sich nie mit den Gängen eines Kaninchenbaus, nur mit den Kaninchen ...

DAS ROSE-TAGEBUCH

Wahoo Cay, San Dominica
Freitag nachmittag

Um zwei in der brüllenden Nachmittagshitze trieb Damian Rose über erlesene, flache Korallenriffe.

Er nahm ein Sonnenbad auf der acht Meter langen Sportsman, beobachtete Meeräschen und Seeaale, die sich im flaschengrünen Wasser tummelten, und ließ zu, daß seine Gedanken zum Wiedersehen mit Carrie abschweifen. Im zwielichtigen Marokko. Kasbas. Ein perfektes Ende für dieses Verbrechen. Das Paar, das damit durchgekommen war.

Damian war überzeugt, daß San Dominica die beste Lohnkillerarbeit seit der Ermordung von John F. Kennedy in Dallas darstellte. Er wußte es.

Jetzt hatte er nur noch wenige Stunden vor sich. Alles bewegte sich chaotisch und doch unausweichlich auf einen kleinen Stecknadelkopf in Raum und Zeit zu.

Tatsächlich fing das Ende ganz unspektakulär an, ein seltsamer Kontrast zu allem, was sich vorher abgespielt hatte.

Um 15.15 Uhr eskortierten Meral Johnson und Brooks Campbell Peter aus dem Hotel Dorcas.

Der junge Amerikaner trug graue Baumwollhosen und eine locker sitzende Jacke mit Reißverschluß. Unter der Jacke steckte eine deutsche halbautomatische Pistole. Die Walther war eine präzise, starke Waffe. Mit besten Grüßen von Great Western Air Transport, in erster Linie von Harold Hill.

Die drei Männer stiegen in einen großen Dodge Charger, der mit laufendem Motor auf dem Hotelparkplatz stand. Campbell sah sich nach Heckenschützen auf dem Dach um, und das kam Peter fast komisch vor. »He, das ist doch *unser* Fort«, sagte er schließlich.

Vom Hotel aus fuhren sie zu einer abgelegenen Villa, die der Familie Charles Forlenza gehörte. Ein großes Haus im Hollywoodstil, flamingorosa.

Sowohl Campbell als auch Harold Hill hofften jetzt, daß der Mann, der in der Villa wohnte – Duane Nicholson – entweder Kontakt mit Damian Rose aufnehmen oder daß Rose sich bei ihm melden würde.

Sie hatten ein zehnköpfiges Überwachungsteam auf das Haus angesetzt.

Offiziell war Peter dabei, falls eine Identifizierung erforderlich wurde. Offiziell hatte er keine Waffe.

Inoffiziell legte Harold Hill einen Köder für Rose aus.

In gewisser Hinsicht fühlte auch er sich an den November 1963 erinnert. Was für ein Schlamassel. Ein Wunder, wie sich so etwas hinterher ausbügeln ließ – Fragen der nationalen Sicherheit.

Um achtzehn Uhr Washingtoner Zeit checkte eine Mrs. C. Rose im Hotel St. James ein. Post erwartete sie – Briefe von Damian. Sehr schmalzig und pubertär, dachte Porte-Smithe.

Um neunzehn Uhr wartete Carrie in Zürich in ihrer Hotelsuite. Sie beobachtete Schwäne, die über den Zürichsee glitten, machte flüchtige Notizen für das Tagebuch, versuchte, sich um die allerletzten Einzelheiten zu kümmern, wie Damian es getan hätte ...

Um Viertel vor acht versank ein Streifen dunkeloranger Sonne spurlos hinter der Forlenza-Villa.

Während Peter beobachtete, wie Isadore Goldmans teurer Lakai aus dem großen, stuckverzierten Haus kam, meldeten sich in seinem Kopf seltsame Warnungen. Er überlegte, daß Isadore Goldman für ihn nichts als ein Name war; überlegte, daß er im Grunde nicht sterben wollte. Er wollte irgendwie den großen blonden Söldner erschießen; wollte zurück nach Hause in Michigan. Wie am Ende eines Thrillers.

»Blau. Hier ist weiße Flagge«, flüsterte Brooks Campbell in das knisternde Funkgerät im Auto. »Seid ihr Jungs alle wach?«

»Peter?« Meral Johnson zwinkerte in den Autorückspiegel. »Wach?«

»Er besorgt sich bloß ein Roastbeefsandwich auf Roggenbrot«, sagte Peter, fühlte sich aber trotzdem elektrisch geladen. »Ich bin hellwach, Meral.« Er grinste den dicken Polizisten an. Keiner von beiden sprach mit Campbell.

Locker und aus Peters Sicht sorglos schlenderte Duane Nicholson in Indianermokkassins, Freizeithosen und einem himmelblauen Surferhemd über den Vorderrasen der Villa. Ein höchst entbehrlicher Typ, mußte Peter wider Willen denken. Der Typ, der in Abenteuerfilmen immer als erster erschossen wird. Nachdem er am Haus entlanggegangen war, verschwand der Gangster in der finsteren, geräumigen Garage.

Kurz darauf rollte eine mattweiße Corvette auf die Einfahrt. Lang ausgestreckt auf dem Fahrersitz, behaglich hinter dem mit fleckigem Schweinsleder bezogenen Lenkrad zurückgelehnt, steuerte der Gangster aus Las Vegas das schnelle Auto auf den Feldweg, der als Zugangsstraße diente. Dann tuckerte die Corvette, bockend und röhrend wie ein Tier, das nicht an Zügel gewöhnt ist, auf die Küstenstraße zu.

Izzie Goldmans Handlanger fuhr nach Coastown.

Peter, der auf dem Rücksitz eines der fünf Überwachungsautos saß, hatte seinen Verstand schon auf Kampfbereitschaft geschaltet. Für alle Fälle. Er meinte dennoch, der Gangster fahre zum Essen. Alle anderen in den Überwachungsfahrzeugen meinten das auch.

Tryall, San Dominica

Eine finstere Gestalt hievte sich auf einen langen Dockstreifen im Westen der blinkenden Lichter von Coastown hoch.

Hinter dem rennenden Mann lagen dunkle Thunfischboote am Horizont der Karibik. Hinter den Fischerbooten erstreckten sich mehrere tausend Kilometer offenes Meer. Dahinter die südlichen Ausläufer Europas.

Für den letzten Abend auf San Dominica hatte Damian Rose die beigefarbene Uniform eines Wachmanns angezogen. Sein Gesicht und seine Hände waren mit pechschwarzer Schminke beschmiert, so daß er aus der Entfernung wie ein Einheimischer aussah. Über seiner linken Schulter hing ein M-21 mit einem kompliziert aussehenden Zielfernrohr; um die Taille hatte er sich eine schwere Zuckerrohrmachete gebunden.

Erst sah er in beide Richtungen und warf einen Blick zurück, dann ging er über ein weites Feld auf eine ferne, schmale Straße zu.

Peter sah auf seine Uhr. 20.35 Uhr.

Die Chevrolet Corvette und drei weitere Überwachungsautos krochen die Charles Henry Street am Nordrand von Coastown entlang. Die Autos schlichen durch eine belebte Nebenstraße, die zu beiden Seiten von alten amerikanischen Autowracks gesäumt war. Schwarze Kinder in bunten Lumpen tummelten sich in den geparkten Wagen. Rowdys mit Schlapphüten schlugen gegen die Kühlerhauben der vorbeifahrenden Autos.

Die staubige Corvette fegte eine dunkle, belebte Nebenstraße entlang, die eine Biegung machte und dann am Queen Anne's Park entlangführte. Im Park wimmelte es immer noch von lachenden, herumrennenden Schwarzen, die für das Volksfest am Labor Day probten, das offizielle Ende der Touristensaison.

»Er weiß, daß wir hinter ihm her sind«, flüsterte Brooks Campbell in dem weißen Charger. »Scheiße, was hat der Mistkerl vor?«

Am Rand eines feuchten, grasüberwachsenen Hügels wartete Damian Rose ruhig mit seinem M-21 und seiner Machete. Keine sechzig Meter entfernt, ohne etwas von Rose zu merken, stand Clive Lawson mit einer Uzi-Maschinenpistole an der Hüfte. Auch er wartete.

Auf dem Rücksitz des Charger nahm Peter aufblitzende Eindrücke aus dem Queen Anne's Park in sich auf. Fast unterschwellig. Männer und Jungen in wehenden weißen Hemden. Züngelnde Freudenfeuer. Ein paar lila Wolken, die schnell im starken Wind dahinflogen ... Es war ein bißchen wie auf einer Patrouille – einer merkwürdigen, sinnlosen Nachtpatrouille, angeordnet von den üblichen Schwachköpfen. Erschießt jeden, der nicht auf den Namen *Carl Yastrzemski* reagiert.

»Er führt uns zu dem großen Blonden«, beantwortete Peter Campbells Frage. »Er tut genau das, was Sie von ihm wollen ... Wir müssen nur herauskriegen, warum.«

Genau da machte die Corvette einen weiten Bogen um einen städtischen Lastwagen. Die Corvette scherte rutschend unglaublich scharf nach links aus – dann raste der tiefergelegte Wagen einen Hügel hinauf, als wäre es eine flache Strekke.

»Festhalten, meine Herren!« rief Meral Johnson.

Der steile Hügel kam und ging – dann ging es wie auf der Achterbahn weiter über ruhige, schmale Nebenstraßen.

Ein inoffizielles Grand-Prix-Rennen war gestartet. Menschen auf den Trottoirs schrien die rasenden, frisierten Autos an.

Fünfunddreißig Minuten nach acht. Damian überprüfte sorgfältig das M-21. Überprüfte die Munition.

Clive Lawson hielt die Maschinenpistole immer noch an der Hüfte.

Peter stieg der Magen in den Brustkorb, und sein Herz hämmerte wie ein Schlagzeug, während er beobachtete, wie Isadore Goldmans Handlanger eine schmale, nicht gekennzeichnete Zufahrt entlangschoß.

»Weiße Flagge« hätte die Biegung fast verpaßt.

Ein grüner Mazda schaffte es nicht, wurde in Beerenbüsche geschleudert. Harold Hills blauer Cougar schaffte die Haarnadelkurve mitten auf der Straße.

Die nächste unfaire Rechtskehre folgte sofort. Gleich darauf eine scharfe Linksabbiegung, kaum zu bewältigen. Dann tauchte aus dem Nichts eine furchterregende, gerade, lange Schnellstraße auf.

Der Haken: auf der Schnellstraße wimmelte es von Menschen.

Vom schaukelnden Rücksitz aus sah Peter verschwommen, wie von Panik gepackte Schwarze wie wahnsinnig rannten. Sie waren auf der Straße entlanggeschlendert, hatten die kühle Brise genossen ... Jetzt warfen sie sich auf die unbefestigten Gehwege. Ein paar Irre schienen Toreros nachzuahmen, wedelten den im Zickzackkurs vorbeirasenden Autos mit Hemden und Pullovern zu. Eine Frau wurde angefahren – *wumm.*

Dreiundvierzig nach acht.

In dem weißen Charger nahm Brooks Campbell seinen Revolver aus der Halfter. Dr. Johnson hielt den Daumen auf der Hupe – löste ein unablässiges Schrillen aus.

Die Corvette schaltete in den dritten Gang. Dann in den vierten. Peter nahm seine Pistole aus der Schulterhalfter. Die halbautomatische Walther. Eine starke Waffe.

Der tiefgelegte Sportwagen hatte fast zwei Kreuzungen weit Vorsprung vor den anderen. Er wurde schnell kleiner. Ein weißer Kasten mit blitzenden Rücklichtern – dicht über der Straße – der wie eine Bodenrakete die Stadt verließ.

Dann schrie Brooks Campbell los, zeigte auf die Corvette, die plötzlich weit rechts war.

Die Corvette raste einen dunklen Feldweg entlang. Hatte jetzt vierhundert Meter Vorsprung.

Clive Lawson machte die Uzi schußbereit. Er stemmte die Füße in die weiche Erde des Abhangs. Er streckte die Arme, erst den rechten, dann den linken.

»Er hängt uns ab, gottverflucht noch mal! Er hängt uns ab!«

Der dicke, schwitzende Polizeichef riß das Lenkrad herum. Der weiße Charger kam ins Schleudern. Wendete. Hätte sich fast überschlagen. Peter wurde quer über den Rücksitz geschleudert. Spürte, wie sein Kopf gegen ein Seitenfenster prallte.

Sie beschleunigten auf der finsteren Nebenstraße und hatten die Corvette jetzt ganz aus den Augen verloren. Brooks Campbell forderte über Funk Verstärkung an, ganze Armeen. Fragte, wohin die Tryall Road führte ...

Vierundvierzig nach acht. Damian stützte das M-21 an einer Kokospalme ab. Schaute durch sein Nachtsichtgerät.

Dann bremsten plötzlich alle Überwachungsautos vor einer Gabelung an einem riesigen, üppig wuchernden Kapokbaum.

»Nach links! Hill fährt – »

Der Rest von Brooks Campbells Anweisung wurde übertönt. Peter schrie Meral Johnson an, er solle aufs Gas treten.

Unglaublicherweise löste sich das vordere Seitenfenster des Dodge Charger auf.

Im finsteren Gehölz krachte wieder und wieder ein starkes Gewehr. Methodisches Heckenschießen. Ein professioneller Schütze.

Dem Charger wurde das Dach aufgerissen. Ein weiteres Fenster barst. Den Kofferraum des Autos traf eine Salve, die einen Elefanten getötet hätte.

Meral Johnson schrie, Macdonald solle unten bleiben.

Jemand prallte mit dem Kopf gegen ein Fenster und durchschlug es.

»Auf den Boden! Auf den Boden!«

Erneut wurde das Dach getroffen. Ein weiterer Schuß schlug irgendwo im Bereich der Fensterrahmen ein. Gewehrsalven wummerten auf das Auto ein wie ein Vorschlaghammer.

Innerhalb von dreißig Sekunden dröhnten mindestens zwanzig Schüsse.

Dann war es auf der finsteren Nebenstraße ganz ruhig. Eine magische Stille. Millionen von surrenden Insekten. Zwitschernde Tropenvögel. Es war ein Umschwung, der kaum zu fassen war.

Der angeschossene Charger rollte immer noch. Die Reifen stießen klägliche, leise Klickgeräusche aus.

Meral Johnson hatte auf dem Vordersitz die Hand am Boden. Preßte sie gegen das verdreckte Bremspedal. Schließlich brachte er den Charger zum Stehen.

Männer vom Team »Grüne Flagge« kamen angerannt, um zu helfen. Hüpfende Sonnenbrillen. Teuere Schuhe, die auf dem Asphalt aufklatschten.

Harold Hill rannte die Straße entlang. Schrie etwas. Sah wie der Vater eines ertrinkenden Kindes aus.

»Macdonald!« schrie der schwarze Polizeichef plötzlich ebenfalls. »Macdonald!«

Im Wageninneren war ein leises Stöhnen zu hören.

Peter setzte sich auf dem Rücksitz auf. Schüttelte Glasscherben ab. Er merkte, daß er einen Riß im Kopf hatte. Blut ... Scheiße ...

Er sah Campbell auf dem Vordersitz. Er schaute durch die geborstene Windschutzscheibe, als hätte er endlich die ganze gottverfluchte, scheußliche Geschichte aufgeklärt.

Bis auf die Tatsache, daß der Mann von Great Western Air Transport überhaupt nichts mehr aufklären konnte. Dafür war er zu tot.

Ein bahnbrechendes, in Amerika hergestelltes Geschoß hatte eine Seite des attraktiven Gesichts durchbohrt, sich anderthalb mal überschlagen, die Wände und das Dach des Autos mit Gehirnmasse aus dem Schädel des Mannes vollgespritzt. Es war, als wäre ein Bulldozer durch ein kleines Wohnzimmer gerollt.

Und dann sah Peter den toten Campbell nicht mehr an. Er rannte. Zum ersten Mal seit dem 25. April – Turtle Bay – bewegte er sich wie ein Zurechnungsunfähiger, hielt die halbautomatische Walther wie einen Stab bei einem Staffelrennen.

Er hatte oben im Gehölz den großen Blonden gesehen.

Damian musterte im dunstigen Licht der zivilen Polizeiautos Harold Hill und den schwarzen Polizeichef.

Dann wich Rose tiefer in das dichte Gestrüpp und das Dornendickicht zurück. Näher zum Boot. Flucht. Carrie.

Jetzt war nur noch ein Punkt abzuhaken.

Als er sich durch finstere Umrisse von Bäumen und herunterhängendes Moos einen Weg bahnte, hörte Peter um sich herum kreischende Vögel und surrende Insekten. Der Mond schien über das schimmernde Laubdach über seinem Kopf zu rasen.

Nachdem er im hinderlichen Gestrüpp etwa siebzig Meter zurückgelegt hatte, erreichte er den riesigen Golfplatz des Tryall-Clubs. Von dort aus konnte er die Karibik sehen, eine schwache Linie schäumender Brandung. Er konnte das Clubhaus ausmachen, ein langes, niedriges Gebäude mit einem halben Hundert Fenster mit Blick auf den Golfplatz – während der Sommersaison geschlossen.

Peters weit aufgerissene Augen suchten methodisch den finsteren Golfplatz ab. Er war jetzt in Gefechtstrance, bewegte sich nur noch mechanisch: suchen und vernichten, töte den Söldner oder werde getötet.

Sein Blick wanderte über das saubere, hübsche Clubhaus, entlang am finsteren, gefliesten Patio und dem Gehweg; vorbei an Hecken, Gärten, entlang an einer langen Veranda voller Schaukelstühle.

Irgendwo zwischen dem Dornendickicht und dem Clubhaus hatte er den großen, rennenden Mann aus den Augen verloren. Seine Fähigkeiten als Spürhund waren eingerostet, begriff Peter – völlig verschwunden, kaputt. Ein guter vietnamesischer Soldat hätte ihn inzwischen getötet.

Ein schwacher weißer Blitz erhellte den Nachthimmel.

Dann hörte Peter Meral Johnsons ersten Schrei.

Obwohl er eigentlich sportlicher war, warf er sich mit einem linkischen Kopfsprung auf den welligen Rasen.

Nicht besonders gekonnt, stellte er fest, als er hart aufschlug. Eher wie eine schwere Kiste, die aus der Ladeklappe eines anfahrenden Lastwagens fiel.

Aber nach dem Aufprall war er trotzdem noch am Leben. Kaute Dreck, wie es Sergeant P. Macdonald früher Neulingen an der Front beigebracht hatte.

Und Johnson schrie immer noch wie ein gequälter Irrer. *»Bleiben Sie unten, Macdonald! Bleiben Sie dort! . . . Bleiben Sie dort, Peter!«*

In der Nähe des Clubhauses fiel Peter der Schatten eines Mannes mit einem Gewehr auf. Der Blonde? Einer von Hills Männern? Es war zu finster, als daß er sich hätte sicher sein können.

Sein Herz hämmerte so heftig, daß er nicht die Luft anhalten konnte. Würgende Wut füllte seinen Kopf. Er wollte das Schwein unbedingt erledigen! Es war beschissen, so verflucht jämmerlich – es verstieß gegen alles, was er seit Vietnam aus sich zu machen versucht hatte. Aber er wollte den Mann trotzdem erledigen. Er wollte es so verzweifelt, daß es weh tat. Grenzenloser Schmerz . . . warum hast du mich nicht erschossen, du Arschloch?

Plötzlich kamen Schüsse aus einem Automatikgewehr aus einer Baumgruppe zu seiner Rechten. Gewehre blitzten in der Nacht. Züngelnde orangefarbene Flammen.

Unter seinen Augen nahmen Kugeln das Clubhaus erbarmungslos unter Beschuß. Die teuren Fenster des Eßzimmers barsten. Überall zerknallten Glühbirnen. Eine Regenrinne wurde von einer Wand weggepustet wie Pappmaché.

Peter zielte mit der Walther sorgfältig auf den Mann im Schatten. Er gab einen einzigen Schuß ab. Einen hoffnungslosen Schuß, aus viel zu großer Entfernung, der dem Ziel überraschend nahe kam. Dann war der Schatten mit dem Gewehr verschwunden. Die ganze Schießerei hörte auf, und es fing an zu regnen.

»Leck mich am Arsch!« Peter stand im Regen auf und schrie.

»Leck mich!«

»Leck mich am Arsch, du elendes Schwein!«

Es fiel strömender, kühler Regen wie aus Kübeln, und dadurch war es so gut wie unmöglich, etwas zu sehen. Es war wie ein Schußwechsel unter einem Wasserfall. Totale Verwirrung.

Auf die eine oder andere Weise, dachte Clive Lawson – ehemaliges Gassenkind aus Billingsgate, ehemaliges Mitglied der britischen Kommandotruppen, ehemaliger Söldner in den unerklärten Kriegen der dritten Welt –, war er in eine gemeine Falle geraten ...

Es war keine Rede davon gewesen, daß Damian und Carrie Rose ein Doppelspiel trieben. Ganz im Gegenteil ... Herrgott noch mal! Warum war er nicht in Miami geblieben? Hatte einfach immer so weitergemacht?

Der Söldner lag wie ein verletzter Fisch auf der Seite in einer Abflußrinne aus Stein. Er tastete nach einer Fleischwunde und stellte fest, daß seine linke Seite taub war. Dann brannte sie, als hätte er sich mit einer Benzinfackel angezündet.

Lawson hielt sich den linken Arm an das Gesicht. Sah die silbernen Leuchtziffern seiner Uhr an: 21.12 Uhr. Verdammte Scheiße. Seine Flucht war für neun geplant gewesen. Gleich nachdem er Campbell niedergeschossen hatte. Die Roses hatten ihn hier herausholen sollen. So war es abgemacht gewesen.

Er kroch auf dem Bauch durch die schmutzige Gosse. Er bewegte die Hände leicht wie Fischflossen. Dann, am Ende der Gosse, stand Clive Lawson auf und rannte los.

Damian war Gott – zählte langsam die letzten Sekunden der Verwirrung.

Er musterte das Gelände, auf dem es von Menschen wimmelte, durch einen auf dem Lauf seines Scharfschützengewehrs montierten Restlichtverstärker. Das Gerät erlaubte es ihm, im Dunkeln zu sehen. Es tauchte alles im Visier des Zielfernrohrs in klares, unheimliches, weihnachtlich grünes Licht.

Er beobachtete in dem merkwürdigen grünen Licht die menschlichen Schattenrisse und legte behutsam den Zeigefinger an den Abzug des Gewehrs. Er zog durch bis zum Druckpunkt ...

Peters Gesicht war so naß, daß es schon schwierig war, seine Augen am Blinzeln zu hindern. Regenwasser strömte von seiner Stirn. Lief ihm von der Nase. Der Regen war erstickend. Er bekam jetzt Angst, weil er nichts sehen konnte.

Um ihn herum war nichts zu hören bis auf den Regenguß und seinen schweren Atem. Sein Verstand raste in einem Tempo wie im Tollhaus. Warf Gefechtsbilder in Technicolor aus, Schußwechselszenen, zusammenhanglose Sätze.

Vor sich sah er die Umrisse umgekippter Möbel auf einer Speiseveranda. Schmiedeeiserne Tische und Stühle. Geknickte Pflanzen, kaputte Blumentöpfe.

Er ging einen Schritt weiter nach vorn ...

Dann sah Peter den Umriß eines zweiten Mannes auf der anderen Seite des Patio.

Der Mann kauerte vor Babypalmen. Bis jetzt hatte er nicht gemerkt, daß er nicht allein auf der Terrasse war.

Peter machte sich den lauten Regen als Tarnung zunutze und arbeitete sich näher heran. Zentimeterweise kam er drei Meter näher. Anderthalb Meter ... noch drei Meter, und dann konnte er, glaubte er, einen sauberen Pistolenschuß abgeben.

Er redete sich ein, er könne nicht danebenschießen, nicht einmal im Regen. Er würde mindestens zwei schnelle Schüsse abgeben, das wußte er. Dann so viele Schüsse, wie er plazieren konnte. Er hoffte, daß der Mann nicht mehr dazu kam, von seiner Uzi Gebrauch zu machen.

Dann rückte der Große näher an ihn heran. Er bewegte sich in der Hocke seitwärts und drehte Peter immer noch den Rücken zu. Er bewegte sich wie ein Berufssoldat.

Peter fuhr sich mit dem Handrücken über die Augen. Durch das Regenwasser brannten sie höllisch. Jetzt konnte er sehen, daß der Mann blondes Haar hatte.

Es ist ausgeschlossen, daß ich diesen Mann verfehle, rief er sich ins Gedächtnis. Zen-Schießkunst. Als würde ich zwanzig Schritte vor einem dieser großen, umgekippten Eßtische stehen. Mir verdammt viel Zeit zum Schießen lassen. Ich muß nicht sehen, ob ich getroffen habe, nur herausbekommen, wie nahe ich an das kleine Loch für den Sonnenschirm in der Mitte des Tisches herankommen kann.

Wie nahe kann ich an das Rückgrat des großen Blonden herankommen?

Er ging auf ein Knie, streckte die Arme aus, völlig gerade, die Walther in beiden Händen,und nahm den Blonden sorgfältig ins Visier. Er stellte sich den ersten Machetemord vor. Dann Jane – Jane am Strand der Horseshoe Bay, ihren geschrumpften Körper im Sarg in der Kathedrale.

Er blickte über den schwarzen Pistolenlauf auf den Rücken des Mannes. Dann sprach Peter endlich mit dem großen Blonden.

»Hey!« sagte er. »Erinnern Sie sich an mich, Mister? Hey, du Scheißkerl!«

Im Tryall-Clubhaus zündet ein nervöser Polizeiwachtmeister ein Streichholz an.

Während er ein Zündholz nach dem anderen anriß, versuchte der Polizist verzweifelt, aus einem Sicherungskasten in einem grauen Stahlschrank schlau zu werden. Er musterte die Schalter, bis sein letztes Streichholz verglüht war, und beschloß dann, es mit Sicherung Nummer eins zu versuchen. Er schaltete sie ein, und das Licht in dem kleinen Raum, in dem er stand, ging hell und furchterregend an. Dann konnte der Wachtmeister im Sicherungskasten zwei Reihen klar und deutlich sehen: Nummer eins bis sechs, sieben bis zwölf.

Mit zitternder Hand aktivierte er schnell die erste Reihe.

Als der Mann auf der Speiseveranda herumfuhr und Peter ins Gesicht sah, schien mit einem Mal jedes einzelne Licht in dieser prächtigen, furchterregenden Welt anzugehen. Auf dem ersten Fairway glühte die Nachtbeleuchtung auf. Eine Tonbandanlage auf der Veranda begann leise Tafelmusik zu spielen.

Dann schien lauter Donner auf dem Patio hinter dem Tryall-Clubhaus loszubrechen. Überall auf dem Rasen sprühten Funken von Gewehrfeuer.

Damian Rose schoß mit seinem M-21. Harold Hill schoß mit einem teuren, in Italien hergestellten Gewehr. Die gesamte Truppe, die das Tryall-Clubhaus umzingelte, nahm das plötzlich hell erleuchtete weiße Gebäude unter Beschuß.

Peters erster Schuß traf den Blonden – in seiner Stirn klaffte plötzlich ein dunkles Loch; dann wurde Peter so schwer getroffen, daß er es nicht fassen konnte. Er fühlte sich, als wäre er von einem Dreitonner überfahren worden. Absichtlich überfahren. So scheißtraurig. So traurig ...

Überall barsten Fenster. Die Schmiedeeisenmöbel schepperten und klirrten. Querschläger trafen mit dumpfen Geräusch auf Holz.

Ein besonders lauter Knall hallte wider, und ein Stück vom Kopf des toten Engländers flog weg.

Der gestürzte Engländer wurde erneut im Gesicht getroffen.

Ein dritter Gewehrschuß drang in seinen Hinterkopf ein, als er mit dem Gesicht nach unten auf dem gefliesten Patio lag.

Dann gab es nur noch blendendes Licht und Regen. Sauberen Regen, der im weißen Licht bläulich wirkte. Nur noch das tröstliche, stetige Regengeräusch und keinerlei Schüsse mehr.

Männer strömten über den glatten, feuchten Rasen ... Graue Anzüge nahmen durchnäßt dunklere Farben an. Kurze Hosen und Stahlhelme, Maschinenpistolen, Pistolen und dunkle Gewehre, die lose an Lederriemen baumelten.

Der Regen brachte die Bäume zum Glänzen wie teuren Schmuck. Jetzt herrschte gespenstische Stille.

Harold Hill marschierte geradeaus, sah lächerlich aus, als hätte er sich im Regen verlaufen. Seine teuren Freizeitschuhe klatschten auf dem Patio neben dem Kopf von Peter Macdonald auf, dann wandte er sich ab.

Peter spürte, daß ihm schlecht wurde, und er kämpfte mit aller Kraft, die er übrig hatte, gegen die Übelkeit an.

Über ihm bildete sich ein Kreis aus neugierigen Gesichtern – wie Chirurgen, die einen Operationstisch umrunden, wie Leute, die auf einer Straße in New York City das Opfer eines Herzinfarkts anstarren ... Schwarze Soldaten, Männer vom FBI und von der CIA. Alle lächelten, als wären sie uralte Freunde. Beglückwünschten ihn, als hätte er den entscheidenden Touchdown geschafft, das Siegestor.

Der schwarze Polizeichef beugte sich über ihn, wollte ihm zeigen, wo er getroffen worden war. In den Bauch? In den Brustkorb? Ein gottverflucht netter Scheißkerl, dachte Peter. »Ich bin okay.« Er grinste den Schwarzen an.

Und inmitten der ganzen Verwirrung – den blendenden

Lichtern, dem Regen, den Polizeisirenen, einem Notarztwagen, der auf den Rasen fuhr –, schleppte ein bärtiger Weißer in einem Anzug eine Leiche an den Haaren ab. Irgendein bärtiges Arschloch von der CIA.

Ein gespenstischer schwarzer Polizist machte Blitzlichtaufnahmen. Fotos von der abgeschleppten Leiche. Fotos von Peter, den Merald Johnson in den Armen wiegte.

Ein Amerikaner arbeitete mit einer surrenden Motor-Kamera, die anscheinend auch im Dunklen funktionierte.

Plötzlich brachten sie die Leiche zu Peter, und alle versuchten, gleichzeitig mit ihm zu reden. Peter setzte sich auf und wedelte alle weg. Er sah hinunter auf die blutunterlaufenen Augen, die so weit aufgerissen waren, wie es die Höhlen erlaubten. Augen, die von einem entsetzlichen Schock und totaler Überraschung zeugten.

Kein Wunder, dachte Peter. Die rechte Kopfhälfte sah aus, als wäre sie weggebissen worden. Die Nase war so gut wie gar nicht mehr vorhanden; was vom Mund übrig war, war erstarrt in einem Todesschrei, der wie ein Grinsen wirkte.

Peters Gedanken wanderten zurück zur Turtle Bay – der große, überhebliche Mann. Fünfzehn Sekunden . . .

Er konzentrierte sich auf das zerschossene Gesicht. Nasses blondes Haar, vom Regen an den Schädel geklebt. Ein langer, athletischer Körper. Er fühlte sich jetzt sehr erschöpft, kämpfte mit dem Verstand gegen starke Wellen übler Scheiße an . . . Dr. Johnson sagte etwas zu ihm, aber am liebsten hätte er jetzt den Toten angeschrien.

»Er ist es«, flüsterte er schließlich dem schwarzen Polizeichef zu. »Er ist es, möge er in der Hölle schmoren.«

Und ungefähr da hörte Peter schließlich, was Meral Johnson zu ihm sagte.

Damian lief tief geduckt wie bei der Infanterie. Seine Kampfstiefel patschten über eine schlüpfrige Holzrampe am Jachtbecken des Tryall Clubs. Er stieg über eine ausrollbare Treppe hinunter auf den Landesteg, ging an Bord der schlingernden Bertram Sportsman und mußte wider Willen lächeln.

Dann fing er an zu lachen. Es war ein frostiges, unnatürliches Lachen.

Er konnte in dem fernen, quasselnden Aufruhr, der vom Clubhaus her kam, kaum die Stimmen auseinanderhalten. Er sah, wie die Tausend-Watt-Flutlichter durch schwankende Palmen und Bananenstauden blitzend den ersten Fairway erhellten.

Dann bogen die hüpfenden Rotlichter von zwei Notarztwagen um eine Ecke des Clubhauses. Schrillende Sirenen durchschnitten den Regen und den Wind wie scharfe Messer.

Endlich, nach über einem Jahr, nach der wahnsinnigsten, anstrengendsten Strapaze, die er sich je zugemutet hatte, war alles erledigt und vorbei.

Auf der Veranda des Tryall-Clubs hatte der ehemalige Marineinfanterist, der durch und durch amerikanische, unanfechtbare Zeuge, Clive Lawson als den Blonden von der Turtle Bay identifiziert ... Das Haar des englischen Killers, seine Frisur, seine Größe und seine Gesichtszüge waren fast identisch mit denen des Mannes, den Macdonald am 25. April gesehen hatte. Auf den ersten Blick sahen sich Lawson und Rose sehr ähnlich – und Peter hatte nie mehr als einen Blick erhascht. Fünfzehn Sekunden auf einem Fahrrad.

Davon abgesehen, so wie Lawsons Gesicht jetzt aussah, war das ohnehin nur noch eine theoretische Frage.

Der große Damian Rose war offiziell tot. War bei seinem tollkühnsten Mordauftrag ums Leben gekommen. Psychologisch gesehen, war die Logik des Tricks klassisch. Wieder von der Hybris gepackt. Genau das Ende, das alle Welt ihm prophezeit hatte. Wie ein Rennfahrer, den es aus der Kurve getragen hat.

Falls Carrie in Washington erfolgreich war, dann waren sie jetzt frei. Eine ganze Weile würde niemand mehr nach den Roses suchen. Vielleicht nie mehr.

Wieder ging ein Lächeln über Damians schmale, hübsche Lippen. Die reine Befriedigung darüber, gut gespielt zu haben. Der absolute Nervenkitzel, weil es so wunderschön gelaufen war. Als hätte er sich in dieser schludrigen Ära eine eigene Kathedrale erbaut.

Rose bewegte sich rasch, aber leise, ließ den Motor an und löste dann die Leinen, die das Schnellboot mit San Dominica verbanden. Die acht Meter lange Sportsman bebte wie Treibgut in der kabbeligen See; der Regen strömte immer noch.

Als er den letzten Knoten der Ankerleine löste, tauchte ein Mann in der Luke auf, die aus der Kajüte an Deck führte. Der Mann war groß und hager, trug eine graue Regenhaut mit Kapuze. Er streifte die Kapuze ab, und sein silbergraues Haar rundete das perfekte Bild eines Jachtclubmitglieds ab.

»Hallo, mein Freund«, sagte die finstere Gestalt. »Ich heiße Harold Hill. Ich war der Meinung, wir sollten uns kennenlernen.«

Der Direktor von Great Western Air Transport hievte sich in das sturmbewegte Cockpit. Harry the Hack. Der verläßliche Harry.

»Ehrlich gesagt, Sie leisten gute Arbeit.« Er sprach weiter, während er nach oben stieg. »Rühren Sie sich jetzt nicht vom Fleck. Stehen Sie meinetwegen ja nicht auf. Bewegen Sie keinen gottverdammten Muskel.«

Hill zielte mit einer dunklen Walther auf das Herz des Jüngeren und setzte sich auf die Lehne eines Drehstuhls.

»Das Haar in einem hübschen Schwarzton gefärbt.« Er

bleckte in einem anerkennenden Lächeln die Zähne. »So geschnitten, als wären Sie irgendein kleiner Gangster aus Litauen. Hübsch. Was hatten Sie von hier aus für Pläne?«

Damian versuchte, ruhig zu bleiben. Eiskalt. Klar zu denken. Nur klar zu denken. Als er den Mund aufmachte, rasten ihm seine Alternativen durch den Kopf, alle Möglichkeiten in dieser Lage.

»Ich wollte die Insel mit einem Charterflugzeug verlassen.« Er sprach leise. Gleichzeitig dachte er, daß ihn irgend etwas an Harold Hill verwirrte; er konnte es nicht genau ausmachen. »Jetzt, nachdem ich offiziell tot bin, wissen Sie.«

»Aber Macdonald ist das nicht, wie Sie wissen«, sagte Harold Hill. »Ich bin neugierig – warum haben Sie Macdonald nicht auch umgebracht? Nach dem berühmten Plan mit der letzten Schießerei am Schluß?«

»Ich habe gedacht, daß ein lebender Zeuge auf lange Sicht überzeugender wirkt. Meinen Sie nicht auch? ... Macdonald war von Anfang an ein Teil des Plans, wissen Sie.«

Hill wirkte leicht verwirrt. »Macdonald hat für Sie gearbeitet? ...« Lach ihn nicht aus, dachte Damian. Lach ihm nicht ins Gesicht ...

»Nein. Nein ... aber wir haben von Anfang an gewußt, daß wir einen Zeugen brauchen, der Lawson identifizieren kann. Damit unser Fluchtplan klappte ... wir wußten, daß Peter Macdonald jeden Nachmittag mit dem Rad um die Turtle Bay herumfuhr. Deshalb haben wir genau dort einen Mord geplant. *C'est ça.* Macdonald hat mich gesehen, weil er mich sehen sollte. Wir haben uns hinterher sogar große Mühe gegeben, seine Glaubwürdigkeit zu stärken ... Sagen Sie mir eins. Steckt Carrie dahinter?«

Harold Hill schüttelte den Kopf hin und her. »*Ich* stelle die Fragen.« Der CIA-Direktor lächelte und winkte dem Jüngeren, er solle aufstehen. Langsam.

Als er stand, schlug Hill ihn mit dem Griff seiner Pistole zu Boden. Brutal.

»Das ist das Beste, was ich im Augenblick tun kann«, sagte Hill durch zusammengebissene Zähne. »Für Carole. Meine Frau . . . Stehen Sie jetzt auf. Ich schlage Sie nicht mehr. Ich habe jede Menge Fragen, ehe ich Sie umbringe, Rose. Dazu ist mir auch etwas Interessantes eingefallen.«

Den Mund voller Blut stand Damian wieder auf. Er hob die Hände, deutlich zu sehen. Wie ein Zauberer kurz vor einem Trick.

Auf Hills Befehl packte Rose die Leiter hinauf zum Dock. »Auf unserem Weg über den Rasen« – er sprach in einem ruhigen, gemessenen Ton – »möchte ich, daß Sie sich genau anhören, was ich Ihnen anzubieten habe. Wir können unsere Partnerschaft erneuern.«

Als der dunkelhaarige Mann die Metalleiter mit beiden Händen ergriff, explodierte seine rechte Gesichtshälfte.

Sein Gesicht prallte nach vorn gegen die Aluminiumsprossen. Sein Kinn rutschte zwei Sprossen tiefer, dann fiel er rückwärts in das Boot.

Harold Hill schaute auf und sah, daß der schwarze Polizeichef auf der Holzrampe stand. Neben ihm war Macdonald, der sich leicht vorbeugte und eine Walther auf das Boot gerichtet hielt.

»Wir sind Ihnen gefolgt«, sagte Meral Johnson schlicht. Peter Macdonald sagte gar nichts.

Als Hill an dem Toten oder Sterbenden vorbei nach oben stieg, sah er die Zuckerrohrmachete auf einem Lederstuhl liegen. Die obszönste Mordwaffe überhaupt. Das Schlächtermesser, mit dem sie Carole in Virginia niedergemetzelt hatten.

Mit einem unglaublichen Streich hieb er kraftvoll damit auf das Gesicht von Damian Rose ein. Das Hackgeräusch klang wie ein Metzgerbeil. Damian schnaubte wie ein Pferd.

Die Feldmachete schlug wieder zu. Eine unhandliche Guillotine.

Schließlich trat Hill nach dem Kopf, der gegen eine Planke prallte. In einem dunklen Tümpel aus Regenwasser trieb.

Dann stieg Harold Hill die bewegliche Leiter hinauf. Er sagte nichts zu dem schwarzen Polizisten; nichts zu Peter.

Was war das für eine Partnerschaft?« fragte Peter. Dann ließ er es auf sich beruhen ... ließ den Satz in der Nachtluft verwehen. Es spielte keine Rolle. Selbstverständlich hatte die CIA die Hand im Spiel ...

Einen langen Augenblick lang standen sie alle auf der nassen Rampe. Der Schwarze und der junge Weiße dicht nebeneinander. Keiner sagte etwas ... Dann löste Hill das letzte Tau. Es nimmt kein Ende, dachte der CIA-Mann. Jetzt mußten diese beiden erledigt werden ...

Als die Sportsman langsam wegtrieb, feuerte Meral Johnson mehrere Schüsse in den Boden und die Seiten des Bootes ab. »Überlassen wir ihn den Fischen«, sagte der Schwarze.

Zunächst zitterten Harold Hill die Hände. Dann, ganz langsam, fühlte sich der Direktor recht gut. In gewisser Weise, nahm er an, war er aus dieser ganzen Geschichte als Held hervorgegangen: der Mann, der die CIA gerettet hatte.

Vielleicht war aber auch Carrie Rose die Heldin.

Schließlich hatte Carrie in der Botschaft angerufen und ihm gesagt, wie er Damian fassen könne; *sie* hatte ihm die letzten Einzelheiten des monströsen Plans verraten. Das hätte er Rose erzählen sollen, fiel Hill zu spät ein. Er hätte Damian erzählen sollen, daß sich Carrie am Ende gegen ihn gewandt und ihn ans Messer geliefert hatte. Schlicht zum Heulen. Die Frau, mit der er neun Jahre lang geschlafen hatte, die er vermutlich geliebt hatte. Die unter anderem auch sein Schützling gewesen war ... Gut, sie würde auch nicht davonkommen ... ein perfektes Ende.

Lange Zeit standen die drei Männer im Regen und beobachteten, wie das Schnellboot davontrieb. Lauschten den Geräuschen des schlingernden, sinkenden Bootes.

»Peter hat Ihnen vorhin eine Frage gestellt«, sagte Meral Johnson. »Was für eine Partnerschaft hatten Sie mit ihm?«

Plötzlich hob Peter die Walther wieder hoch. Seitwärts. Es sah aus, als schaute er gar nicht hin, als die Wucht eines einzigen Pistolenschusses Hill drei Meter weit ins Wasser schleuderte.

»Überlassen wir sie beide den Fischen«, sagte Peter.

Er und der kleine, dicke Polizist gingen langsam zum Clubhaus zurück.

12. Mai 1979, Samstag
Razzia im St. James

12. Mai 1979; Washington, D. C.

Samstag morgen

Um Viertel nach sechs am Morgen des zwölften Mai stiegen zwei mächtige Männer aus Langley – der siebenundzwanzigjährige Alex Fletcher und Deputy John Devereaux – aus einem weißen Pontiac Le Mans und rannten dann über den taufeuchten Rasen hinter dem noblen, abschreckend teuren Hotel St. James.

In dem Luxushotel schliefen etliche der Reicheren und Berühmteren Amerikas an dem jetzt schon schönen Frühlingsmorgen mit seinem blauem Himmel noch fest. Draußen auf den gepflegten Rasenflächen fingen die Amseln an zu zwitschern. Ein kräftiger Typ sprang über den Gartenzaun, als wollte er die Morgenausgabe der *Washington Post* holen.

Alex Fletcher trug eine Buschjacke wie ein Filmregisseur und Velourscordhosen. Über das Arbeitshemd aus Baumwolle hatte eine .38er Smith & Wesson geschnallt.

Devereaux, der sechsundfünfzig Jahre alt war, trug einen dunklen Anzug und ein weißes Hemd mit offenem Kragen. Eine Zigarette hing aus seinem Mundwinkel wie ein Stück weißes Klebeband.

Die beiden Männer schlichen durch die graue Metalltür, die selten benutzt wurde, außer vom Hotelpersonal. Hinter der Tür fanden sie einen schlafenden Wachmann mit einer Siamkatze auf dem Bauch. Der Mann war auf einem Klappliegestuhl weggesackt und schnarchte wie ein kaputter Motor.

»Guten Morgen.« Devereaux grinste. »Monsieur Le Chat.«

»Was für ein Scheißladen«, flüsterte Fletcher. »Kein Wunder, daß die Washingtoner Polizei so einen Heidenspaß an ihrem Job hat.«

Die beiden Männer gingen eine schlachtschiffgraue Hintertreppe hinauf, ohne Teppich und überraschend trist. Auf einem Treppenabsatz stand ein stinkendes Katzenklo. Sie erreichten einen eleganten Flur mit einer großen rosa Fünf auf rauchblauen Wänden.

Fletcher pfiff leise. »So habe ich mir das eigentlich auch vorgestellt.«

Der junge Agent klopfte mit dem Fingernagel gegen einen Kronleuchter aus echtem Kristall. »Klasse, Devereaux, Klasse.«

»Ich werd' ihn für Sie und Ihre Freundin kaufen«, knurrte John Devereaux. »Sobald wir unser Geschäft hier erledigt haben. Waffe ziehen!«

Die beiden Männer blieben vor Zimmer 502 stehen. Große goldene Zahlen auf hauchzartem Rauchblau. Geschmackvoller Stuck. Türfriese.

Alex Fletcher holte tief Luft, murmelte etwas Zynisches und schob dann langsam einen Passepartoutschlüssel des Hotels ins Schloß.

Der Deputy zog unter seiner Sportjacke eine .44er Magnum hervor, eine laute, gefährliche Kanone, die der junge Fletcher zutiefst mißbilligte. Er hatte dem riesigen schwarzen Revolver den Spitznamen »Atombombe« verpaßt.

Er bedachte Devereaux mit einem kleinen Lächeln. »Versuchen Sie bitte, mich nicht versehentlich wegzupusten. Ist mir nur so durch den Kopf gegangen. Bereit?«

»Für Harold Hill und Carole.«

»Mmm.«

Die kunstvoll verzierte Tür schwang über einem dicken hellila Teppichboden auf. Die beiden Agenten sahen eine hellhaarige junge Frau, die sich in einem zerwühlten Doppelbett aufsetzte. Ein großes Zimmer voller Morgensonne.

»Wer sind Sie?« fragte die langhaarige Frau. Sie griff zum Nachttisch.

»Nein!« schrie Fletcher, so laut er konnte.

Dann krachte die .44er von Devereaux auf der Schwelle.

Die verblüffte Frau flog buchstäblich gegen die rote Samtwand, gegen das Messingkopfteil des Bettes. Sie stieß einen leisen Ächzlaut aus, und ihre grünen Augen verdrehten sich. Dann rutschte Betsy Port-Smithe langsam auf den Boden.

Der junge Fletcher runzelte die Stirn und schüttelte den Kopf. »Keine Fragen. Keine Antworten.« Der ehrgeizige Agent stieß einen Beistelltisch um. »Scheiße. Scheiße, Devereaux.«

Devereaux zuckte die Achseln. Er zog schnüffelnd die Luft ein. Eine merkwürdige Mischung aus dem Parfum Joy und Pulverdampf.

Der Deputy riß ein Fenster zum Rock Creek Park auf, dann durchsuchte er die Wildlederhandtasche der Frau. Darin fand er Briefe von einem Mann namens Damian; er fand Karten und Papiere, die Carrie Rose identifizierten ... In der Nachttischschublade fand er einen kleinen .38er Revolver.

»Rufen Sie lieber bei denen an.« Devereaux lächelte. »Sagen Sie denen, daß sie sich keine Sorgen mehr wegen dieser beschissenen Mrs. Rose machen müssen. Heute ausnahmsweise mal kein Skandal im Weißen Haus.«

Wie Harold Hill hielt sich auch der sechsundfünfzigjährige John Devereaux für einen Helden. Sie hatten ihm gesagt, er solle die Frau nicht am Leben lassen.

Die Zeit der Machete war endlich vorbei.

Epilog
Sommersaison

29. Kapitel

Ich bin Superwoman ... eine Superratte ... Abschaum der Superklasse ... Damian hat mich so ausgebildet, daß ich zu allem fähig war – und dann ließ er mich nichts machen. Ließ mich stagnieren. Er hätte mir nicht einmal erlaubt, mein Tagebuch zu verkaufen. Als seine Obsessionen unerträglich wurden – ein Risiko für uns beide –, mußte ich ihn töten. Ich hatte keine andere Wahl. Ich mußte es tun. Jetzt bin ich ganz allein oben an der Spitze. Seit Jahrzehnten der erste Staatsfeind Nummer eins auf freiem Fuß. Mein Minimalhonorar beträgt eine Million Dollar, und ich bin es wert. Ich bin wie ein Original aus dem Louvre, ich bin einzigartig. Wer mich anheuert, bekommt Manson, Mengele, Himmler und Bormann in einer Person ... Ich bin bereit, alles zu tun, was Sie sich irgend vorstellen können, und ich kann mir Dinge vorstellen, die Ihnen niemals einfallen würden. Die Zeit der Machete war ein Vorspiel – so primitiv wie der Name. Die Steinzeit der Gewalt und Zerstörung. Jetzt wird es erst richtig interessant. Wir nähern uns dem Maschinenzeitalter, glaube ich.

Das Rose-Tagebuch

13. Juni 1979; Coastown, San Dominica

Ministerpräsident Joseph Walthey fühlte sich bei seinem Triumphzug durch eine riesige, begeisterte Menschenmenge im Horseshoe-Beach-Viertel von Coastown wie ein Nationalheld.

Bezahlte Claqueure – in erster Linie Beamte – umschwirrten ihn wie Vögel. Sie tätschelten sein cremefarbenes Anzugjackett aus Wildleder, langten nach seinem lockigen, mit Gel zurückgekämmten Haar, streckten die Hände aus, um sein rundes, schwarzes Nikolausgesicht zu berühren.

Für Sondervorführungen in den dreizehn Kinos von San Dominica wurden Fünfunddreißig-Millimeter-Filme gedreht. Für die Weltpresse wurden Hunderte von Fotos gemacht.

Auf einem hohen, farbenfrohen Podium, errichtet auf dem Pier über der schimmernden Karibik, kündigte Walthey an, San Dominica stehe eine neue Epoche des Wohlstands bevor. Der lächelnde, umgängliche Ministerpräsident gab jedoch keine Einzelheiten bekannt.

14. Juli 1979; Coastown, San Dominica

In einer Sondersitzung des Parlaments von San Dominica wurde Ministerpräsident Joseph Walthey zum Inselpräsidenten auf Lebenszeit gewählt. Er hielt eine lange Rede über Nationalismus, die Wirtschaft und den Tourismus auf San Dominica; er log das Blaue vom Himmel.

1. Oktober 1979; Turtle Bay, San Dominica

Das erste Spielcasino, das auf San Dominica eröffnet wurde, war im Playboy Club – keine acht Kilometer vom Plantation Inn entfernt.

Die grandiose Eröffnung wurde durch ein paar kleine Studentendemonstrationen getrübt. Schwarze Jungen und Mädchen schwenkten ein psychedelisches Plakat von Dassie Dred, das an der Westindischen Universität und an anderen Universitäten in ganz Mittel- und Südamerika die Runde machte. Sie spielten laute Reggae- und Soulmusik, und auf Autos und Wände am Playboy Club wurde gesprüht: DRED! Die Studenten schwenkten Transparente, auf denen stand: JOE IST DER SCHWARZE HITLER.

3. März 1980, Zürich

Fast zehn Monate nach Damians Tod, am Nachmittag des 3. März 1980, wurden 4,5 Millionen Schweizer Franken auf das Nummernkonto von Mrs. Susan Chaplin beim Schweizer Kreditverein in Zürich eingezahlt. Das Geld stammte aus dem Honorar von fast zwei Millionen Dollar für das Tagebuch.

Seltsamerweise hatte die Frau drei Tage, nachdem sie im Mai 1979 600 000 amerikanische Dollar abgehoben hatte (eine Vorsichtsmaßnahme im Stil Damians – was wäre gewesen, wenn er Hill im Tryall Club entkommen wäre?), ihr Geld auf ein neues Konto wieder eingezahlt.

Während er die notwendigen Steuerformulare für die neue Einzahlung ausfüllte, ertappte sich S. O. Rogin dabei, daß er in Mrs. Chaplin wieder die Schauspielerin Faye Dunaway sah. So viele Schauspieler und Schauspielerinnen, dachte der rotgesichtige Banker. Für diese Amerikaner war die ganze Welt eine Bühne.

9. Mai 1980, Paris

Peter Macdonald war dazu übergegangen, jeden Tag das gleiche Harris-Tweed-Jackett zu tragen, den gleichen grünen Pullover mit rundem Halsausschnitt. Das braune Haar fiel ihm jetzt über den weißen Hemdkragen, und er hatte einen dicken, buschigen Schnurrbart.

Jeden Morgen von zehn bis elf saß er in denselben Cafés von St.-Germain-des-Prés – im Flore, im Deux Magots, gelegentlich in der Brasserie Lipp. Er trank immer Café au lait, las die *International Herald Tribune*, beobachtete die hübschen Frauen wie jeder andere Amerikaner in Paris. Gelegentlich las er auch in dem obszönen, arroganten Tagebuch.

Am Cafétisch neben Peter saß Meral Johnson und aß zum Tee ein halbes Dutzend Kekse. Johnson, ein Gegner des Regimes von Joseph Waltheys Regime und der CIA, war auf Dauer von der Polizeitruppe in San Dominica beurlaubt und übte auf Peter hier in Frankreich einen stabilisierenden Einfluß aus. Er war sein Reisepartner und gelegentlich sein Mentor.

Nach ihrem neuesten Plan wollten sie das nächste halbe Jahr in Europa verbringen. In Paris und Umgebung . . . an der Riviera in Nizza . . . in Zürich in Nähe der Stampfenbachstrasse. Was auch immer erforderlich sein mochte.

Paris war hübsch im Mai, dachte Peter, als er an jenem bestimmten Morgen seinen Kaffee trank. Es war nicht die sonnige Karibik, es gab keine Jane mehr, mit der er es hätte teilen können, aber Paris war seiner Meinung nach ganz annehmbar.

Um halb elf an jenem Morgen näherte sich ihnen ein adretter kleiner Franzose mit einem dicken Lederkoffer. Er setzte sich zu ihnen an den Cafétisch.

»Sie sind die Männer, die nach Carrie Rose suchen?« fragte der Franzose.